STEFAN KELLER

Kölner Wahn

WAHNBILDER Ein Obdachloser verbrennt im Keller des Mietshauses, in dem Privatdetektiv Marius Sandmann wohnt. Die Polizei glaubt an einen Unfall. Sandmann an Mord. Denn offensichtlich wurde dem Obdachlosen eine Rolle mit Bildern gestohlen. Von seinem Mörder.

Der Privatdetektiv macht das leerstehende Elternhaus des Mannes ausfindig. Im Innern des Hauses hat der Outsider-Künstler sein Opus Magnus geschaffen: eine verstörende Bildwelt voller Gewalt, aber auch kindlich anmutender Naivität. Als der Privatdetektiv weiterbohrt, stößt er auf ein schreckliches Familiengeheimnis. Und er zieht die Aufmerksamkeit eines Mörders auf sich, der 20 Jahre unentdeckt geblieben ist …

Zur gleichen Zeit sucht Hauptkommissarin Paula Wagner, Marius' wichtigste Kontaktperson bei der Kölner Polizei, einen seit über einem Jahr verschwundenen Kunstdieb.

Ein Fall, über den Marius Sandmann mehr weiß, als er preisgeben möchte. Aus gutem Grund …

Stefan Keller, Jahrgang 1967, lebt und arbeitet als Autor, Dozent und Dramaturg in Köln. Nach einer Tätigkeit als Wirtschaftsjournalist und Theaterdramaturg schrieb er Hörspiele, Fernsehshows, Drehbücher, Bühnenstücke, Kurzgeschichten und Lyrik. Er lektoriert für Filmproduktionen und Fernsehsender und unterrichtet seit mehreren Jahren Schreiben als Lehrbeauftragter an der Universität zu Köln und am KOMED. »Kölner Wahn« ist Kellers fünfter Kriminalroman um den Privatdetektiv Marius Sandmann im Gmeiner-Verlag.

Bisherige Veröffentlichungen im Gmeiner-Verlag:
Kölner Grätsche (2014)
Kölner Luden (2013)
Kölner Persönlichkeiten (2012)
Kölner Totenkarneval (2011)
Kölner Kreuzigung (2010)

STEFAN KELLER

Kölner Wahn

Sandmanns fünfter Fall

GMEINER SPANNUNG

Personen und Handlung sind frei erfunden.
Ähnlichkeiten mit lebenden oder toten Personen
sind rein zufällig und nicht beabsichtigt.

Besuchen Sie uns im Internet:
www.gmeiner-verlag.de

Im Ehnried 5, 88605 Meßkirch
Telefon 07575/2095-0
info@gmeiner-verlag.de

1. Auflage 2015

Lektorat: René Stein, Hamburg
Herstellung: Julia Franze
Umschlaggestaltung: U.O.R.G. Lutz Eberle, Stuttgart
unter Verwendung eines Fotos von: © xurzon – Fotolia.com
und © travelguide – Fotolia.com
Druck: GGP Media GmbH, Pößneck
Printed in Germany
ISBN 978-3-8392-1749-8

»… aber obenan stand immer der Sandmann, den ich in den seltsamsten, abscheulichsten Gestalten überall auf Tische, Schränke und Wände mit Kreide, Kohle, hinzeichnete.«

E.T.A. Hoffmann, Der Sandmann

TEIL I
EXIT LIGHT

1

Marius Sandmann starrte in die Finsternis.

Nicht einmal die Mauer, die den Hof zum Nachbargrundstück abschloss, konnte der Privatdetektiv erkennen. Durch die Zweige der über 15 Meter hohen Tanne, die ein Mieter vor 20 Jahren gepflanzt hatte, um die Kargheit des Hofes zu mindern, schimmerten einzelne Lichter aus den Fenstern der Nachbarhäuser. Sie reichten nicht aus, um den dunklen Innenhof zu erhellen. Was vor der Mauer in den Sträuchern geschah, entzog sich Marius' Blick.

Vor wenigen Minuten hatte er dort eine Bewegung wahrgenommen, einen flüchtigen Schatten, einen kurzen unruhigen Moment in der tiefschwarzen Nacht. Bis vor sechs Wochen wäre der Bewegungsmelder angesprungen, den Sandmann installiert hatte, und hätte den Hof in gleißendes Licht getaucht. Nachdem sich die Nachbarn wegen des Lichts beschwert hatten, hatte er den Melder wieder von der Stromleitung abgeklemmt. Jetzt blickte er ins Dunkel.

Er versuchte, sich auf die Stelle zu konzentrieren, an der der Schatten sich bewegt hatte. Vergeblich. Falls dort draußen jemand auf ihn lauerte, konnte Marius ihn nicht erkennen. Sein Nachtsichtgerät würde ihm jetzt helfen. Aber das lag oben im Schlafzimmer.

Vorsichtig, um von draußen nicht gesehen zu werden, schlich er weg von dem dunklen, vergitterten Fenster, hinter dessen Rand er sich versteckt hatte. Durch seinen Trainingsraum, der früher einmal das Wohnzimmer gewesen war, und über die Treppe ging er leise hinauf ins Schlafzimmer, die Augen hinaus in den Hof gerichtet. Die Holztreppe knarzte unter seinen Tritten. Im Schlafzimmer bewegte er sich an der Wand entlang zum Fenster. Er konnte die Raufaser an seiner Schulter spüren. Dann nahm er das Nachtsichtgerät von der Ablage, einem alten Nachttisch aus den 1950er Jahren, den er auf dem Sperrmüll gefunden, mitgenommen und nach einer gründlichen Reinigung neben das Bett gestellt hatte. Das Gerät vor der Brille bezog er hinter dem Vorhang Position.

Die Mauer und der Innenhof des Mietshauses, in dem Marius wohnte, hoben sich jetzt in einem matten Grün von der Dunkelheit der Umgebung ab. Er sah niemanden. Hatte er sich getäuscht? Hatte der Eindringling den Hof wieder verlassen? Oder stand er nun direkt unter ihm an einem der Fenster im Erdgeschoss? Marius beugte sich nach vorne und versuchte, die Erdgeschossfenster zu kontrollieren.

Vergeblich.

Er schaute wieder in den Hof. Neben den Mülltonnen lag ein Haufen aus Decken. Hatten die heute Mittag schon dort gelegen? Er erinnerte sich nicht. Leise atmend beobachtete er das grünliche Bündel eine Weile. Plötzlich bewegte es sich, als krabbelte ein Tier unruhig unter ihm hin und her. Dann war wieder Ruhe. Wenige Augenblicke später schob sich eine Hand unter der Decke hervor und griff mit hageren Fingern nach ihr. Jemand schlief dort unten. Für den Moment war der Detektiv erleichtert. Er beobachtete das Bündel weitere 20 Minuten. Es musste kalt dort draußen sein. Die Decken würden kaum ausreichen, um der Person Wärme zu spenden. Würde er ihm eine Decke herausbringen, musste er allerdings befürchten, dass sich der Obdachlose dauerhaft vor seinen Fenstern einnistete. Dann würde Marius bei jedem Geräusch aufschrecken und fürchten, dass jemand ans Fenster treten würde, um ihn zu töten.

Plötzlich bewegten sich die Decken erneut. Ein schmaler, ausgemergelter Schädel unter langen, verfilzten Haaren und von einem dichten Vollbart bedeckt, blickte zu dem Detektiv hinauf. Rasch verschwand er in der Dunkelheit des Zimmers.

*

Marius Sandmann schlief unruhig. Zweimal stand er auf und schaute aus dem Fenster hinaus in den Hof und auf das Bündel schmutziger Decken. Zurück im Bett tastete er nach der Pistole, die zwischen Matratze und Wand eingeklemmt war. Die Pistole, mit der er vor achtzehn Monaten einem Mann sieben Kugeln in den Körper gejagt hatte. Als er wieder einschlief, umklammerte seine Faust die Waffe. Zwei Stunden später erwachte er erneut. Um vier Uhr morgens sah er ein, dass er nicht wieder einschlafen würde und stand auf. Vielleicht würde eine Trainingseinheit ihn wieder müde machen. Die Pistole steckte er in den Bund der Jogginghose, in der er geschlafen hatte, und trat, das Nachtsichtgerät vor Augen, ans Fenster.

Die Szenerie draußen hatte sich in der Nacht verändert. Es hatte geschneit, der Boden war von einer weißen Schicht bedeckt, unter der das Deckenknäuel, unter dem wiederum der Obdachlose lag, kaum zu erkennen war. Trotzdem war er noch da. Erleichtert registrierte Marius, dass keine Fußabdrücke im Hof zu sehen waren. Niemand außer dem Obdachlosen hatte ihn betreten. Leise schlich er die Treppe ins Erdgeschoss hinunter.

Im früheren Wohnzimmer hatte er sich ein kleines Studio eingerichtet. Er begann sein Work-out mit Seilspringen. Sein Blick war durch das Fenster in den Hof gerichtet. Früher hatte er direkt mit den Gewichten begonnen, dann aber gemerkt, dass es um seine Kondition schlecht bestellt war. Also hatte er das Seil ins Programm integriert. Am Anfang kam er sich etwas lächerlich vor. Eine Stunde später wechselte er auf die Hantelbank, Brusttraining. Es folgten Übungen an den Kettlebells und am Türreck. Das dunkle Rechteck des Fensters zeigte nichts als Finsternis. Kein Leben. Keine Bewegung. Wie konnte er den Obdachlosen loswerden? Verjagen wollte er ihn nicht. Wo sollte der Kerl bei dieser Kälte hin? Verbissen hob er den Kopf an die Knie. Danach verlängerte er dic abschließenden Liegestütze ebenso wie die zweite Einheit Seilspringen. Als er nach einer weiteren Stunde keuchend innehielt und das Seil zu Boden sank, war er so erschöpft, dass er sich wieder hinlegen musste. Zurück im Bett vergaß er die Pistole und schlief sofort ein.

Als er aufwachte, hing eine milchige Sonne träge über den Dächern und warf ein fahles Licht ins Schlafzimmer. Diesigkeit und Nebel hatten die Dunkelheit abgelöst. Regentropfen klirrten wie kleine Nadeln gegen die Fensterscheibe. Der Regen hatte zahlreiche kleine Löcher in die Schneedecke gehämmert, die sich an den Rändern braun verfärbten, als würden sie verfaulen.

Die Decken waren verschwunden. Eine Fußspur, als solche in dem dünnen Matsch kaum noch auszumachen, führte zur Hoftür. Marius zog sich ein Sweatshirt über, schlüpfte in ein paar Sneakers und ging hinaus. Gegen den unangenehmen Nieselregen zog er sich die Kapuze tief ins Gesicht. Zielstrebig lief er durch den Schneematsch zu der Stelle, an der der Obdachlose gelegen hatte. Nur der fehlende Schnee erinnerte noch daran.

Fast hätte der Detektiv die Zeichnung an der Wand hinter den Mülltonnen übersehen. Er musste in die Hocke gehen, um sie betrachten zu können. Der Obdachlose hatte sie fast direkt am Boden mit Filzstift auf den Putz der Mauer gezeichnet.

Vier schwarze Streifen unterteilten das Bild in fünf längliche Rechtecke. Parallel verlaufende diagonale Linien unterteilten den Bildraum zusätzlich. Marius stützte sich mit einer Hand an der Mauer ab, um sich weiter nach vorne beugen zu können. Die schwarzen Streifen stellten Gitterstäbe dar, dahinter ein Totenschädel, der offenbar eine dunkle Brille trug. Der Schädel blickte ihn an. Er wirkte vertraut. Im Hintergrund hatte der Obdachlose begonnen, das Bild auszumalen. Erste orangegelbe Flammen tobten um den Schädel herum. Schwarze Wolken grenzten das Bild nach oben ab. Am unteren Rand ergoss sich eine Art Flüssigkeit in einen See. Verstört erhob sich Marius und schaute das Bild aus der Distanz an. Das Gesicht hinter den schwarzen Streifen, die sich zu einer Reihe von Gitterstäben formten, den Totenschädel erkannte er. Es war seins. Der Obdachlose hatte ihn gemalt. Offensichtlich hatte er ihn an einem der vergitterten Fenster beobachtet.

Der Detektiv beugte sich wieder nach vorne, um sein Porträt genauer zu betrachten. Es war bemerkenswert gut gezeichnet, die Linienführung akkurat, die Details fast schon beängstigend perfekt getroffen. Aber nichts, weder die Kleidung, die Brille, nicht einmal seine Gesichtszüge waren einfach nur flächig ausgemalt. Sie zeigten Formen, so winzig, dass Marius sie auch mit vorgehaltener Brille nicht erkennen konnte. Er lief ins Büro, dem vorderen Raum im Erdgeschoss seiner Maisonette, und kam wenige Augenblicke später mit einer Lupe in der Hand zurück. Die Brille bestand aus vier Armen, die sich um seine Augen wanden, abgehackt an der einen Seite, ineinander verhakt an der anderen. Sein Sweatshirt bestand aus dunklen Rauchwolken, die sich ausdehnten. Von unten spielten Flammen um seinen Körper herum, als stünde Marius Sandmann auf einer Art Scheiterhaufen. Er lenkte seine Aufmerksamkeit zurück auf die Gitterstäbe. Es sah aus, als klebten Tiere daran, eine Art Eidechse, eine Katze, die ihn ankeifte und mit ihrer Tatze nach ihm zu schlagen schien. Zwitterwesen und Dämonen tobten um diese beiden Tiere herum. Die kleinen Affen, die Dämonen, die sich gegenseitig erstachen und aufspießten, teilweise ineinander verbissen waren, grinsten den Detektiv im Bild und den vor der Mauer höhnisch an und entblößten feine, messerscharfe Zähne.

*

Mit einem roten, blutunterlaufenen Auge blickte die Frau dem Kind nach. Das andere Auge, strahlend blau, schien auf eine Gruppe Vögel gerichtet zu sein, die auf das Kind herabschauten. Sie hielt die Hand des Kindes fest umklammert. Beide waren nackt, in beiden Körpern steckten Aufziehräder, als handelte es sich um Puppen, deren feine Mechanik – im Inneren verborgen – sie zum Leben erwecken könnte.

Die Mutter und ihr Kind waren kalkweiß, von einigen schwarzen Streifen abgesehen. Um sie herum explodierte alles vor Farben. Die Blätter an den Bäumen boten jeden nur erdenklichen Grünton, die Vögel, die aufgeregt darin saßen, schillerten in Dutzenden Rot-, Blau- und Gelbtönen.

»Bemerkenswert«, sagte Marius Sandmann und richtete sich wieder auf.

»Eines meiner Lieblingsbilder«, sagte der Mann, der neben ihm stand und ihn interessiert beobachtete. Nachdem er sich erhoben hatte, strich der Detektiv sich die Anzughose glatt und lächelte Egon Werstenkiel, Inhaber einer PR-Agentur im Kölner Nobelvorort Marienburg, freundlich an. »August Walla hat in jungen Jahren versucht, sich umzubringen und das Haus seiner Mutter anzuzünden. Danach lebte er mehrere Jahre in der Psychiatrie und hat dort angefangen zu malen. Das ist eins seiner ungewöhnlichsten Bilder. Die meisten seiner Werke bilden ihren eigenen Kosmos – eine Art Religion. Nur schwer zu verstehen. Eigentlich gar nicht.«

»Gefällt es Ihnen deswegen?«

»Es ist eine Abwechslung, ja. Aber dahinter steckt noch etwas anderes.« Werstenkiel ging einige Schritte weiter, seine teuren Halbschuhe klapperten leicht auf dem dunkel gestrichenen Estrich, der der Agentur als Boden ausreichte. Er blieb vor einem anderen Bild stehen. Es war deutlich größer als das Werk Wallas und durch und durch abstrakt. Marius sah nur farbige Linien, die sich zu immer neuen Mustern formten. Ihn schwindelte beim Anschauen. Das Bild trieb einen in den Wahnsinn, wenn man nicht genug Abstand einhielt. Er ging näher heran, hielt es aber nicht lange aus.

»Von wem stammt das?«

»Von meiner Tante.«

»Interessante Familie.«

»In der Tat. Bis vor zwölf Jahren wusste ich nichts von dieser Tante. Meine Eltern und meine Großeltern haben mir ihre Existenz schlicht verheimlicht. Mir und wohl auch den meisten anderen Leuten in unserem Umfeld.«

»Lassen Sie mich raten: Auch Ihre Tante hat einen Großteil ihres Lebens in der Psychiatrie verbracht.«

»Schizophrene Störung. Sie wurde mit 23 eingeliefert, weil sie versucht hat, sich und ihren Liebhaber mit einer Nagelschere umzubringen.«

»Einer Nagelschere?«

»Bei ihm ist es ihr fast gelungen.«

»Was geschah vor zwölf Jahren?«

»Sie starb«, antwortete Werstenkiel.

»Woran?«

»Altersschwäche. Sie war über 70 und ziemlich krank.«

»Wie haben Sie dann von ihr erfahren?«

»Sie hat mir ihre Bilder hinterlassen. Danach hat meine Mutter das erste Mal mit mir über ihre verrückte Schwester gesprochen. Und das einzige Mal. Ich habe mich in ihre Krankenakte eingelesen und erfahren, dass es viele Psychiatriepatienten gibt, die als sogenannte Outsider-Künstler gelten.«

»Allerdings müssen Outsider-Künstler nicht zwingend Psychiatriepatienten sein, oder?«

»Nein, natürlich nicht. Aber dieser Bereich interessiert mich am meisten.«

Sie gingen ein wenig durch die Agentur, während sie redeten, Marius betrachtete interessiert die Bilder an den strahlend weißen Wänden. Vor einer kleinen Arbeit, die offenbar auf einer alten Duschgel-Verpackung aufgetragen worden war, blieb er stehen. Für einen Moment glaubte er, in den Figuren die gleichen Gestalten erkennen zu können, die sein Porträt neben den Mülltonnen so bemerkenswert machten.

»Von wem ist das?«, fragte er wie beiläufig.

»Anton Stocher, ein Schweizer Künstler, hat sich umgebracht. 1992.«

Marius betrachtete das Bild noch einmal. Jetzt fielen ihm die Unterschiede in der Linienführung auf; das Zittrige, das dieses Bild auszeichnete und auf verstörende Weise lebendig wirken ließ, fehlte dem Bild im Hof.

»Sie sagten, es wären Bilder verschwunden?«, lenkte der Detektiv das Gespräch auf sein eigentliches Thema.

Werstenkiel nickte. »Seit ein paar Wochen verschwinden immer mal wieder einzelne Bilder, nicht aus diesem Raum, sondern aus dem Archiv hinten den Gang hinunter.«

»Darf ich das sehen?«

»Selbstverständlich!« Werstenkiel ging an ihm vorbei, Marius nahm einen etwas zu starken Hauch eines Aftershaves wahr, und folgte dem schwarzen Anzug und dem leisen Quietschen der Sohlen auf dem harten Boden. Sie liefen durch einen kurzen, vielleicht drei Meter langen Gang und blieben vor einer stabil wirkenden Tür stehen. Werstenkiel tippte einen Zahlencode auf einer Tastatur neben der Tür ein. Ein Summen ertönte und zeigte an, dass sie sich nun öffnen ließ. Gemeinsam betraten sie das Archiv des Sammlers. Alle vier Wände waren mit Metallschränken zugestellt, deren flache Schubladen die Bilder beherbergten. Marius kannte ähnliche Schränke bereits aus Galerien und den Archiven von Museen. Sie waren teuer. Ebenso wie die Sicherung an der Tür.

»Ich hätte nicht gedacht, dass Outsider-Kunst so viel Wert hat, dass sich eine solche Sicherung wirklich lohnt.«

»Die Preise in diesem Segment sind ziemlich gestiegen in den letzten Jahren. Es gibt einen kleinen, aber durchaus kaufkräftigen Markt für diese Art von Kunst. Offensichtlich lohnt es sich auch, sie zu stehlen.«

Marius fragte sich, wie viel dieser Kaufkraft wohl bei den Künstlern ankam. »Aber man braucht Verbindungen, um sie loszuwerden.«

Werstenkiel zuckte mit den Achseln. Er strich sich mit seinen kräftigen Fingern eine graue Locke aus dem Gesicht. »Übers Internet können Sie inzwischen alles verkaufen, glauben Sie mir, alles.«

Der Detektiv sah sich noch einmal die Tür an. »Es gibt keinerlei Einbruchspuren.«

»Es gab auch keinen Einbruch.«

»Dann hat der Dieb Zugang zu diesen Räumen?«

»Er – oder sie – hat zumindest die Möglichkeit, in diese Räume zu gelangen.«

»Haben Sie eine Videoüberwachung?«

Zerknirscht schüttelte Werstenkiel mit dem Kopf. »Dann hätte ich die Agentur und meine Mitarbeiter ebenfalls überwacht und das wollte ich nicht.«

»Die wahrscheinlich auch nicht«, mutmaßte Sandmann.

»Mir erschien das Sicherheitskonzept auch so ausreichend zu sein.«

»Ihre Versicherung dürfte das anders sehen.«

Werstenkiel zögerte einen Moment mit der Antwort. »Die Bilder sind nicht versichert«, sagte er dann kleinlaut.

Marius ging darauf nicht weiter ein. Es ging ihn nichts an. Hauptsache, Werstenkiel bezahlte seine Rechnungen. »Sie sagten eben ›oder sie‹, als sprächen Sie von einer Frau. Haben Sie einen Verdacht?«

»Leider, ja.« Gedankenverloren strich er über den Rand

des Archivschranks neben ihm. Nicht unbedingt klug, dachte Marius. Immerhin vernichtete Werstenkiel auf diese Weise mögliche Fingerabdrücke.

»Wen haben Sie im Verdacht?«

Der PR-Experte schaute Marius einen Moment lang an. »Das bleibt unter uns?«

»Das hängt davon ab, welchen Auftrag Sie mir erteilen. Aber das kann durchaus unter uns bleiben.«

»Gut. Ich zähle auf Ihre Diskretion, Herr Sandmann. Das ist mir sehr wichtig. Bei der Verdächtigen handelt es sich um ein Mädchen, das seit einigen Wochen in meinem Haushalt lebt. Sie macht ein Praktikum in meiner Agentur und kurz nachdem ich ihr die Sammlung gezeigt habe, verschwand das erste Bild.«

»Es hätte früher verschwinden können. Manchmal bemerkt man so etwas erst nach einigen Wochen.«

»Nein. Ich hatte das Bild zwei Tage vorher erst abgehangen und eingelagert. Es sollte verkauft werden.«

»Sie haben es ihr gezeigt, nicht wahr?« Ein Nicken reichte als Antwort. »Haben Sie ihr auch gesagt, wie viel das Bild wert ist?«

»Sie hat danach gefragt. Ich habe ihr geantwortet. Seitdem sind Bilder im Wert von etwa 70.000 Euro verschwunden.«

»Haben Sie sie darauf angesprochen?«

»Sie hat alles abgestritten.«

»Jetzt möchten Sie, dass ich Ihnen Beweise liefere?«

»Ja, und wenn möglich, die Bilder wiederbeschaffen.«

»Um wen handelt es sich bei Ihrer Verdächtigen?«

»Um meine Nichte Sonja.«

*

Am Abend schloss der Privatdetektiv die Hoftür zweimal ab. Bevor er schlafen ging, kontrollierte er noch einmal, ob die Tür wirklich verschlossen war.

Als er in der Nacht in den Hof schaute, lag der Obdachlose wieder da und blickte zu ihm hoch.

Am nächsten Morgen fand Marius seine Decken fein säuberlich gefaltet unter einem der Büsche. Die feuchte Kälte kroch ihm unter die Kleidung, er fühlte an den Decken, sie waren nass und klamm. Am liebsten hätte Marius die Sachen einfach weggeschmissen und die Tür wieder verschlossen. Auf der anderen Seite waren die Decken für den Obdachlosen ohne Frage lebenswichtig.

Sein Blick blieb an einer Metallröhre hängen, die hinter den Decken halb verborgen lag. Neugierig öffnete er sie und nahm einige Blätter hinaus, weitere Gemälde, die Marius fast noch mehr erschreckten als das Bild seiner selbst an der Mauer. Es war offensichtlich, dass der Obdachlose begabt war, mehr als begabt. So erschreckend die Inhalte der Bilder waren, so exzellent waren sie ausgearbeitet. Der Privatdetektiv überlegte, was Werstenkiel wohl zu ihnen sagen würde.

Hinter einer Art Gitternetz, das auf allen Bildern zu finden war, tobte die Apokalypse. Feuersalamander griffen brennende Katzen an, die sich wehrten und ihrerseits versuchten, die Salamander zu zerfleischen. Raubvögel stürzten sich aus der Luft auf alles, was sich auf den Bildern zu bewegen schien. Im Hintergrund tobten Brände und zerstörten, was nicht von blutigroter Flüssigkeit ertränkt wurde. Winzige, mit bloßem Auge kaum zu erkennende Menschen inmitten dieses Infernos, kleine Menschen, wehrlose Menschen.

Die Zeichnungen wirkten dabei zugleich fast kindlich. Nicht naiv, dafür waren sie zu brutal. Eher als hätte ein kleiner Junge seinen Stil über Jahrzehnte nicht verändert, sondern nur perfektioniert. Eine Art zu malen, die die Gewalttätigkeit der Bilder nur noch intensiver zutage treten ließ.

Sorgfältig rollte Marius die Bilder wieder zusammen und steckte sie zurück in das Rohr. Mit raschen, festen Bewegungen schraubte er den Deckel fest. Dann holte er eine alte, aber trockene Wolldecken aus seinem Kleiderschrank, deckte sie mit einem großen Müllbeutel zu, um sie vor dem Regen zu schützen, und legte sie neben einer Flasche Wasser und etwas Obst aus seiner Küche auf die anderen Decken.

*

500.000 Euro hatte Marius Sandmann vor etwa 12 Monaten für die Rückgabe eines Bildes von Max Ernst erhalten. Blutgeld, dessen größten Teil er nie angerührt hatte. Mehrere tausend Euro hatte er in die Sicherung der Wohnung gesteckt. Das war der Preis, den er für die Ermordung von Bruno Weiß hatte zahlen müssen. Das und die Angst vor Enttarnung durch die Polizei oder Rache durch unbekannte Komplizen und Freunde des Kunstdiebs. Angst, die sein ständiger Begleiter geworden war.

Ansonsten hatte er nur seinen alten Renault gegen einen unauffälligen weißen Mercedes Vito ausgetauscht und den kleinen Lieferwagen mit Überwachungstechnik vollgestopft. Mit diesem Wagen folgte er nun dem Smart Sonja Werstenkiels. Am Morgen hatte er einen Peilsender am Unterboden des Kleinwagens angebracht, sodass er Werstenkiels Nichte in ausreichendem Abstand folgen konnte. Das winzige Mikro, das er im Fußraum montiert hatte, übertrug Radiogeräusche in einen Ohrstecker, den er trug.

Ein kurzer Klingelton im Ohr informierte ihn, dass Sonja eine SMS erhalten hatte. Leider konnte er die nicht auslesen. Zu seinem Glück beantwortete das Mädchen die SMS mit einem Anruf.

»Hi, Lissi! Ja, ich bin gleich da. Gibt's die Stiefel noch? … Okay, halt sie fest!! … Bis gleich!« Marius verkürzte den Abstand. Sie fuhren an der Hahnentorburg vorbei in Richtung Neumarkt. Wenn sie den Smart irgendwo parkte, musste er nah genug dran sein, um zu sehen, wohin sie ging.

Er tippte ›Schuhgeschäfte Neumarkt Köln‹ in die Karten-App seines Smartphones, das in einer Halterung am Armaturenbrett klemmte. Zu seiner Überraschung zeigte ihm die App nur sieben Geschäfte an. Er hatte mit mehr gerechnet, korrigierte die Suche zur Sicherheit auf ›Schuhgeschäfte Schildergasse Köln‹. Das Ergebnis fiel nicht viel anders aus.

Etwa 50 Meter vor sich sah er den Smart in die Thieboldsgasse einbiegen. Er setzte den Blinker und folgte ihm. Der heikelste Moment, denn nun war er direkt hinter dem Wagen und würde Sonja zwangsläufig auffallen, wenn sie in den Rückspiegel schaute. Er baute darauf, dass ein weißer Vito nicht interessant genug war, um ihr im Gedächtnis zu bleiben. Kurz hinter der Kreuzung setzte Sonja den kleinen Wagen quer zwischen zwei Parklücken.

Im Vorbeifahren sah Marius, dass das Mädchen noch einmal sein Aussehen im Rückspiegel kontrollierte, bevor sie ausstieg. Offenbar war sie zufrieden gewesen mit dem, was sie sah. Marius teilte diese Einschätzung, war allerdings mehr damit beschäftigt, nach einem Parkplatz Ausschau zu halten, bevor Sonja irgendwo in den Fußgängerzonen der Innenstadt verschwand. In der engen Gasse war nichts frei, an der Kreuzung zur Lungengasse drehte er den Vito. Ein Ford musste abbremsen, sein Fahrer schlug wütend auf die Hupe. Marius ignorierte ihn und jagte die schmale Gasse zurück in Richtung Neumarkt. Schon jetzt konnte er das Mädchen nirgendwo mehr sehen. Er lenkte den Kastenwagen zurück auf die Hahnenstraße, sah Sonja an der Ampel stehen, bog in die Fleischmengergasse und fand dort einen Parkplatz gegenüber der Stadtbibliothek. Einen möglichen Strafzettel würde er Werstenkiel auf die Spesenrechnung setzen. Er lief zum Neumarkt zurück, sah Sonjas blonden Pferdeschwanz in der Menge wippen, und folgte ihr in Richtung Schildergasse.

Mehrere Stunden dauerte seine Überwachung. Sie brachte ihm keine Erkenntnisse über den Verbleib von Werstenkiels verschwundener Outsider-Kunst. Allerdings saß der 18-Jährigen das Geld sehr locker im Portemonnaie: Stiefel für 500 Euro, ein Mantel für 320, mehrere Kleider, bei denen Marius den Preis ebenso wenig mitbekommen hatte wie bei der Unterwäsche, die Sonja und ihre Freundin gekauft hatten. Als früherer Kaufhausdetektiv wusste Marius, dass die Unterwäscheabteilung bei seiner Überwachung der heikelste Ort war. Ein Mann, der dort allein herumschlenderte, fiel immer auf und weckte Misstrauen. Am Ende schätzte der Privatdetektiv, dass Sonja Werstenkiel weit über 1.000 Euro ausgegeben hatte. Verdammt viel Geld für eine Praktikantin. Laut ihrem Onkel besaßen ihre Eltern nicht viel.

*

In der Nacht schlief er im Wagen. Er hielt die Nähe eines Fremden vor seinen Fenstern nicht aus. Vielleicht war die Decke doch keine so gute Idee gewesen? Am Morgen lag sie unberührt neben den anderen Decken. Auch Wasser und Obst hatte der Obdachlose verschmäht. Marius warf die Lebensmittel in den Mülleimer und stopfte die Decke in die Waschmaschine.

2

»Hallo!«, rief er in die Dunkelheit.

Keine Antwort.

Der Privatdetektiv trat in den Hof hinaus. Regentropfen fielen auf seine Brillengläser und seine kurz geschorenen Haare. Schon nach wenigen Sekunden lief ihm das Wasser die Stirn hinunter ins Gesicht. Er wischte es mit der linken Hand fort. Doch die nächsten Regentropfen landeten auf den Gläsern. Dann knipste Sandmann die Taschenlampe in seinem Smartphone an und leuchtete in Richtung der Mülltonnen. Das Deckenbündel regte sich nicht. Also näherte er sich einige Schritte, die Lampe fest auf den Obdachlosen gerichtet.

»Hey!«, versuchte er es erneut. Jetzt bewegten sich die Decken, der haarige, ausgezehrte Kopf schaute blinzelnd in das grelle Licht.

»Aus!«, krächzte er.

Marius senkte den Lichtstrahl auf den Boden. Der Obdachlose fiel zurück und rollte sich wieder zusammen. Kein weiteres Wort. Erneut richtete Marius die Lampe auf ihn.

»Du kannst im Keller schlafen. Da unten ist es trockener als hier draußen. Und wärmer. Die Tür ist auf.«

Dass Marius dann nicht mehr das Gefühl haben würde, der Obdachlose könnte ihn beobachten, möglicherweise doch irgendwie durch die vergitterten Fenster in die Wohnung eindringen oder Vorbild sein für jemanden, der gefährlichere Absichten hegte, ließ er unerwähnt.

Eine kurze Bewegung in den Decken. Dann wieder Stille.

Unschlüssig stand Marius in der Mitte des kleinen Innenhofs. »An deiner Stelle würde ich runtergehen«, sagte er schließlich und drehte sich um. An der Tür blickte er noch einmal zurück. Das Bündel hatte sich nicht gerührt. »Ich lass die Tür ein paar Minuten auf und mach' sie später zu.«

Keine Antwort. Marius ging ins Haus zurück. Von innen beobachtete er den Hof eine Weile mit dem Nachtsichtgerät. Der Obdachlose regte sich nicht, lag weiter in dem stärker werdenden Regen, unter den sich immer mehr Schneeflocken mischten. Nach einem Kontrollgang durch die Wohnung, bei dem der Privatdetektiv Fenster und Türen überprüfte, legte er sich schlafen. Als er einige Stunden später erwachte und als Erstes das Nachtsichtgerät aufsetze, waren die Decken im Hof verschwunden. Er schlich hinaus und schloss die Tür ab.

*

In den nächsten Tagen gewöhnte sich Marius Sandmann an, abends nach Einbruch der Dunkelheit die Hoftür abzuschließen und dafür die Kellertür offen zu lassen. Der Obdachlose akzeptierte dieses Arrangement. Als Marius am ersten Tag in den Keller hinunter gegangen war, hatte er seine Decken und seine Bilderrolle säuberlich aufgestapelt unter der Kellertreppe gefunden. Von dem Mann selbst fehlte jede Spur. Der Detektiv sah ihn nicht, er hörte ihn nicht. Er war erleichtert, dass sich niemand mehr im Hof herumtrieb, ihn beobachten konnte und gemahnte, dass die Fenster im Erdgeschoss die Schwachstelle seines Sicherheitskonzeptes waren, auch wenn sein Vermieter zugestimmt hatte, als der Privatdetektiv sie auf eigene Kosten vergittern ließ. Nur die Zeichnung an der Wand erinnerte noch daran, dass hier jemand sein Lager aufgeschlagen hatte. Der Detektiv hatte sie mit dem Smartphone abfotografiert. Eigentlich wollte er das Bild danach überstreichen, brachte es aber nicht fertig. Stattdessen schob er eine Regentonne davor, die ein Mieter aus dem dritten Stock einmal im Hof aufgestellt hatte.

*

Ein beißender Geruch weckte ihn. Es brauchte einige Sekunden, ehe er ihn einordnen konnte. Zunächst dachte er, er hätte irgendetwas auf dem Herd vergessen. Rasch sprang er aus dem Bett und lief auf nackten Füßen die Treppe hinunter ins Erdgeschoss. Im Trainingsraum sah er die ersten dünnen Rauchschwaden, die ebenso träge wie bedrohlich am Boden entlangzogen und sich unter den Hanteln zu sammeln schienen.

Er rannte weiter. Im Flur wurden die Schwaden auf dem Boden dichter. Sie krochen unter der Tür hindurch, erste kleine dunkelgraue Fäden zwangen sich bereits seitlich an der Tür vorbei. Als er sie aufriss, blickte er in eine grauschwarze Nebelwand. Er hörte das Knacken und Knistern eines Feuers. Wo er die Kellertür im Nebel vermutete, sah er ein fahles Glimmen im grauen Rauch.

Erste kleine Flämmchen züngelten schon am hölzernen Treppengeländer. Wenn er sich nicht beeilte, würde das Feuer auf das Erdgeschoss übergreifen.

Wo steckte der Obdachlose? Lag er unten? Dann

brauchte er Hilfe! Wenn sie nicht schon zu spät kam. Eilig stürmte der Detektiv zurück in die Wohnung, zog die klamme Decke aus der Waschmaschine und feuchtete sie in der Dusche zusätzlich an. Anschließend riss er ein Handtuch von der Heizung, hielt es ebenfalls unter den Wasserhahn und band es sich vor Mund und Nase. Im Flur griff er sein Handy, wählte die 112. Mit der freien Hand zog er die Gesichtsmaske kurz herunter und gab in knappen Worten seine Adresse durch.

Die Decke vor sich haltend, lief er die Kellertreppe hinab. Vom Absatz der vorletzten Stufe meinte er eine Gestalt in den Flammen ausmachen zu können. Hilflos schlug Marius mit der Decke nach den Flammen. Wütend zuckten sie kurz zurück, um danach nur noch heftiger nach ihm zu greifen. Schon bald bot die Decke keinen ausreichenden Schutz mehr. Es war aussichtslos! Das Feuer war bereits zu groß, die Flammen füllten die gesamte Höhe des Raumes aus. Mit seiner albernen, feuchten Decke konnte er nichts ausrichten. Irgendwo, das wusste er, hing im Keller ein Feuerlöscher. Es dauerte einen Augenblick, dann sah er hin. An der hinteren Wand, durch die Flammen davor grell orange beleuchtet. Hinter sich hörte er Schritte und Stimmen. Er hoffte auf Hilfe, vielleicht sogar Rettung für den Obdachlosen, dessen schwarzer Körper unerreichbar für Marius in der hinteren Ecke des Ganges lag.

Nachbarn standen mit verschrecktem Blick an der Tür. Sie sahen auf die Flammen und auf den Detektiv, der nur mit einer Jogginghose bekleidet, versuchte, die Flammen mit seiner Decke zu löschen. Keiner rührte sich.

Marius hörte, wie die Haustür aufgerissen wurde, hörte die schweren Schritte der Feuerwehrleute, denen er notgedrungen den Kampf mit den Flammen überließ. Erschöpft ließ er sie an sich vorbei. Ein Nachbar blickte ihn misstrauisch an.

»Haben Sie das Feuer gelegt?«

*

Die Feuerwehrleute brauchten kaum zehn Minuten, um das Feuer unter Kontrolle zu bringen und weitere zwanzig, um letzte kleine Brandherde zu löschen. Marius stand mit den anderen Bewohnern des Hauses draußen auf der Straße, eine Decke gegen die Kälte um die Schultern gelegt. Niemand sprach mit ihm und er sprach mit niemandem. Als die ersten Feuerwehrmänner auf die Straße zurückkamen, ging Marius ins Haus.

Der Geruch verbrannten Holzes und verschmorter Kabel mischte sich unter den noch vorhandenen Gestank des Qualms und den Geruch von Feuchtigkeit und Löschwasser. Zwei Feuerwehrleute standen vor der Kellertür und versiegelten sie mit einem Absperrband. Marius sprach einen von ihnen an.

»Dort unten war jemand, oder?«

Der Mann nickte. »Ja, da war jemand. Haben Sie versucht, ihn zu retten?«

»Ich konnte nichts tun.«

Marius blickte an dem Feuerwehrmann vorbei hinunter in den Keller. Würde der Obdachlose noch leben, hätte Marius ihn nicht dort unten schlafen lassen?

»Der arme Kerl steckte da hinten richtig in der Falle. Keine Chance, wenn Sie mich fragen. Kannten Sie ihn? Ich nehme an, es war ein Obdachloser, der sich hier einquartiert hat.«

»Passiert so etwas öfter? Dass sich Leute in fremden Häusern oder Kellern einquartieren?«

»Im Winter gelegentlich. Den meisten ist das zu riskant. Sie kriegen ja doch nur Ärger, wenn sie erwischt werden.«

Nicht alle, dachte der Detektiv. Manche bekommen Hilfe bis in den Tod.

Der Feuerwehrmann musterte ihn prüfend. »Ich kenne Sie«, sagte er schließlich.

Marius musterte den Mann. Er war groß, unter dem Helm trug er kaum zu sehende, kurze schwarze Haare, einen Schnauzbart im kantigen Gesicht, das in ihm keine Erinnerungen auslöste.

»Woher? Ich kann mich leider gar nicht an Sie erinnern. Tut mir leid.«

Der Feuerwehrmann lachte. »Das glaube ich Ihnen gerne! Als ich Sie das letzte Mal gesehen hatte, wirkten Sie um einiges lädierter als heute. Damals hatten Sie gerade eine Tür in die Fresse bekommen.«

Jetzt dämmerte es Marius. Vor einigen Jahren, als er einen Bombenanschlag auf eine Karnevalskneipe untersucht hatte, hatte jemand versucht, sein altes Büro und ihn in die Luft zu sprengen. Er erinnerte sich, dass er die Tür aufgeschlossen hatte, einen Blitz sah, einen Knall hörte.

»Sie waren damals dabei?«

Der Feuerwehrmann nickte. »Sie scheinen Brände und Bomben ja geradezu anzuziehen. Galt das Feuer Ihnen?«

»Ich denke nicht.«

»Wohnen Sie da?«, fragte der Feuerwehrmann und deutete auf die Wohnungstür. Der Detektiv nickte.

»Okay, hätte es Ihnen gegolten, hätte sich der Brandstifter sicher einen anderen Ort gesucht. Nicht den Keller. Haben Sie Fenster zum Hof?«

»Ja.«

»Dann könnte man Ihnen einen Molotowcocktail durch die Scheibe schmeißen.«

»Die Fenster sind vergittert.« Der Feuerwehrmann schaute ihn kurz irritiert an. »Erdgeschosswohnung. Da sollte man ein bisschen vorsichtiger sein.«

»Das hätte man dem Kerl da unten sagen sollen. Armes Schwein!«

Damit ließ der Feuerwehrmann den Detektiv stehen und folgte seinen Kollegen, die draußen bereits zusammenpackten. Das rotierende blaue Licht fiel in den Flur und verschwand, als Marius die Haustür hinter sich schloss. Er horchte kurz ins Treppenhaus, die Nachbarn hatten sich in ihre Wohnungen zurückgezogen. Er ging nicht zurück in seine Maisonette, sondern hob das Absperrband an der Kellertür vorsichtig an, bückte sich und stieg die Treppe hinab. Das Licht ließ er ausgeschaltet, stattdessen griff er wieder zur Taschenlampe seines Smartphones. Mit dessen kaltem, weißem Licht leuchtete er in den Keller hinein. Ganz am Ende des schmalen Ganges sah er vor der Metalltür zum ehemaligen Öltank einen schwarzen Haufen. Es dauerte einige Zeit, bis er darin die verkohlten Decken und den Obdachlosen erkennen konnte. Ein Armstumpf hing über der Decke, seltsam verdreht. Vorsichtig, den Ärmel des Sweatshirts gegen den Gestank verbrannten Fleisches vor die Nase haltend, ging er den dunklen Gang auf die Leiche zu. Mit dem Smartphone leuchtete er die Umgebung ab. Er fand nicht, wonach er suchte. Die Metallröhre mit den Bildern war verschwunden.

3

Er wandte sich um, rüttelte an den Türen der Kellerverschläge für die Mieter, aber fand sie alle verschlossen. Vielleicht war die Rolle irgendwo unter einer der roh gezimmerten Holztüren durchgerollt? Er ging auf die Knie. Der Gestank verbrannten Fleisches schien ihm nun noch intensiver in die Nase zu steigen. Er musste sich die Hand davor halten, schaute unter den Lücken hindurch, die ihm groß genug erschienen, leuchtete in die Keller hinein, fand nirgends eine Spur der Bilder. Um den Geruch zu unterdrücken und der aufsteigenden Übelkeit entgegenzuwirken, versuchte er, flach durch den Mund zu atmen. Aus dem Augenwinkel sah er den verbrannten Körper.

Er stand auf, wollte weg, hielt inne. Jemand riss das Absperrband beiseite. Die Kellertreppe knirschte unter den Schritten mehrerer Personen. Panisch schaute sich der Detektiv um, eilte hinüber zu seinem eigenen Keller und sperrte sich dort ein, bevor die Männer das untere Ende der Treppe erreicht hatten.

Sie waren zu dritt. Einer schaltete das Licht ein, das zu Marius' Überraschung noch funktionierte. Er konnte sie durch einen Spalt im Holz beobachten. Sie trugen die obligatorischen Plastikoveralls der Kriminaltechniker und schwere Metallkoffer. Einer hatte eine Kamera mit einem riesigen Blitzgerät um den Hals hängen.

»Was haben wir hier?«

»Verbrennungsopfer, vermutlich ein Obdachloser, der sich im Keller eingenistet hat …«

»Lass mich raten: Ihm war kalt und da hat er sich ein Feuerchen gemacht?«

»So etwas in der Art.«

»Prima! Und was sollen wir dann hier?«

»Bestätigen, was Hans gerade gesagt hat«, schloss der vorderste der drei Männer. Marius hörte sie lachen. Er atmete so leise, wie es ging, hoffte, dass sie ihn nicht hörten. Der Geruch setzte ihm immer mehr zu. In ihm würgte es. Er musste ausharren, während vor seinem Versteck die Männer von der Spurensicherung ihrer Arbeit nachgingen. Gelegentlich musste Marius die Augen zusammenkneifen, weil das Blitzlicht des Fotoapparats Keller, Brandstelle und Leiche grell ausleuchtete. Ihn wunderte, wie wenig die Techniker redeten, wie wenig sie sich wirklich mit dem Tatort beschäftigten.

Nach 15 Minuten erschienen ein junger Kriminalkommissar und Rechtsmediziner Volker Brandt ebenfalls vor Ort. Mit Brandt hatte Marius einige Male zu tun gehabt, den Kriminalkommissar hatte er noch nie gesehen. Er musste jünger sein als Marius selbst. Mit seinem blonden Scheitel, der kleinen Nase und der leicht pickligen Haut wirkte er wie ein Teenager. Sein schwarzer, weit geschnittener Wintermantel, der ihm um die Schultern schlackerte, sollte ihn vermutlich größer und älter wirken lassen. Ein Fehlschlag.

Die beiden hielten Abstand zu der Leiche, vor allem der junge Polizist machte keine Anstalten, näher heranzutreten. Marius konnte sie zwischen dem Schwarz des dunklen Holzes ausmachen.

»Boehnisch, Kriminalkommissar«, stellte sich das Jüngelchen vor und reichte jedem der drei Techniker die Hand. Brandt stand daneben und tippte in Hochgeschwindigkeit irgendetwas in sein Handy. Vermutlich nichts, was mit dem Fall in Verbindung stand. Er hatte nur einen kurzen Blick auf die Leiche geworfen.

»Was haben wir hier?«, fragte Boehnisch, bemüht, seine Stimme scharf und schneidig klingen zu lassen.

»Einen Keller«, erwiderte der Wortführer der Techniker trocken. Seine Kollegen packten bereits ihre Utensilien zurück in die Koffer und grinsten.

Boehnisch warf ihm einen irritierten Blick zu und fuhr sich durchs Haar. »Danke, Herr Kollege! Da wäre ich jetzt nicht von alleine drauf gekommen.«

»Ich weiß.«

Brandt schnaubte. Er drückte ein paar Knöpfe auf dem Handy, dann ging er ein paar Schritte an das Ende des Kellers. Marius konnte seine Stimme hören, verstand aber nur Wortfetzen. »... Frühstück ... du und ich ... gleich ... zu früh? ... Wieso?«

Brandts Privatleben interessierte ihn im Augenblick weniger als die Informationen, die die KTU für Boehnisch hatte.

»Dann schicken Sie mir Ihren Bericht bis 14 Uhr ins Büro und vergessen Sie nicht die Details!«, konterte der Kriminalkommissar.

»Männliche Leiche, verbrannt, verkohlt, Brandzentrum – sofern wir das sagen können – hier in der Ecke.« Er hielt die Überreste eines kleinen Camping-Gaskochers hoch. »Wahrscheinlich hat er versucht, ein Feuerchen zu machen. Gegen die Kälte ...«

Der Privatdetektiv dachte an die verschwundenen Bilder und zweifelte an dieser Theorie. Boehnisch schien mit der Antwort zufrieden zu sein.

»Ein Unglücksfall also? Danke.« Er schaute auf den Leichnam, als betrachtete er ein seltsames, totes Insekt. Ein Insekt, das ihm fremd war und nichts sagte. Am liebsten wäre Marius in den Flur hinausgegangen und hätte die Befragung der KTU selbst übernommen.

Der Wortführer schaute Boehnisch spöttisch an. »Sie müssen schon näher rangehen, wenn Sie was sehen wollen, Herr Kriminalkommissar.«

Marius sah die feixenden Gesichter der anderen KTU'ler hinter dem Polizisten.

Brandt kehrte zurück. »Und?«

»Euer Mann«, sagte der Wortführer und folgte seinen beiden Kollegen. Brandt steckte sein Handy in die Außentasche seines Sakkos, entnahm ihm stattdessen ein Aufnahmegerät und kniete sich vor dem Leichnam hin. Der Kriminalkommissar blieb etwas abseits.

Der Rechtsmediziner brauchte nicht lange, um zu einem ersten Ergebnis zu kommen. »Allem Anschein nach ist der Tote verbrannt«, sprach er als Letztes in sein Diktiergerät. Dann erhob er sich wieder und wandte sich direkt an Boehnisch. »Alles Weitere in ein paar Tagen.« Er drehte sich um. Marius hörte ihn die Treppe in den Flur hinaufgehen. Boehnisch blieb etwas ratlos vor den Überresten des Obdachlosen stehen.

Wenige Minuten später kamen die Sargträger und nahmen den Leichnam mit. Da der Plastikbehälter nicht die Kellertreppe hinunterpasste, legten sie die Überreste des Obdachlosen in einen Plastiksack und trugen ihn darin nach oben. Boehnisch verließ mit ihnen den Keller. Nur wenige Sekunden länger hielt Marius es noch aus. Er übergab sich so leise, wie er konnte, in eine Ecke seines Kellerverschlages. Dann beeilte er sich, ebenfalls ins Freie zu gelangen. Die KTU'ler verstauten gerade ihr Arbeitsmaterial in einem Ford Transit. Boehnisch, Brandt und der Sarg waren bereits verschwunden.

»Entschuldigen Sie!«, rief Marius den KTU'lern zu. Einer der drei, ein Mann um die 50 mit etwas zu langen, grauen Haaren, drehte sich zu ihm um. Er hatte den Overall bereits abgelegt und zog sich gerade eine dick gefütterte Winterjacke an. Skeptisch musterte er Marius in seiner Jogginghose und mit freiem Oberkörper.

»Was gibt's?«

»Ich bin eben erst wachgeworden und konnte mich nicht anziehen. Es ist dringend!« Als er sich dem Mann weiter näherte, rümpfte der kurz angewidert die Nase. »Ich habe versucht, unten in den Keller zu kommen. Da ist abgesperrt. Sie waren gerade unten, oder?«

»Ja, das ist richtig. Wenn Sie etwas wissen wollen, müssten Sie sich an den Herrn Boehnisch von der Kripo wenden. Der ist zuständig.«

»Mir ist ein kleines Malheur passiert. Ich bin Künstler und ich habe gestern Abend eine Rolle mit Bildern im Keller stehen lassen. Jetzt fürchte ich, dass die alle da unten verbrannt sind. Eigentlich sollten die an eine Galerie heute … Das ist extrem wichtig für mich, meine erste eigene Ausstellung! Also, wenn es sie noch gibt …«

Der Grauhaarige wandte sich an seine Kollegen. »Habt ihr da unten eine Rolle mit Bildern gesehen?«

»So eine Metallröhre war das!«, ergänzte der Detektiv. Die Rolle des leicht schusseligen Künstlers gelang ihm gut. »Zugeschraubt!«

Auch die beiden anderen Männer schüttelten den Kopf. »Da war keine Röhre. Aus Metall, sagst du?« Marius nickte rasch. »Dann müsste sie das Feuer überlebt haben. Selbst wenn sie direkt im Brandherd gelegen hätte.«

»Also war da nichts?«

»Nein, tut mir leid.« Noch einmal musterte der KTU'ler

den Detektiv abschätzig. »Wahrscheinlich hast du sie woanders liegen lassen.«

»Ich hoffe es! Danke!«

*

Der Draht hakte nur kurz. Es kostete Sandmann etwas über 30 Sekunden, die Wohnungstür von Sonja Werstenkiel zu öffnen. Niemand war ihm im Treppenhaus begegnet oder hatte ihn beobachtet. Dennoch öffnete er die Tür leise und lauschte einen Moment ins Innere der Wohnung. Werstenkiel hatte ihm garantiert, dass Sonja in der Agentur sein würde, auch wenn er leicht irritiert geklungen hatte, als Marius ihn von seiner Absicht, bei Sonja einzubrechen, unterrichtet hatte. Er selbst besäße keinen Schlüssel für diese Wohnung, Sonja sehr wohl für die Agentur und die Privaträume ihres Onkels, bei dem sie die ersten zwei Wochen in Köln gewohnt hatte.

Als Marius im Stockwerk über sich eine Tür schlagen hörte, schlich er in die Wohnung des Mädchens. Auch hier verharrte er lauschend. Er hatte Zeit und war froh, dass ihn dieser Einbruch von den Bildern in seinem Kopf ablenkte, den Bildern des verbrannten Obdachlosen. Mit einem leichten Druck öffnete er die erste Tür neben sich: das Bad. Kurz schaute er hinein, entdeckte nichts, was seine Neugier weckte. Die Holzdielen knirschten leicht unter seinen Schuhen, als er weiterging. Niemand reagierte auf das Geräusch. Er schien wirklich allein zu sein.

Hinter der nächsten Tür verbarg sich die Küche. Dahinter lag ein kleines Wohnzimmer, das als Durchgangszimmer angelegt war, an dessen Ende sich das Schlafzimmer des Mädchens befand. Das Bett war nicht gemacht. Jeweils zwei Kopfkissen und Bettdecken, beide wirkten benutzt, Es hätte also doch noch jemand anderes in der Wohnung sein können.

Marius öffnete die Kleiderschränke, schob die Kleider des Mädchens auseinander, untersuche den Boden und die hintere Wand nach Gemälden oder Verstecken. Ohne Erfolg. Ebenso wenig unter dem Schrank. Auf ihm standen zwei Koffer und mehrere Kisten. Marius durchwühlte sie, persönliche Dinge Sonjas, Fotos von Ex-Freunden, Freundinnen, aus dem Urlaub, einige Nacktfotos der Praktikantin. Marius überlegte, ob er das ein oder andere davon einstecken sollte. Es könnte ein nützliches Druckmittel sein. Er wählte zwei Bilder aus und steckte sie in eine Klarsichthülle, die er aus der Manteltasche zog. Auch unter dem Bett fand er keine Spur der verschwundenen Bilder aus der Sammlung Egon Werstenkiels. Dafür einen Karton mit Reizwäsche, Handschellen und einem Lederhalsband. Er packte alles wieder zurück, deponierte ein Mikrofon unter dem Lattenrost und überlegte, eine Kamera im Rauchmelder zu installieren, dem irgendjemand praktischerweise bereits die Batterie entnommen hatte. Er verwarf den Gedanken. Für seine Zwecke würde es reichen, Flur und Wohnungstür mit einer Kamera zu überwachen.

Im Wohnzimmer war er mit seiner Suche schneller fertig, ebenso in der Küche und im Bad. In jedem der Räume hinterließ er ein winziges Mikrofon, im Flur zudem eine Kamera. Wenn Sonja Werstenkiel Diebesgut in der Wohnung deponierte, würde sie zwangsläufig durch den Flur müssen. Allerdings versprach sich der Detektiv von den Mikrofonen deutlich mehr. Würde das Mädchen die Bilder ihres Onkels hier verstecken, hätte er sie gefunden.

Nach etwa einer halben Stunde stand er hinter der Wohnungstür und lauschte nach draußen. Jemand ging das Treppenhaus hinauf, hielt auf seiner Etage kurz inne. Marius hörte das Geräusch eines Schlüssels, der aus einer Tasche gekramt wurde, und fürchtete schon, die Praktikantin käme vor der Zeit zurück. Rasch kontrollierte er das Display seines auf Vibrationsalarm geschalteten Handys: keine Nachricht von Werstenkiel, der ihn in diesem Fall warnen sollte.

Er hielt den Atem an, bis sich der Unbekannte auf der Treppe wieder in Bewegung setzte und an der Tür vorbeiging. Der Detektiv hörte ihn die Stufen in den dritten Stock hinaufgehen. Als er oben das Türschloss hörte, huschte er aus der Wohnung hinaus.

Er verspürte einen Widerwillen, in den Keller hinabzusteigen. Vor seinem inneren Auge erschien der verbrannte Körper des Obdachlosen. Aber es musste sein. Zum Glück war dieser Keller hell erleuchtet, frisch getüncht und fast unanständig sauber. Vor allem zeigte er keinerlei Brandspuren, roch nicht nach Feuer, Löschwasser, verschmorten Kabeln und verbranntem Fleisch. Marius leuchtete in den Keller hinein, den Werstenkiel ihm als Sonjas beschrieben hatte. Er war leer. Zur Sicherheit kontrollierte er die anderen Kellerverschläge. Es war durchaus möglich, dass Sonja mit einem ihrer Nachbarn zusammenarbeitete oder zumindest dessen Keller als Versteck nutzte. Anhaltspunkte dafür fand der Detektiv allerdings keine. Er würde sich als Nächstes mit dem Bekanntenkreis der Diebin beschäftigen müssen. Zuvor hatte er noch etwas anderes zu erledigen.

*

Ein zweites Mal kletterte Marius unter dem Absperrband der Polizei hindurch. Es wunderte ihn, dass sie den Keller noch nicht freigegeben hatten. Würde Boehnisch doch noch einen Brandsachverständigen schicken? Wieder suchte er nach der Bilderrolle. Unwahrscheinlich, dass der Obdachlose sie nicht bei sich geführt hatte. Dafür hatte er zu sorgsam auf die Rolle geachtet. Und wenn er sie bei sich gehabt hatte, dann müsste sie noch da sein. Wenn nicht, hatte sie wahrscheinlich jemand mitgenommen. Jemand, der den Obdachlosen beseitigen wollte? Wegen der Bilderrolle? Jedenfalls teilte Marius die Einschätzung Boehnischs nicht, dass es sich um einen selbst verschuldeten Unfall handelte.

Mit einem Dietrich, den er sich vor einigen Monaten hatte machen lassen, öffnete er den Raum mit den Gaszählern und die Kellerverschläge der Nachbarn, zu denen er sonst keinen Zutritt hatte. Immerhin bestand die Möglichkeit, dass der Maler die Bilder irgendwo versteckt hatte. Auch hier: keine Spur. Sorgfältig verschloss er die Kellerräume wieder. Anschließend ging er hinaus in den Hof. Es hatte wieder ein wenig geschneit. Ein Paar Fußspuren führten zu den Mülltonnen und wieder zurück. Er schaute auf die Fenster zu seiner Wohnung und begutachtete den Zustand der Gitter davor. Zur Kontrolle rüttelte er an einem davon. Es saß fest. Dann sah er, dass der Obdachlose ihm etwas hinterlassen hatte. Er ging in die Hocke, um es genauer zu betrachten. Unterhalb seines Bürofensters hatte der Mann mehrere Eidechsen gezeichnet. Sie sahen aus, als flöhen sie gerade aus der Wohnung des Detektivs. An ihren Hinterpfoten züngelten Flammen, bei näherer Betrachtung erkannte Marius, dass ihre Köpfe aus kleinen Dämonenschädeln zusammengesetzt waren.

Er ging hinüber zu den Mülltonnen, neben denen der Obdachlose geschlafen hatte, schaute nur kurz auf sein Porträt an der Mauer. Dann durchsuchte er die Büsche, schob die kahlen, vom Schnee feuchten Äste beiseite, grub in altem Laub. Von der Röhre und den Bildern fehlte jede Spur. Marius schaute hinter die Tonnen, in die anderen Ecken des Hofes und kehrte schließlich zu dem Schlafplatz zurück. Vielleicht hatte der Maler sie vergraben? Gründlicher als zuvor kehrte er das Laub mit den Händen beiseite. Es raschelte. Nach einigen Minuten hielt er inne. Er betrachtete eine kleine Stelle Erde, locker aufgeschüttet, zu klein, um darin die Röhre verschwinden zu lassen, aber in jedem Fall ein Versteck. Mit raschen Bewegungen fegte er die Erde beiseite und zog ein Schlüsselbund hervor. Drei Schlüssel hingen an einem dreckigen, feucht gewordenen Schlüsselanhänger, der eine Spielfigur aus Plastik zeigte, die Marius nicht kannte. Keine Adresse. Er nahm den Schlüssel an sich und kehrte ins Haus zurück.

*

Die Zweieuromünze klimperte in der alten Mütze. Einer der Hunde, die sich eng an den Mann und seinen Schlafsack anschmiegten, schreckte hoch. Kurz blickte er Marius an. Dann sank der Kopf wieder zurück auf die Pfoten. Der Alte, dem der Hund gehörte, nickte nur kurz mit dem Kopf. Sein Sitznachbar, der in Schlafsack, Daunenjacke und Mütze eingepackt neben ihm saß, beachtete den Privatdetektiv gar nicht.

»Ich könnte Ihre Hilfe gebrauchen«, begann Marius das Gespräch.

»Hilfe?«, erwiderte der Mann zweifelnd. »Meinst du uns?«, schob er nach, fast belustigt, bevor er sich einem heftigen Hustenanfall hingeben musste, der in dem Durchgang zu den Bahngleisen des Bahnhofs Ehrenfeld heftig nachhallte. Die Hunde sprangen auf, wedelten aufgeregt mit den Schwänzen. Als sich der Mann wieder beruhigt hatte, leckten sie ihm das Gesicht, bis es ihm zu viel wurde und er sie zur Ordnung rief. Passanten eilten die Treppen von den Bahngleisen hinab, warfen den Obdachlosen kurze, verschämte Blicke zu oder rannten achtlos an ihnen vorbei. Nur eine alte Frau blieb stehen, stützte sich mühevoll auf ihren Gehstock und kramte aus ihrer Handtasche ein in Plastik verpacktes Brot heraus.

»Sie müssen essen«, sagte sie und legte dem Obdachlosen das Brot auf die Beine. »Das ist wichtig!« Sie wandte sich zum Gehen. Die beiden Obdachlosen bedankten sich wie aus einem Mund. In diesem Augenblick erinnerten sie den Detektiv an zwei Schuljungen, die ihren artig auswendig gelernten Text aufsagten. Der Mann mit den Hunden verstaute das Brot in seinem Rucksack. Das Mädchen, das neben ihnen saß, beachtete Marius nicht. Sie hatte ihren Kopf unter eine Kapuze vergraben und auf die angezogenen Knie gelegt. Offenbar schlief sie.

»Und wie können wir dir helfen?«, wandte er sich nun wieder Marius zu.

»Jemand, den ihr vielleicht kennt, hat zuletzt ein paar Nächte bei uns im Keller übernachtet. Er hat da etwas liegen lassen.« Er hatte sich diese Notlüge auf dem Weg hierher überlegt, zweifelte er doch daran, dass er Informationen bekäme, wenn er vom Tod des Obdachlosen berichtete.

»Was hat dieser Jemand denn bei euch im Keller liegen gelassen?«, fragte der alte Mann. Er und seine Hunde musterten Marius aufmerksam. Sein Nachbar und das Mädchen ignorierten den Detektiv und das Gespräch noch immer.

»Bilder«, antwortete Marius.

»Bilder«, echote der Alte und machte eine Pause. »So, so.« Statt weiterzusprechen, kraulte er einem der Hunde den Nacken. Die anderen beiden winselten leise. Über ihnen rollte ein Zug in den Bahnhof ein. Erst nach einiger Zeit schaute er Marius erneut an. »Da kann ich dir nicht helfen«, sagte er nur und widmete sich weiter seinen Hunden. Marius stand etwas unschlüssig herum, einer der Hunde sprang plötzlich auf und kläffte den Detektiv an.

»Ihr kennt niemanden, der wirklich gut malen kann? Ein Typ, dunkle lange Haare, etwas älter als ich.« Er schaute den anderen Obdachlosen und das Mädchen an, die ihn beide ignorierten. Von ihr sah er kaum mehr als die Nasenspitze, auf der zwei Pickel sprießten. Ihre Nägel waren abgekaut und rissig, eine aschblonde Strähne lugte unter der schmutzig-roten Kapuze hervor. Auf eine seltsame Art erschien ihm das Mädchen vertraut. Doch er konnte sie nicht einordnen.

»Jetzt verpiss dich!«, befahl der Alte. Auch die beiden anderen Hunde sprangen nun auf und bellten Marius an.

»Ist schon okay«, sagte Marius so ruhig er konnte. Dann drehte er sich um und ging in Richtung Venloer Straße davon. Am Eingang zur U-Bahn standen ein paar andere Obdachlose, Marius ging an ihnen vorbei. Er fragte sich immer noch, weshalb ihm das Mädchen so bekannt vorgekommen war.

Es nieselte aus tief hängenden Wolken, der Detektiv setzte sich eine Kappe auf, damit die Brille nicht nass wurde, und schlug die Kapuze über den Kopf. Trotzdem hatte er das

Gefühl, dass die Feuchtigkeit regelrecht in seine Kleidung hineinkroch. Wenige Meter vor dem Vito, den er gegenüber der Polizeiwache auf einem Parkplatz abgestellt hatte, drückte er bereits den Türöffner am Schlüssel, um möglichst schnell ins Trockene zu kommen. Da hörte er hinter sich eine Stimme seinen Namen rufen.

Er blieb stehen und drehte sich um. Das Mädchen, das neben den beiden Obdachlosen gesessen hatte, stand vor ihm, ihr Gesicht seltsam vertraut und fremd zugleich. Irgendwoher kannte er sie. Sie grinste, als überlege sie, wie lange sie ihn wohl noch mit der Frage nach ihrer Identität auf die Folter spannen könnte. Es war dieses Grinsen, das sie verriet.

»Verena?«

»Du hast mich wirklich nicht erkannt, oder? Obwohl wir sogar zwei Mal ein Paar waren!« Sie spielte die Entrüstete. Das konnte sie gut.

»Du sahst anders aus früher. Was ist passiert?« Marius wusste nicht, ob er sich um Verena Sorgen machen musste. Sie schien ihm nie jemand gewesen zu sein, der abrutschen könnte. Zu ehrgeizig, zu kontrolliert, unkaputtbar in seinen Augen.

»Dein Auto?« Sie zeigte mit dem abgenagten Fingernagel auf den Vito. »Können wir uns reinsetzen?«

Marius hatte kein Interesse, der neugierigen Journalistin – oder Ex-Journalistin? – den mit Überwachungstechnik vollgepackten Vito zu zeigen.

»Ungemütlich und schmutzig«, antwortete er und erntete ein Lachen.

»Da habe ich grad kein so großes Problem mit.«

»Lass uns da reingehen«, ignorierte der Detektiv Verenas Einwand und deutete auf das Möbelgeschäft, das in die ehemaligen Rheinlandhallen eingezogen war.

Drinnen setzten sie sich auf eine Sitzgruppe im Eingangsbereich. Ausstellungsstücke, die Marius nicht sonderlich bequem fand. Verena lümmelte sich ihm gegenüber in einen Sessel, schob einen Fuß unter den Oberschenkel des anderen Beines.

»Warum bist du mir nachgelaufen?«

»Das ist die erste Frage, die dir einfällt?«

Wieder dieses Lächeln, das zwischen Spott und Empörung changierte und ihn rasend machte.

»Ich dachte, wir fangen einfach im Hier und Jetzt an und arbeiten dann deine Vergangenheit auf.«

Verena lehnte sich ein Stück zurück, verkroch sich in den Polstern. Ein Verkäufer lief die Treppe hinunter, sah sie missbilligend an, sagte nichts. Auffällig unauffällig begann er wenige Meter entfernt von ihnen, eine andere Sitzgruppe umzustellen.

»Ich will nicht, dass du mich auffliegen lässt. Es hat mich ein paar Wochen gekostet, bis ich auf der Straße akzeptiert worden bin.« Sie schaute sich kurz zu dem Verkäufer um, lächelte ihn an. Der verzog sich zu einer weiter entfernten Sitzgruppe. »Ich bin nicht unbedingt der Typ Frau, dem man eine Obdachlose zutraut.«

Da gab Marius ihr recht. »Und was machst du dann auf der Straße?«

»Recherche. Ich war es leid, alles nur im Internet, am Telefon und in Interviews herausfinden zu wollen. Stattdessen wollte ich näher ran, wissen, wie sich etwas wirklich anfühlt.« Sie warf ihm einen scharfen Blick zu. »Ich nehme nicht an, dass du das verstehst.«

Er tat es nicht. Ihm war es lieber, die Dinge auf Distanz zu halten. Kontrollierter Abstand. »Wofür recherchierst du?«, fragte er und es klang wie eine aus Höflichkeit gestellte Frage.

Sie zögerte ein kleines bisschen mit der Antwort. »Eine Artikelserie, die ich schreiben möchte, vielleicht ein Buch: ›Wie lebt Köln‹. Ich möchte einfach selber erleben, wie das ist, zum Beispiel als Obdachloser in Köln zu überleben. Danach gehe ich vielleicht ein paar Monate als Erzieherin in einen Kindergarten oder arbeite als Vorstandsassistentin bei einer Versicherung, vielleicht kellnere ich auch mal wieder. Es gibt so viele verschiedene Leben, die hier in der Stadt gelebt werden. Von den meisten bekommt man nie etwas mit. Das möchte ich ändern.«

Eigentlich eine schöne Idee, dachte der Detektiv. Wenn sie stimmen würde. Verenas Antwort fiel viel zu lang aus, um wahr zu sein. Wenn ihr etwas wichtig war, verschwieg sie es. Darin glichen sie beide sich. Was also hatte die Journalistin aus gutem Hause auf die Straße getrieben?

Er nahm sein Smartphone aus der Tasche und zeigte ihr sein Porträt, das der Obdachlose an die Mauer im Hof gemalt hatte. Er ärgerte sich, dass er die Bilder aus der Rolle nicht fotografiert hatte. Diese Arbeitsprobe war ihm eindeutig zu persönlich. Verena beugte sich nach vorn und betrachte das Bild lange. Sie roch süßlich. Nach Schweiß und Alkohol.

»Die Zeichen an der Wand?«, fragte sie grinsend. »Der gefangene Detektiv?«

»Mich interessiert, ob du jemanden auf der Straße getroffen hast, der so ein Bild malen würde.«

Sie schaute es eine Weile an, nahm ihm das Smartphone aus der Hand. Er ließ es geschehen, auch wenn er sich unwohl dabei fühlte. »Der Mann kann was«, stellte sie fest. »Wäre bestimmt ein interessanter Gesprächspartner.« Sie gab ihm das Telefon zurück. »Kannst du uns einander vorstellen? Ernsthaft!«

»Du kennst also niemanden, der so etwas macht?«

»Nein, so jemand wäre mir aufgefallen. Das ist ja keine einmalige Sache, wenn einer eine so gute Technik hat. Es war ein Obdachloser?«

Marius nickte.

»Kaum zu glauben!«

*

Nachdem er am Bahnhof Ehrenfeld nicht weitergekommen war und im Internet vergeblich versucht hatte, aktuelle Informationen über Verena Talbot zu finden, widmete er sich einem Trainingsprogramm. Das Stemmen der Gewichte half ihm beim Nachdenken. Bisher hatte er keinen richtigen Plan, wie er weitermachen wollte. Sicher war nur, dass ihm die Malereien des Mannes und das Bild des verbrannten Leichnams im Keller keine Ruhe lassen würden. Was musste jemandem widerfahren sein, der solche Bilder malte? Warum war er in seinem Keller verbrannt? Wer war er überhaupt gewesen?

Nach dem Training war er zu einer Entscheidung gekommen. Frisch geduscht rief er bei der Kripo an und gab sich als interessierter Nachbar aus, dem das Schicksal des in seinem Keller verbrannten Mannes nahe ging. Es kostete ihn einige Überwindung, den Anruf zu tätigen. Zwar entsprach seine Aussage weitgehend der Wahrheit, nur rief man als Mörder nicht einfach bei der Polizei an. Zunächst wurde er mit der Pressestelle verbunden, die seine Anteilnahme wortreich würdigte. Erst nach einigem Drängen wurde er zu Kriminalkommissar Boehnisch durchgestellt.

»Ich wohn' da im Erdgeschoss und war ziemlich geschockt, können Sie sich vorstellen«, begründete Marius seinen Anruf.

»Es ist immer gut, Keller- und Hoftüren geschlossen zu halten. Dann müssen Sie sich keine Sorgen machen. Gerade in der kalten Jahreszeit lädt man sonst Leute ins Haus, die man, unter uns gesagt, da nicht unbedingt haben will.«

»Darum geht's mir gar nicht. Ich wollte wissen, wie es in dem Fall steht. Gibt es Neuigkeiten? Haben Sie etwas herausgefunden? Man ist ja doch betroffen, irgendwie ...«

»Ach so!« Es schien den Kommissar zu wundern, dass sich jemand für das Schicksal des Brandopfers interessierte. »Nein, da gibt es nichts Neues, das ich Ihnen sagen kann. Gehen Sie davon aus, dass es sich um einen tragischen Unfall handelte. Der Mann hat sich selbst verbrannt.«

»Sind Sie sicher?« Marius dachte an die verschwundene Bilderrolle. Sollte er dem Kommissar davon erzählen?

»Absolut!«

»Wissen Sie ...«, der Detektiv zögerte. »Ich habe da unten im Keller eine Bilderrolle liegen gelassen. Im Gang. Als Künstler ist die für mich sehr wichtig und jetzt habe ich Angst, dass sie bei dem Feuer zerstört worden ist. Aber vielleicht haben Sie sie auch mitgenommen? Vielleicht könnten Sie einmal nachschauen? Geht das irgendwie?« Marius bezweifelte, dass sich der Polizist darauf einließ, aber einen Versuch war es allemal wert.

»Eine Bilderrolle? Ich habe keine Ahnung. Warten Sie ...« Marius meinte, am anderen Ende der Leitung das Klicken einer Tastatur zu hören. »Nein. So etwas haben wir nicht entdeckt.«

»Komisch ...«

»Wir haben den Keller gründlich durchsucht.« Marius erinnerte sich an Boehnischs Desinteresse am Tatort. »Da war nichts, glauben Sie mir. Bestimmt haben Sie sie woanders liegen gelassen.«

»Wenn Sie das sagen. Ich wollte nur auf Nummer sicher gehen. Sie wissen ja, wie das ist.« Eine letzte Frage noch, bevor der Detektiv den Eindruck bekam, sich zu verdächtig zu machen. »Wissen Sie mittlerweile, wie der arme Kerl hieß?«

»Darüber kann ich Ihnen keine Auskunft geben. Die Umstände deuten auf einen Toten aus dem Obdachlosenmilieu. Wie Sie haben ihn auch einige andere Leute im Haus gesehen.«

Marius beendete das Gespräch. Er war keinen Schritt weitergekommen. Weder wusste er, wer das Opfer war, noch wo sich dessen Bilder befanden. Nur in einem war er sich sicher: Die Polizei würde dem Fall nicht viel Beachtung schenken.

4

Der Mann mit den strohigen, graublonden Haaren nahm die Zeichnung in die Hand und blickte durch seine schlichte Metallbrille darauf. Anschließend legte er sie vor sich hin und schaute den Privatdetektiv an. Der nahm das Blatt mit seinem Versuch, den Obdachlosen zu zeichnen, und legte es zurück in die Mappe aus schwarzem Leder, die er für solche Zwecke gekauft hatte. Kurz zog er sich den Ärmel seines schwarzen Sakkos zurecht.

»Wir haben hier mit vielen Menschen zu tun …«, sagte der Sozialarbeiter Benno Kurth abwägend, »was genau wollen Sie von ihm?«

»Ich arbeite im Auftrag einer Berliner Galerie, die sich auf Outsider-Kunst spezialisiert hat. Wir sind auf diesen Mann aufmerksam geworden und sehen in ihm einen hochbegabten Maler. Seine Bilder sind fantastisch! Vielleicht haben Sie mal welche gesehen?« Kurths Gesicht verriet keinerlei Regung. Außer Misstrauen. Marius schwitzte leicht in seinem schwarzen Rollkragenpullover unter dem Sakko. Allerdings lag das weniger an seiner Nervosität, eher an der voll aufgedrehten Heizung im Raum. »Wir würden ihn gerne näher kennenlernen. Nur leider ist er unauffindbar. Deshalb dachte ich, dass Sie ihm hier in Ihrem Hilfezentrum vielleicht begegnet sind und mir sagen könnten, wie er heißt oder wo ich ihn finde.«

»Verstehen Sie mich nicht falsch, Herr …«

»Werner. Jo Werner.«

»Ja richtig«, Kurth nahm die minimalistische Visitenkarte in die Hand, die Marius ihm zu Beginn des Gesprächs überreicht hatte. Darauf stand ›Jo Werner. Kunstagent.‹ und eine von mehreren Handynummern, über die der Privatdetektiv mittlerweile verfügte, um für seine berufsbedingt stetig wechselnden Identitäten unterschiedliche Telefonnummern anbieten und Anrufer selektieren zu können. »Werner, sagten Sie bereits.« Kurth musterte ihn kritisch. Der Detektiv fragte sich, ob er seine Tarnung durchschaute. »Sehen Sie, man wird nicht obdachlos, weil man da Bock drauf hat. Wir haben es hier mit Menschen zu tun, die ein schweres Schicksal aus der Bahn geworfen hat, ganz normale Leute, die es aus privaten oder wirtschaftlichen Gründen auf die Straße getrieben hat. Menschen, die entsprechende Empfindlichkeiten aufgebaut haben und die mit größter Vorsicht zu behandeln sind. Ich weiß nicht, ob für solche Menschen der Kunstmarkt das richtige Umfeld ist. Wenn Sie verstehen, was ich meine?«

Marius bezweifelte, dass der Kunstmarkt härter war als ein Leben auf der Straße. Vermutlich dachte das auch Kurth nicht. Er wollte ihn loswerden. »Sicherlich verstehe ich Sie«, log der Detektiv, »wir haben auch nicht die Absicht, diesen Menschen irgendwelchen Risiken auszusetzen. Im Grunde müsste er nicht einmal persönlich in Erscheinung treten. Wenn er das nicht will.«

»Ich bin überzeugt, dass Sie nur die besten Absichten verfolgen«, erwiderte Benno Kurth ohne eine Spur Glaubwürdigkeit in der Stimme. »Dennoch geht das nicht.«

»Vielleicht sollten wir dem Künstler selber diese Entscheidung überlassen? Ich würde ihn das gerne fragen und wenn er ablehnt, akzeptieren wir das natürlich.«

»Ich habe nicht gesagt, dass ich überhaupt weiß, von wem Sie reden.«

Der Privatdetektiv überlegte, ob das Hilfszentrum in der Kölner Südstadt wohl über eine Art Kundenkartei verfügte und ob es Möglichkeiten gäbe, sie einzusehen. Legal oder illegal. »Natürlich nicht! Trotzdem sollten wir ihm bei einer solchen Chance die Möglichkeit geben, selber zu entscheiden, oder?«

Energisch schüttelte Kurth den Kopf. »Es geht ja nicht nur um die Privatsphäre dieses Menschen. Wir haben eine Sorgfaltspflicht.«

Auf dem Weg vom Büro des Zentrumsleiters zurück auf die Straße ließ sich der Detektiv viel Zeit und schaute sich die Räumlichkeiten an. Nur wenige Männer saßen um diese Tageszeit an den Tischen im Essraum. Er überlegte, ob er einen von ihnen ansprechen sollte, spürte aber Kurths Blick im Nacken. Er drehte sich um und winkte dem Sozialarbeiter, der in seiner Tür stand, freundlich zu. Der nickte kurz und verschwand in seinem Büro, die Tür blieb offen. Statt also die Männer anzusprechen schaute Marius in das vordere Büro des Zentrums. Karteikästen standen an der Wand. Das Fenster ging raus auf einen Parkplatz hinter dem Haus. Zur Not würde er der Kartei der Hilfseinrichtung einen Besuch abstatten müssen.

*

Mit dem Vito fuhr der Detektiv von der Südstadt zum Dom, wo er den Wagen im Parkhaus abstellte. Früher wäre er mit der U-Bahn in der Innenstadt unterwegs gewesen. Heute mied er sie. Zu viele Menschen. Zu unübersichtlich. Er nahm den Ausgang zur Domplatte. Wie hätte der tote

Obdachlose die Kirche wohl dargestellt? Wie hätten die Heiligen ausgesehen, die die Eingänge schmückten? Wie die Gargoyles, die alten Wasserspeier, an die der Detektiv gedacht hatte, als er seine Zeichnungen das erste Mal gesehen hatte?

Er lief in Richtung Römisch-Germanisches Museum. Der Wind pfiff eisig über die Platte, auf der sich einige Touristen zu Gruppen zusammendrängten. Marius zog sich seine schwarze Wollmütze tiefer ins Gesicht. Nieselregen klatschte auf seine Brille und verwandelte sein Gesichtsfeld in eine fluide, abstrakte Landschaft aus unterschiedlichen, ineinander verschwimmenden Grautönen. Er musste die Brille abnehmen, um noch etwas erkennen zu können.

Erst in der dunklen Unterführung, die hinüber zum Museum Ludwig führte, setzte er sie wieder auf. Auf der windgeschützten Rückseite des Römisch-Germanischen Museums stieß er auf die ihm bereits bekannten Schlafsacklager, in denen unter Decken, zerrissenen Daunenjacken und löchrigen Mützen tief vergraben die Menschen saßen, die die meisten lieber übersahen.

Nach seinen Erfahrungen in Ehrenfeld und im Sozialzentrum sparte er sich jedwede Einleitung. Stattdessen warf er ein paar Münzen auf die Schlafstätten. »Kennt den einer von euch? Das Bild ist vielleicht nicht das allerbeste. Dieser Mann konnte wesentlich besser malen als ich.« Marius hielt die Zeichnung vor den ersten der Männer. Der nahm sie, schaute sich das Bild kurz an und reichte es seinem Nachbarn.

»Warum willst du das wissen?«

Der Detektiv hatte überlegt, die Geschichte aus Ehrenfeld zu wiederholen. Da er damit keinen Erfolg gehabt hatte, entschied er sich dagegen. Auch die Rolle des Kunstagenten schien ihm hier unpassend. Eine andere Geschichte allerdings war ihm nicht eingefallen. Er würde es mit der Wahrheit versuchen, obwohl er die ursprünglich niemandem erzählen wollte.

»Er ist bei uns im Keller gestorben. Ich würde gerne wissen, wer er war.«

»Was heißt das, ›bei euch im Keller gestorben‹?« Seine Zeichnung war inzwischen durch mehrere Hände gegangen und bei dem vierten Mann angelangt.

»Er hat dort übernachtet und ist verbrannt. Die Polizei sagt, er hätte versucht, ein Feuer zu machen.«

»Wie ist er bei euch in den Keller reingekommen?«

»Ich habe ihn reingelassen.«

Das folgende Schweigen wurde von den Geräuschen einer nahen Baustelle übertönt. Der vierte Mann gab Marius das Bild zurück. Alle schauten den Detektiv an.

»Machst du so etwas öfter?«

»Um ehrlich zu sein: Nein.«

»Jetzt bestimmt nicht mehr, oder?«

»Eher nicht.«

Der Mann wackelte mit dem Kopf. »Das könnte Koppi sein«, antwortete er und nahm sich eine der Münzen. Die anderen murmelten zustimmend.

»Koppi?« Marius schrieb den Namen auf die Zeichnung. »Kannst du mir mehr über ihn erzählen?«

Der Mann, Marius schätzte ihn auf Anfang 50, schüttelte den Kopf. Seine Augen waren verquollen, das Haar war unsauber geschnitten und stand in Büscheln von seinem Kopf ab.

»Du musst Tessa fragen. Die kann dir mehr über Koppi sagen.«

»Wer ist Tessa?«

»Tessa ist Tessa.«

»Wo finde ich die?«

»Gute Frage. Versuch's mal an der Brücke. Da waren die beiden öfter.«

»Die Hohenzollernbrücke?« Marius erinnerte sich, unter der Brücke einmal eine Gruppe Obdachloser gesehen zu haben.

»Keine Ahnung, wie die heißt. Ich bin nicht von hier.«

»Die Eisenbahnbrücke?«

»Unten die am Bahnhof, ja.«

»Danke.« Er drückte dem Mann einen Fünfeuroschein in die Hand.

»Noch etwas«, sagte der Erste in der Reihe, »das mit dem Feuer, das kann ich mir gut vorstellen bei Koppi. Mit Feuer hat der gerne hantiert.«

5

Die Schlafplätze unter der Hohenzollernbrücke waren verwaist. Marius überlegte, ob er zurück auf die Domplatte gehen sollte, verwarf den Gedanken aber rasch wieder. Er würde sich nachher mit der Suche nach Tessa beschäftigen. Jetzt würde er kaum Neues erfahren. Stattdessen beschloss er, einer anderen Spur zu folgen.

Etwa zehn Minuten später betrat er die Geschäftsräume eines Schlüsseldienstes in der Domstraße unweit des Hauptbahnhofs. Es dauerte einige Zeit, bis ein etwa 20-jähriger Mann aus einem Raum hinter der Theke hervorkam. Wortlos nickte er dem Detektiv zu. Marius legte den Schlüsselbund des Obdachlosen auf die Theke.

»Ich habe diesen Schlüssel gefunden und würde ihn gerne seinem Besitzer wiederbringen.«

Der Junge schaute ihn fragend an.

»Gibt es irgendeine Chance herauszufinden, zu welcher Adresse er gehört?«, half Marius ihm auf die Sprünge.

Interessiert nahm der Junge den Schlüsselbund und betrachtete ihn ratlos. Die seltsame gelbe Spielzeugfigur schwang leicht unter seiner Hand hin und her, drehte sich dabei langsam im Kreis. »Das ist eine ungewöhnliche Marke«, stellte er fest, nachdem er die Schrift auf dem Schlüssel gelesen hatte. So weit war ich auch schon, dachte der Privatdetektiv. »Wenn eine Adresse drauf stünde, wäre es leichter … Wo haben Sie den Schlüssel denn gefunden?«

»Bei uns auf der Straße.«

Der Junge legte den Schlüssel zurück auf den Tresen. Marius steckte ihn ein. »Wenn Sie vielleicht herausfinden können, bei wem der Schlüssel gemacht worden ist … Also, wenn es ein Nachschlüssel ist. Vielleicht haben die Unterlagen. Ansonsten hilft vielleicht eine Suchanzeige in der Zeitung? Mehr Chancen sehe ich nicht.«

*

Marius dachte über den Vorschlag einer Zeitungsannonce nicht weiter nach. Stattdessen setzte er sich in der Tiefgarage in den Vito und schaltete die Überwachungsfrequenzen ein, auf der er die Daten aus Sonja Werstenkiels Wohnung abrufen konnte. Früher hätte er dafür sündhaft teure Technik installieren müssen, die den Laderaum des Kleintransporters bis in den letzten Winkel vollgestopft hätte. Heute lief das alles über das GSM-Netz sowie einen kleinen Empfänger, und Fernüberwachung kostete pro Mikrofon kaum 600 Euro.

Die Kamera im Flur zeigte ihm ein verschwommenes Bild, das Mädchen war nicht zu sehen. Über die Mikrofone hörte er das Wasserrauschen der Dusche. Er startete den Wagen, verließ das Parkhaus und fuhr über Magnusstraße und Ringe ins Belgische Viertel, wo Sonja wohnte. Etwa 20 Meter von ihrem Haus entfernt fand er einen Parkplatz, dessen Anwohnerparkschild er ignorierte.

Sonja hatte inzwischen das Radio eingeschaltet. Über die Kamera hatte er sie kurz durchs Bild huschen sehen, nun war sie im Schlafzimmer seinen Blicken entzogen. Ein kleiner, junger Mann mit dichtem, langem Bart und Pepita-Hütchen auf dem Kopf lief direkt vor seinem Wagen über die Straße, beachtete den Detektiv nicht und lief zu Sonjas Haus. Sein dichter Vollbart und die akkurat geschnittenen Haare ließen den Jungen älter wirken, Marius schätzte ihn dennoch auf ihr Alter. Er drückte eine Klingel, über die Mikrofone hörte Marius im Inneren von Sonjas Wohnung das schrille Geräusch und gleich danach ihr genervtes »Was denn jetzt?«. Im Bademantel stapfte sie zur Tür, das Handtuch noch in den feuchten Haaren.

»Ja, bitte?«, fragte sie in die Gegensprechanlage. Die Kamera zeigte nur einen kleinen Ansatz ihrer linken Schulter. Der seidige Stoff des Mantels glänzte und verschwamm in der Bildqualität zu einem leuchtenden Fleck. Die Antwort des Jungen konnte Marius über das Mikro nicht verstehen. Sonja jedenfalls drückte den Türöffner und er verschwand im Haus. Wenige Augenblicke später sah der Detektiv, wie Sonja und der Junge ins Wohnzimmer gingen. Er hielt einen Umschlag in der Hand. Marius drückte die Taste, die die Aufzeichnung archivierte.

»Das ist alles?«, hörte er Sonjas klagende Stimme. Sie klang immer klagend, fiel ihm auf.

»Mehr war nicht drin«, erwiderte der Junge. Er wirkte ein wenig ängstlich.

»Du bescheißt mich doch!«

»Nee, echt nicht! Mein Kontakt hat gesagt, das Risiko wäre zu groß.«

»Wenn du mich bescheißt, dann reiß ich dir deine verdammten Eier aus! Dass das mal klar ist!«

»Boah, hör auf! Ich bescheiß' dich nicht. Kannst ja das nächste Mal mitkommen. Dann siehste's selber.«

»Ich hatte was zu tun. Anders als du hab' ich noch 'nen Job.«

Hm, shoppen, dachte Marius.

»Aber jetzt können wir doch einen draufmachen«, antwortete der Junge, durch den Spalt der Tür konnte Marius sehen, wie seine Hand schüchtern Sonjas Arm berührte. »Die Nacht ist noch jung!«

»Nee, ich hab' noch was vor!« Die Hand sank zurück. »Wir sehen uns!« Mit diesen Worten bugsierte Sonja ihn zur Tür. Marius drückte auf Standbild, als er meinte, ihn in der Kameraperspektive gut genug erkennen zu können, holte zur Sicherheit seine Spiegelreflexkamera aus der Ablage unter dem kleinen Tisch, den er sich in den Vito hatte einbauen lassen. Er hängte sich über den Beifahrersitz, stützte die Arme auf die Lehne, um auch in der Dunkelheit ein möglichst wenig verwackeltes Bild des Jungen machen zu können, wenn er das Haus verließ.

Wenige Augenblicke später trat er auf die Straße und ging genau in Marius' Richtung. Der Detektiv drückte auf den Reihenauslöser, dann lehnte er sich rasch zurück, bevor er entdeckt werden konnte. Ahnungslos ging der Junge am Wagen vorbei. Marius drehte sich um und sah, wie er in einen Mini Cooper stieg, der auf der anderen Seite geparkt war. Aus Sonjas Wohnung hörte er nur das Radio. Es könnte interessanter sein, dem Jungen zu folgen, dachte er und lenkte den Vito auf die Straße, als der Mini an ihm vorbeifuhr.

Über die Venloer Straße und die Innere Kanalstraße folgte Marius dem Mini in Richtung Nippes. Kurz nach der Autobahnauffahrt bog der Junge verbotenerweise links ab. Marius musste einen BMW schneiden, um ihm zu folgen. Der Fahrer des BMW hupte wütend, der Detektiv hob entschuldigend die Hand, schaute vor allem, ob seine Zielperson ihren Verfolger bemerkt hatte. Doch der Mini fuhr in normalem Tempo am Pascha, dem größten Bordell der Stadt, vorbei. Erst auf dem Parkplatz eines Matratzengeschäfts kurz hinter der Liebigstraße stieg der Bärtige aus, beachtete den Vito nicht, der langsam an ihm vorbeifuhr. Im Rückspiegel sah Marius, wie er in dem Laden verschwand. Er fuhr ein Stück weiter, wendete den Wagen und parkte gegenüber des Geschäfts. Dann stieg er aus, überquerte die Straße und blickte durch die Schaufenster hinein, tat so, als interessierte er sich für die Matratzen im Angebot. Rechts, wo außen ein Rolltor an eine Laderampe für die Zulieferer den Blick nach innen versperrte, sah er einen Mann in einem Durchgang verschwinden. Der Detektiv ging die Stufen vom Eingang wieder hinunter und kletterte auf die Laderampe. Die Fenster des Rolltores waren zu hoch, um hineinzuschauen. Er musste sich recken, um vorsichtig hineinspähen zu können.

Der Junge saß inmitten aufgestapelter Matratzen mit vier anderen, kräftigen Männern im Kreis. Sie hatten drei der Matratzen aus den Regalen geräumt und als Sitzgelegenheiten im Dreieck angeordnet. Zwischen ihnen lag ein Haufen mit Zwanzig-, Fünfzig- und Hunderteuroscheinen, jeder hielt ein paar Spielkarten in der Hand. Mehr musste der Detektiv nicht wissen. Bevor er Aufsehen erregte, lief er zum Vito zurück und stieg ein. Von hinten holte er das Laptop und die Kamera und überspielte die Bilder des Jungen auf den Rechner. Kurz spielte er mit dem Gedanken, den Mini mit einem Peilsender zu verwanzen. Allerdings war die Liebigstraße zu belebt und ihm das Risiko deswegen zu groß.

Der Detektiv startete den Browser und rief die Online-Seite einer Kölner Zeitung auf, um zu schauen, ob die Polizei etwas über den toten Obdachlosen mitgeteilt hatte. Nachdem er eine Weile heruntergescrollt hatte, fand er die Überschrift: ›Obdachloser tot aufgefunden‹. Er klickte darauf und las den Artikel. Am liebsten hätte er umgehend den Wagen gestartet und Boehnisch ein paar Takte gesagt. ›Ein Spirituskocher, den der Mann bei sich trug, hat sich unglücklich entzündet und das Feuer ausgelöst‹, ließ sich der junge Kommissar zitieren. ›Leider konnten wir die Identität des Toten noch nicht zweifelsfrei feststellen. Mit hundertprozentiger Sicherheit lässt er sich jedoch dem Obdachlosenmilieu zurechnen. Wir bitten Personen, die diesen Mann kannten, sich umgehend mit uns in Verbindung zu setzen.‹ Der letzte Satz war eine verklausulierte Formulierung für ›Wir werden weiter nichts tun und hoffen, dass uns der Zufall weiterhilft‹. Oder auch: ›Ist uns im Grunde scheißegal‹. Wütend klickte Marius den Bericht weg.

Kurz musste er sich sammeln, bevor er in einem weiteren Tab Facebook öffnete und sich einloggte. Dort suchte er nach Sonja Werstenkiel, die er über die »Gefällt mir«-Angaben der PR-Agentur ihres Onkels identifizierte. In dem Netzwerk war sie als Son Kiel angemeldet. Damit hatten sich ihre Bemühungen um Privatsphäre allerdings erledigt. Anhand der Fotos, die er gemacht hatte, konnte er den Bärtigen in ihrer Freundesliste rasch finden. Sein Name – zumindest auf Facebook – war Bobbie Schmitz. Er klickte sich ein wenig durch Bobbies Profil, das ihm wesentlich weniger mitteilte als Sonjas, ein paar ›Gefällt mir‹-Angaben für Poker-Seiten, ein paar Likes für Bands, sonst nichts. Ohne große Hoffnung startete er eine Google-Suchanfrage. Weder ›Bobbie Schmitz‹ noch ›Robert Schmitz‹ lieferten ihm Ergebnisse, die ihm weiterhalfen.

Ein Klopfen an der Scheibe riss ihn aus seinen Gedanken. Er schreckte hoch und sah einen Mann, Anfang 40, der ihn feindselig beäugte. Verlegen lächelnd ließ Marius das Seitenfenster herunter. Gerade als er sprechen wollte, sah er Bobbie aus dem Matratzengeschäft herauseilen und zum Mini stürmen. Er rieb sich etwas aus den Augen. Tränen vielleicht. Schmitz sah aus wie jemand, der gerade eine Menge Geld verloren hatte. Der Detektiv hob entschuldigend die Hand, als er das Fenster wieder hochfuhr, und startete den Motor. Der Mann blieb einen Moment unschlüssig stehen, ging dann einen Schritt zur Seite. Vor ihm schoss der Mini aus der Parklücke, Marius gab Gas, ignorierte den Mann.

»He! Was soll das?«

Der Detektiv lenkte den Vito an ihm vorbei, hörte das dumpfe Geräusch, als ein Stiefel auf Karosserieblech traf, und folgte dem Mini zurück in Richtung Pascha.

Nach knapp 20 Minuten Verfolgung stellte Schmitz den Wagen auf der Guillaumestraße in Mülheim ab. Marius parkte mangels Alternativen vor einer Einfahrt kurz dahinter und sah Schmitz in einem kleinen Mehrfamilienhaus verschwinden. Nachdem der Detektiv ausgestiegen war, erkannte er noch, wie in einem Fenster im zweiten Stock Licht anging und sah Schmitz' Silhouette, bevor er den Vorhang zuzog. Eine halbe Stunde beobachtete er Haus und Fenster. Gelegentlich änderte er seinen Standort, um kein Aufsehen zu erregen. Das rechtsrheinische Mülheim wirkte hier mit der kleinen Grünfläche vor den Häusern und der Kirche dahinter fast dörflich. Als sich nichts mehr tat, beschloss der Detektiv, die Überwachung abzubrechen. Er war sich sicher, Sonjas Komplizen gefunden zu haben, denjenigen, der den Weiterverkauf der gestohlenen Bilder abwickelte. Es würde sich lohnen, ihn im Auge zu behalten. Er kehrte zum Vito zurück, holte einen Peilsender und montierte ihn am Unterboden des Minis. Hier gab es niemanden, der ihn stören konnte. Eine friedliche Gegend.

*

Obwohl es fast Mitternacht war, stattete Sandmann der Hohenzollernbrücke einen zweiten Besuch ab. Zwei Männer breiteten ihre Schlafsäcke unter einem Pfeiler aus. Es stank nach Urin.

»Hallo«, rief der Detektiv und kam ohne Umschweife zur Sache, »ich suche Tessa!«

»Die kommt später, guckste dann noch mal vorbei, wa«, berlinerte einer der beiden Männer.

»Kannst du sagen, wann später?«

Der Obdachlose zuckte mit den Achseln. »Stunde oder so.«

Die Stunde verbrachte Marius mangels Alternativen mit einem Rundgang um dem Dom, betrachtete die Heiligenfiguren und einige Gargoyles im Hof der Steinmetze neben dem Dom, die ihn an die Malereien des Obdachlosen erinnerten, der angeblich Koppi genannt wurde.

Eine Stunde später kehrte er zur Brücke zurück. Zwischen den Männern saß eine Frau. Sie musste ungefähr in seinem Alter sein. Sie wirkte deutlich jünger als die beiden Männer. Aber auch ausgemergelter, blasser. Ihre Haut war fast weiß. Eine schwarze Mütze betonte diese Fahlheit zusätzlich. Unter der Mütze konnte Marius einzelne Strähnen hennarot gefärbter Haare erkennen.

»Das ist er«, sagte der Obdachlose, mit dem Marius zuvor gesprochen hatte, zu ihr und deutete mit einem behandschuhten Finger auf den Detektiv. Sie schaute ihn ausdruckslos an.

»Du bist Tessa?«

»Kann schon sein.«

»Wäre schön«, antwortete der Detektiv. »Ich suche jemanden, den du vielleicht kennst.«

Marius zeigte ihr die Zeichnung. Ein kurzes Aufblitzen in Tessas grauen Augen reichte ihm als Antwort.

»Wer soll das sein?«

»Ein Freund von dir – Koppi.«

»Aha. Und was willst du von dem?«

»Gar nichts. Er ist tot.«

»Warum suchst du ihn dann?« Falls Marius eine andere Reaktion erwartet hatte, Trauer, Wut, enttäuschte ihn Tessa. Sie blieb völlig ruhig, fast apathisch. Abweisend. Abwehrend.

»Er ist bei uns im Keller gestorben. In Ehrenfeld. Die Polizei scheint sich nicht sonderlich dafür zu interessieren. Ich schon!«

»Ehrenfeld?« Sie blickte ihn an. Ihre Augen lagen tief in den Höhlen. Beim Sprechen zeigte sie eine Lücke, wo früher einmal ein Schneidezahn gewesen sein musste. »Da hing er zuletzt öfter rum.« Sie dehnte die Silben, als hätte sie Mühe, sich zu artikulieren.

»Weißt du warum?«

»Nee, keine Ahnung. Koppi ist speziell. Da weißt du nie, was als Nächstes passiert. Der kann«, sie korrigierte sich das erste Mal, als würde ihr nun erst klar, was Marius eben gesagt hatte, »der konnte komplett durchdrehen. Von jetzt auf gleich. Einfach so.« Sie schnippte mit den Fingern, um ihre Aussage zu unterstreichen.

»Er hat gemalt, oder?«

»Andauernd, ja. Wie ein Teufel! Dann konntest du den auch nicht ansprechen. Der war voll weg. Hier …«, sie schob ihren Rucksack ein Stück beiseite und legte ein Bild frei. Flammen schossen in einem seltsam falsch aussehenden Goldton aus einer Figur heraus, die statt eines normalen Kopfes einen Katzenkopf trug. Allerdings verrenkte sich diese Figur dermaßen, dass der Kopf vor dem Bauch zu liegen schien. »Schau's dir genauer an!«, forderte ihn Tessa auf.

Marius trat näher heran, achtete darauf, mit seinen Schuhen nicht auf die Decken oder Schlafsäcke zu treten. Er beugte sich hinunter, um das Bild besser betrachten zu können. In der Dämmerung war kaum etwas zu erkennen. Er brauchte die Taschenlampe seines Smartphones, um zu sehen, woraus die Flammen wirklich bestanden: aus den Tieren, Eidechsen, Katzen, die sich um die Gitterstäbe schlängelten, die Koppi in Marius' Porträt gezeichnet hatte. Zwischen ihnen konnte Marius andere Figuren erkennen, Mädchen, Kinder, um die sich die flammenden Dämonen herum schlängelten, bis sie selbst in Flammen standen. Das Alles auf knapp 20x20 Zentimetern.

»Wahnsinn!«, entfuhr es Marius und meinte die künstlerische Qualität genauso wie die völlig überzeichnete Thematik.

»Nicht wahr?!«, stimmte ihm Tessa stolz zu, Marius' Unterton nicht bemerkend. Dann schien sie sich wieder daran zu erinnern, was der Detektiv ihr gesagt hatte, und ihr Blick verdunkelte sich.

»Er ist bei euch im Haus gestorben, sagtest du?«

Marius nickte.

Tessa weinte. Wie aus dem Nichts. Künstlich.

»Wo ist er gestorben?«

»Bei uns im Keller. Er hat dort geschlafen.«

»Ich will das sehen.«

*

Der Detektiv beobachtete Tessa, die ihm den Rücken zugewandt hatte und still vor der Brandstelle im Keller stand. Ihre Schultern hingen herunter und nur ein leichtes nervöses Wippen des Fußes zeigte Marius, wie angespannt die zierliche Frau war. Es roch nicht mehr so intensiv nach verbranntem Fleisch wie gestern, aber der Geruch hing noch in der Luft. Abrupt wandte sich Tessa um. Tränen standen ihr in den Augen. Das Zittern hatte ihr linkes Bein und die Hand erreicht.

»Ich will hier raus«, presste sie hervor. Starr schritt sie aus, Marius musste sich an die Kellerwand drücken, als sie ohne ein weiteres Wort an ihm vorbeiging. Die Holzstufen knarzten unter ihren schweren Springerstiefeln. Weißer Kalk setzte sich an seiner Jacke ab. Er folgte ihr in den Flur.

Tessa stand an der Hoftür, eine selbstgedrehte Zigarette in den Fingern der rechten Hand, mit der linken spielte sie nervös mit einem Plastikfeuerzeug. Sprühregen tropfte auf ihr Gesicht und ließ es im hellen Licht der Hoflaterne weiß glänzen. Wie Porzellan, dachte Marius. Altes, abgenutztes Porzellan.

»Wie alt bist du?«,

»22«, antwortete sie. Marius hätte sie zehn bis 15 Jahre älter geschätzt. »Und du?«

»31.«

»Hast dich gut gehalten.« Sie nahm einen tiefen Zug aus der feuchten Kippe, dann schnippte sie sie in den Hof hinaus. Grellorange Funken stoben auf, als sie zischend erlosch.

»Wie alt war Koppi?«

»Etwas älter, würde ich sagen. 28, glaube ich.«

»Nicht älter?«

»Man wird auf der Platte nicht jünger. Wo wohnst du hier?«

»Gleich hier vorne«, Marius deutete auf die Tür hinter sich.

»Können wir reingehen?«

Seit fast einem Jahr war niemand außer ihm in seiner Wohnung gewesen, seitdem die Handwerker neue und zusätzliche Schlösser in allen Türen eingebaut hatten. Er wollte niemanden hineinlassen. Die letzte Frau, die ihn hier besucht hatte, war Arina Kasakowa gewesen, die Frau, mit der er gemeinsam den Leichnam von Bruno Weiß beseitigt hatte. Für die er Weiß getötet hatte. Um sie zu schützen. So redete er sich zumindest ein. Arina, die seitdem abgetaucht war. Anders als er.

»Ich mach dir nichts schmutzig. Ich klau dir nichts.«

»Das ist es nicht«, beeilte sich Sandmann abzuwiegeln. »Ich krieg nur selten Besuch …«

»Warum? Was versteckst du da drin?«

»Nichts, gar nichts.«

»Na dann«, sagte sie, nahm ihren Rucksack, der unter den Briefkästen im Flur lehnte, stellte sich vor seine Wohnungstür und schaute ihn erwartungsvoll an.

Der Detektiv schloss die beiden Schlösser und den Riegel der Wohnungstür auf und führte Tessa in den vordersten Raum, die frühere Küche der unteren Wohnung, das jetzige Büro. Das Mädchen ging zu den Fenstern, schob die Vorhänge beiseite und blickte durch die Gitter hinaus in den finsteren Hof. Sie schaute auf die Kante der Mauer, die das Grundstück umschloss.

»Wie eine Burg«, sagte sie, »das hätte ihm gefallen.«

»Er hat zuerst draußen unter den Büschen geschlafen.« Marius stellte sich neben sie, ignorierte den leicht süßlichen Geruch, der von ihr ausging, wenn man ihr zu nahe kam.

»Wie ist er in den Keller gekommen?«

»Ich habe ihm die Tür aufgelassen.« Er traute sich nicht, sie anzuschauen. »Es war nass und kalt draußen. Ich dachte, da unten wäre es angenehmer für ihn.»

Sie ließ die Vorhänge wieder zufallen, setzte sich auf den Besucherstuhl vor dem Schreibtisch und drehte sich zu ihm um. »Das war nett von dir. Hast du ihm auch geholfen, Feuer zu machen?«

»Worauf willst du hinaus?«

»Nichts! Darf ich rauchen?« Marius schüttelte den Kopf. Sie steckte die Kippen weg. »Hast du dann vielleicht was zu trinken für mich?«

»Wasser oder Saft?«

»Trinkst du keinen Alkohol oder willst du mir keinen geben?«

»Ich trinke keinen.«

»Dann Wasser.«

Er nahm eine Flasche aus dem Küchenschrank, den er nie abmontiert hatte, und reichte sie ihr. Gierig trank sie fast die halbe Flasche in einem Zug aus, ihn über den Flaschenrand aufmerksam betrachtend. »Ich trinke zu wenig«, erklärte sie. Dann drehte sie sich zu der Küchenzeile um. »Ziemlich provisorisch alles, aber einbruchsicher, würde ich wetten. Angststörung?«

»Wie lange kanntest du Koppi?«

Ihre Miene verdunkelte sich, als wehte ein halb durchsichtiger, dunkelgrauer Vorhang über ihre Augen. »So ein Jahr ungefähr. Wir sind uns im letzten Winter das erste Mal begegnet.«

»War er da schon auf der Platte?«

»Ja, er kam irgendwo aus dem Süden, Koblenz oder so.«

»Er war nicht von hier?«

»Doch schon, aber er war weg. Hat nie viel erzählt. Wir sprechen nicht viel über unsere Vergangenheit.« Sie sprach das Wort ›Vergangenheit‹, als wäre es eine Kiste, in die man alle unerfreulichen, alle furchtbaren Erfahrungen einpacken und wegräumen konnte. »Koppi war eh keiner, der viel redete. Du konntest dich Tage neben den setzen und warten, bis er überhaupt was zu dir sagte.«

»Hatte er Angst?«

Tessa zuckte mit den Achseln. »Wahrscheinlich. Meistens jedenfalls.«

Stille hing kurz über dem Tisch.

»Aber er hatte eine Vergangenheit?«

»Jeder hat eine Vergangenheit.« Sie schaute ihn an. Dann nahm sie die Flasche erneut.

»Weißt du gar nichts darüber?«

»Nein.« Kam ihre Antwort zu schnell? Zu bestimmt? Sie bot ihm keinen Anlass, ihr nicht zu glauben. Kein Zucken, kein Wegschauen, keine nervösen Bewegungen, kein Zögern. Überhaupt wirkte sie nach dem kurzen Ausbruch im Keller sehr gefasst. Zu gefasst vielleicht.

»Hast du seine Bilder gesehen?«

»Das ließ sich kaum vermeiden. Die meisten hat er sofort versteckt. Aber er hat immer gemalt. Immer und überall.« Sie stellte die Flasche wieder auf den Tisch. Sie war leer. »Woher weißt du von den Bildern?«

Marius wollte ihr noch nichts von der verschwundenen Bilderrolle erzählen. Stattdessen stand er auf und ging erneut zum Fenster. »Da draußen hat er eines hinterlassen.«

»Von dir?«

»Sieht so aus.«

»Mich hat er nie gemalt.«

Marius schaute sie an. »Erstaunlich.« Es wunderte ihn tatsächlich.

»Er hat fast nur Leute gemalt, die ihm Angst oder ihn wütend gemacht haben.«

»Ich habe ihm nichts getan.«

Tessa lachte kurz. Ein Lachen, das sich rasch in einem Hustenanfall auflöste. Sie griff nach der Flasche, betrachtete sie kurz und stellte sie wieder ab.

»Das musstest du gar nicht. Der konnte auf jeden losgehen, ganz ohne Vorwarnung. Du saßt mit dem irgendwo in der Sonne, irgendwelche Leute gehen vorbei, er malt. Plötzlich springt er auf und brüllt einen an, attackiert ihn. Krass!« Sie kramte ihr Feuerzeug aus der Tasche, betrachtete es kurz, steckte es wieder weg. »Auf der anderen Seite kenn' ich keinen, der so sanft und fürsorglich sein konnte wie Jakob.« Jakob also, dachte Marius.

»Er hat Leute angegriffen?«

»Manchmal. Vor ein paar Tagen erst ist er auf einen Typen im Anzug losgegangen, der mit seiner Frau einfach nur an uns vorbeigelaufen ist. Echt heftig! Wir mussten ihn mit drei Leuten zurückhalten, damit er dem Typ nicht hinterherrennt. Der ist da echt durchgedreht. Die ganze Nacht lang ging das hin und her: ›Ich muss den finden!‹, ›Ich muss mich verstecken!‹, ›Komm, wir suchen den!‹. Krank! Echt!«

»Kannst du dich an den Mann erinnern?«

»Nee, keine Ahnung, irgend so ein Typ halt. Der war auch nicht wichtig. Das hätte jeder sein können.«

»Hatte er solche Phasen öfter?«

»Kam schon vor. Zum Glück ist nie wirklich was passiert.«

»Hatte er mit der Polizei zu tun?«

»Nein! Die Polizei hat er gemieden wie sonst nichts. Auf die hatte er echt einen Hass. Und Angst hatte er vor ihnen. Natürlich! Koppi hatte vor so ziemlich allem Angst. Das hat ihn so aggressiv gemacht.« Sie musterte ihn, als sie das sagte. Als ginge ihr gerade ein unangenehmer Gedanke durch den Kopf. »Wenn irgendwo ein Polizeiwagen kam, dann hat er sich sofort verpisst.«

Der Privatdetektiv überlegte. Hatte Jakob früher einmal – in der ›Vergangenheit‹ – Probleme mit der Polizei gehabt? War er deswegen aus Koblenz nach Köln gekommen? War er aktenkundig geworden? Dann hätte die Polizei ihn längst identifizieren müssen. »Gab es Leute, mit denen er öfter Ärger hatte?«

»Warum willst du das alles wissen?«

Was konnte er ihr zumuten? Vertrug sie die Wahrheit? Gab es überhaupt eine? »Ich glaube nicht, dass er sich selber bei einem Unfall verbrannt hat.«

»Er hat ziemlich viel mit Feuer herumgespielt. Er war besessen davon. Auch wenn er Angst davor hatte.« Sie dachte einen Moment nach, biss sich dabei auf die Unterlippe. »Eigentlich war er von jeder seiner Ängste besessen.«

»Sollte man sich nicht von Sachen fernhalten, die einem Angst machen?«

»Du musst mir ja nicht glauben!«, erwiderte Tessa trotzig.

»Ist ja schon gut. Es erschien mir nur seltsam.«

»Koppi war seltsam. Du hast ja seine Bilder gesehen. Die meisten haben ihn gemieden.«

»Warum?«

»Er war ihnen unheimlich. Das will was heißen. Da sind Leute, die sind so abgestumpft, die schockt gar nichts mehr.«

»Außer Jakob …«

Sie nickte. Etwas verlegen, wie es Marius schien, zupfte sie am Ärmel ihres Wollpullovers.

»Du hattest keine Angst vor ihm?«

»Zu mir war er immer nett. Da war er kein bisschen aggro. Nie! Was glaubst du eigentlich, was bei dir im Keller passiert ist?«

»Ich weiß es nicht. Vielleicht hat die Polizei recht und er hat sich selbst verbrannt, weil er ein Feuer machen wollte. Nur gibt es ein paar Sachen, die mich an dieser Vermutung stören.«

»Was denn?«

»Seine Bilder sind verschwunden.«

»Die Rolle?«

Tessa kannte die Rolle also.

»Die hätte er nie aus der Hand gegeben«, sagte sie bestimmt. »Niemals! Das war sein Leben, was da drin steckte.«

Eine Kiste, in der man seine ›Vergangenheit‹ wegsperren konnte, dachte Marius. Um sie dann immer mit sich herumzutragen. »Vielleicht hat er sie doch weggeworfen?«

»Nie! Diese Bilder da drin waren ihm heilig!

»Dann hat sie jetzt jemand anders.«

»Warum sollte die jemand haben wollen? Wer hat ein Interesse an Jakobs Bildern? Ich meine, ich mochte ihn, aber der war komplett plemplem!«

»Vielleicht war er gar nicht so ›plemplem‹?«

Tessa rollte mit den Augen.

»Weißt du eigentlich, wie Jakob mit Nachnamen hieß?«, fragte Marius.

»Ja: Maternus. Das hat er mal verraten. Wir hatten ein Spiel gespielt. Mit Namen. So eins, wo man dem anderen Namen geben muss. Ich hab's mir gemerkt, weil ich den Namen so schön fand. Außerdem mag ich Latein.«

»Wie hat er dich genannt?«

»Prinzessin!« Sie strahlte ihn an. Doch Marius war mit seinen Gedanken woanders. Maternus. Jakob Maternus. Am liebsten hätte Marius Sandmann sich direkt in eine Internetrecherche zu Jakob Maternus gestürzt, aber sein Gast machte keine Anstalten zu gehen. Ganz im Gegenteil! Sie hockte auf dem Besucherstuhl, Beine unter die Oberschenkel gezogen, die Ärmel über den Händen, um sie zu wärmen. Neugierig ließ sie den Blick schweifen.

»Du hast auch in Ehrenfeld schon nach Koppi gefragt«, sagte sie schließlich, nachdem sie sich ein paar Minuten angeschwiegen hatten.

»Woher weißt du das?«

»Spricht sich rum.«

Sie nahm eine Mappe vom Schreibtisch und blätterte gelangweilt darin. Marius nahm die leere Wasserflasche und stellte ihr eine volle hin. Sie legte die Mappe beiseite und griff gierig nach der Flasche.

»Da war ein Mädchen in Ehrenfeld, ungefähr in meinem Alter. Kennst du die?«, fragte der Detektiv.

»So `ne Blonde, Dürre?«

Sandmann nickte.

»Kenn ich. Hat sich an Koppi rangeschmissen. Bitch!« Sie spie Wasser auf den Boden, bemerkte dann ihren Fehler. »Oh, entschuldige!« Schnell sprang sie von ihrem Stuhl, ging in die Hocke und wischte das Wasser mit dem Ärmel ihres Pullovers vom Holzboden.

»Du magst sie nicht?«, hielt Marius das Gespräch über Verena am Laufen, während er sich gleichzeitig fragte, warum die Journalistin ihn angelogen hatte, als er sie nach Jakob gefragt hatte.

»Sag ich ja: Bitch!«

»Wie kam Koppi mit ihr klar?«

»Wie mit jeder Bitch. Am Anfang fand er sie gut. Sie hat ihm irgendeinen Scheiß über seine Bilder erzählt. Irgendetwas mit Outsidern oder so. Bullshit, halt!« Sie kratzte mit dem Fingernagel über die Tischplatte.

»Danach hatten sie Streit?«

»Yepp!« Ein zufriedenes Grinsen huschte über ihr Gesicht.

»Weißt du warum?«

»Nee, keine Ahnung! Ich war froh, dass die nicht mehr bei uns rumhing. Ich frag nicht nach Leuten, die ich scheiße finde. Bringt nix, verstehst du?«

Sie schwiegen wieder.

»Kann ich hier übernachten?«

Marius wollte keine Fremde in seiner Wohnung. Auf der anderen Seite erschien es ihm unhöflich, sie rauszuschmeißen. Selbst wenn sie wohl kaum ein Problem haben würde, einen Schlafplatz zu finden. »Nur für diese Nacht. Morgen früh bin ich wieder weg.«

»Ich hab kein Gästebett«, warf er ein und fand selbst, dass das lahm klang.

Sie klopfte auf den Rucksack. »Ich hab mein Bett dabei. Du kannst mich auch in den Keller schicken, wenn du ein Problem damit hast, dass ich hier bin.«

»Nein, nein!«

»Okay.«

Er schob den Schreibtisch ein Stück zur Seite, damit sie dort Platz hatte für ein Lager. Es fehlte ihm gerade noch, dass Tessa sich im Trainingsraum oder gar oben breitmachte. Doch sie schien mit der Stelle zufrieden zu sein, denn sie öffnete ihren Rucksack und kramte mehrere zerknüllte Decken und einen eingerissenen Schlafsack heraus. Demonstrativ roch sie an ihrem Pullover, als sie ihn auszog.

»Stört es dich, wenn ich bei dir mal wasche?«

Er zuckte mit den Achseln. Das war ihm dann auch egal. Nachdem er ihr die Waschmaschine gezeigt hatte, ging er nach oben und schloss wie jede Nacht die Klapptür zwischen Erdgeschoss und erster Etage. Leise stellte er den Stuhl darauf, auf dem er seine Wäsche ablegte.

Statt zu schlafen, holte er den Laptop hervor und suchte im Netz nach Spuren von Jakob Maternus. Sein Herz klopfte kurz, als er einen Treffer landete. Als er ihm nachging, erwies er sich als Sackgasse. Der Name tauchte lediglich auf Seiten von Ahnenforschern auf und gehörte offenbar einem Mann, der in Schalkmenden oder Daun geboren worden war. Am 18. April 1802. Die Suche ohne den Vornamen brachte den Detektiv ebenfalls nicht weiter.

In einem zweiten Fenster öffnete er nun das Programm, mit dem er die Kameras in seiner Wohnung kontrollieren konnte. Er sah Tessa nackt im unteren Bad auf dem Badewannenrand sitzen, eine Zigarette aus dem Fenster haltend und die Waschmaschine betrachtend. Auf der Maschine stand sein Waschmittel. Ihr Rucksack stand neben ihr. Er schien fast leer zu sein.

Die anderen Kameras zeigten keine Besonderheiten. Auch die beiden, die den Bereich um den Hauseingang überwachten, boten ihm nur das Bild der leeren Straße. Ein Auto fuhr vorbei.

Tessa schnippte die Zigarette in den Hof und schloss das Fenster. Dann starrte sie weiter in die Waschtrommel. Er erinnerte sich vage, dass er das als kleiner Junge ebenfalls gerne gemacht hatte. Es hatte ihn beruhigt. Er ließ das Programm laufen, schloss den Laptop an den Strom an und stellte ihn neben sich aufs Bett. Dann zog er sich aus. Auf ein ausgiebiges Training verzichtete er. Dafür hätte er nach unten gehen müssen. Stattdessen beschränkte er sich auf Liegestütze, Sit-Ups und ein paar notdürftige Klimmzüge am Schrank.

Als er fertig war, saß Tessa unverändert vor der Maschine. Er legte sich aufs Bett, konnte keinen Schlaf finden. Er kontrollierte noch mal den Bildschirm. Sie hatte das Bad verlassen. Die Tür der Waschmaschine stand offen. Vermutlich steckte ihre Wäsche jetzt im Trockner. Er konzentrierte sich, blendete die Geräusche aus den anderen Häusern um den Hof herum aus, bis er das Gerät leise brummen hören konnte. Dabei switchte er auf die anderen Kameras. Tessa war nicht zu entdecken.

War sie abgehauen? Ohne ihre Sachen? Unwahrscheinlich.

Hatte sie die Kameras entdeckt und einen toten Winkel aufgesucht?

Er wollte schon nach unten gehen, um nach ihr zu suchen, da nahm er eine leichte Bewegung des Schlafsacks vor der Küchenzeile wahr. Sie hatte sich hingelegt und verschwand fast völlig unter den Decken. Aber sie war noch da. Der Detektiv kontrollierte Falltür und Stuhl, dann ging er wieder zu Bett, nur um einige Stunden wachzuliegen.

Irgendwann musste er doch eingeschlafen sein. Als er aufwachte, überprüfte er als Erstes die Kamerabilder, die ihm sein Laptop zeigte. Tessa und ihre wenigen Besitztümer waren verschwunden. Küchen- und Schreibtischschubladen standen auf. Rasch schob er den Stuhl beiseite, riss die Falltür auf und stürmte nach unten. Auf den ersten Blick fehlte weder in der Küche noch im Schreibtisch irgendetwas von Bedeutung. Nicht einmal die Münzen, die in der obersten Schreibtischschublade lagen, hatte die Obdachlose eingesteckt. Den verschlossenen Aktenschrank aus Stahl hatte Tessa ebenfalls unberührt gelassen. Glück gehabt, dachte er, und fragte sich, wonach Tessa gesucht hatte. Er schaute sich erneut um. Langsamer diesmal, blätterte durch die Ablagen auf dem Schreibtisch, öffnete erneut die Küchenschubladen. Irgendetwas fehlte. Er wusste nicht, was es war. Einmal mehr bereute er, sich die Mehrkosten für Aufzeichnung und digitale Speicherung seiner Kameras gespart zu haben. So konnte er sehen, was in und um die Wohnung herum vor sich ging, gerade wenn er unterwegs war. Die Zeiten, wenn er nicht kontrollierte, entgingen ihm.

6

Der Privatdetektiv setzte seine Überlegungen beim morgendlichen Work-out fort. Als er die Kettle-Bells schwang, zwei kanonenkugelartige Gewichte mit einem schweren Metallgriff, fiel ihm ein, was fehlte. In verschwitztem T-Shirt überprüfte er seinen Gedanken und sah sich nach einem Blick in die Schreibtischschublade bestätigt. Unter der Dusche kam ihm ein weiterer Gedanke.

Frisch geduscht stieg er die Holzstiege in den Keller hinunter, blickte verstohlen zu der schwarz verfärbten Brandstelle und schloss seinen Kellerverschlag auf, dessen Holz ebenfalls Brandspuren zeigte, dessen Schlösser aber der Hitze des Feuers standgehalten hatten. Was er suchte, fand er in einem alten Umzugskarton, der die wenigen persönlichen Habseligkeiten barg, die der Privatdetektiv noch besaß. Er hatte nie viel besessen. Das meiste davon war bei dem Bombenanschlag vor vier Jahren verloren gegangen. Er vermisste es nicht. Aber das alte Telefonbuch von 2001 konnte ihm jetzt möglicherweise weiterhelfen. Er nahm es mit hoch, weil er sich nicht länger als nötig an dem Ort aufhalten wollte, an dem Jakob Maternus verbrannt war.

Oben warf er das Buch auf den Schreibtisch und setzte sich. Kurz betrachtete er den Besucherstuhl, in dem gestern Tessa gesessen hatte. Ein Geruch von Waschmittel und Duschgel hing noch in der Wohnung. Sonst hatte sie keine Spuren hinterlassen. Bis auf vier kurze, ganz schmale Kratzer auf der Schreibtischplatte. Er schlug das Buch auf und suchte nach dem Buchstaben M. Ein Treffer. Maternus, Bernd. Er notierte die Adresse ins Smartphone, packte das Buch ins Regal, kramte in der obersten Schublade des Schreibtischs nach den Schlüsseln, mit denen er ihn abschließen konnte und befestigte diese, nachdem er sie benutzt hatte, an seinem Schlüsselbund.

*

Das Ungeheuer starrte sie an. Sonja Werstenkiel hatte es entdeckt, als sie aus dem Bad gekommen war. Jetzt stand sie, einen Pantoffel in der Hand, in ihrem Flur, fixierte das Monster, das regungslos an der Wand neben der Wohnungstür ausharrte. Sie würde sich die Wohnung nicht mit diesem Vieh teilen! Also holte sie aus und schlug zu. Als sie den Pantoffel zurückzog, sah sie, wie die Spinne rasch auf ihre Garderobe krabbelte. So einfach würde sie nicht mit dem Leben davonkommen! Das Mädchen holte einen Stuhl aus der Küche, kletterte darauf, das Handtuch, das ihre nassen Haare zusammenhielt, verrutschte, sie achtete nicht darauf. Sie starrte nur auf die Ablage ihrer Garderobe, suchte auf dem dunklen Möbelstück nach dem achtbeinigen Monstrum.

Schließlich entdeckte sie es, regungslos an der Kante zwischen Garderobe und Wand. »Denkst wohl, da kann ich nicht hinschlagen?«, fragte sie und donnerte den Pantoffel mit all ihrer Kraft in die Ecke. Ein Schuhkarton, der auf der Ablage gestanden hatte, polterte zu Boden. Mit schnellen Schritten flüchtete sich die Spinne die Wand hoch. Ein tödlicher Fehler. Jetzt hatte Sonja die Freifläche, die sie brauchte. Sie griff sich den Pantoffel, schlug mit voller Wucht zu, der Pantoffel klatschte, als er auf die Wand traf. Zufrieden betrachtete Sonja den roten Fleck auf der Wand und das klumpige Etwas unter der Sohle.

Sie wollte schon zufrieden von dem Stuhl herunterhüpfen, als ihr Blick auf ein kleines, kreditkartengroßes schwarzes Kästchen fiel, das hinter dem Schuhkarton verborgen gewesen war. Sie nahm es in die Hand, blickte schockiert in das kleine Objektiv auf der schmalen Seite. Im ersten Moment dachte sie an einen perversen Spanner, vielleicht den schmierigen Typen oben aus dem vierten Stock, der ihr immer hinterherstarrte, wenn sie sich im Hausflur begegneten, ohne jemals irgendein Wort zu sagen. Nur: Wie hätte der hier hereinkommen sollen? Hatte der etwa einen Schlüssel?

Sie kletterte von dem Stuhl herunter und schaute ihre Wohnungstür an. Vermutlich brauchte es nicht viel Geschick, die Tür zu knacken. Zumal sie meist vergaß, sie abzuschließen. Das hatte sie schon immer gerne vergessen. Auch zu Hause. Ihre Mutter hatte das wahnsinnig gemacht. Jetzt ahnte sie warum. Wegen solcher perversen Spinner!

Dann kam ihr ein anderer Verdacht: Was, wenn es gar kein Perverser war, der diese Kamera installiert hatte? Was, wenn jemand ganz anderes dahintersteckte? Sie setzte sich auf den Stuhl im Flur, schaute die kleine Kamera an, die Tür, dann dachte sie nach.

*

Sie war ein Gewohnheitstier und das wusste sie. Gegen neun Uhr am Abend suchte sie ihren Schlafplatz unter der Brücke auf. Eigentlich hätte sich Tessa also denken können, dass Marius Sandmann sie hier finden würde. Allerdings hatte der Alkohol dafür gesorgt, dass es ihr egal war. Oder wollte sie sogar, dass er sie fand?

Es gab keinen wirklichen Grund, warum sie den Schlüssel an sich genommen hatte. Weder wusste sie, wo das Haus stand, zu dem er passte, noch hatte sie die Absicht, danach zu suchen. Der Anhänger erinnerte sie an Koppi. Es war eine sentimentale Sache. Die Erinnerung an einen Freund. Davon besaß sie nicht viele. Weder Freunde noch Erinnerungen an sie.

Sie zupfte den Rucksack zurecht, als sie die Silhouette erblickte, die sich gegen die Lichter des Rheinufers abzeichnete. Die Statur, die Kapuze um den kräftigen Nacken, der kraftvolle, trotzdem vorsichtige, fast unsicher wirkende Gang, als hätte da einer Angst vor der eigenen Kraft, das kannte sie schon von Marius Sandmann. In den Jahren auf der Straße hatte sie sich angewöhnen müssen, auf jede Kleinigkeit zu achten. Jede Regung konnte etwas bedeuten. Manchmal Gutes, meist Schlechtes. Eine fahrige Bewegung konnte in Schlägen münden. Eine kurze zufällige Berührung in einer Vergewaltigung. Sie musste vorbereitet sein. Wachsam. Jede Kleinigkeit registrieren.

Auf der anderen Seite hielt sie die Tage oft nur aus, wenn sie zugedröhnt war, wenn sie nichts mehr mitbekam, wenn die Kleinigkeiten ebenso wenig bedeuteten wie die Konsequenzen, die sie nach sich zogen – die Gemeinheiten, die Demütigungen, die Schläge, den Missbrauch.

Marius Sandmann war in ihren Augen ein Leichtgewicht gewesen. Trotz seiner Kraft. Keiner, von dem Gefahr ausging. Jetzt fühlte sie sich unsicher, als er sich zu ihr herabbeugte, »Den Schlüssel!« sagte und die Hand aufhielt. Irgendetwas an dem Sandmann stimmte nicht. Es schien, als wäre da etwas in diesem Mann, was sie zuvor übersehen, was er verborgen hatte. Womit er sie getäuscht und in Sicherheit gewogen hatte.

Fast meinte sie, körperlich zu spüren, dass dieser Sandmann Grenzen überschreiten konnte, vor denen andere, selbst manche von denen, die sie auf der Platte mied, zurückschreckten. Sie wollte nicht herausfinden, ob das stimmte. Also zog sie den Schlüssel aus dem vorderen Fach ihres Rucksacks und gab ihn zurück. Er steckte ihn ein. »Danke«, sagte er und es klang aufrichtig. Das Gefühl der überschrittenen Grenze verschwand und sie fragte sich, ob es nicht vielleicht der Alkohol gewesen war, der ihr einen Streich gespielt hatte.

Er richtete sich wieder auf, die Augen, das Unsichere verschwanden, in der Dunkelheit wirkte er nur noch massig. Ein großer, schwerer, starker Mann. Eine Gefahr, die sich schon von ihr abwandte.

»Kann ich den Anhänger vielleicht behalten?«, fragte sie leise. »Bitte?«

Der Detektiv zog den Schlüssel wieder aus der Seitentasche seiner Seemannsjacke hervor und zog die Ringe des Schlüsselbundes auseinander. Sie beobachtete die kräftigen Finger fasziniert. Versuchte sie so etwas, brach sie sich immer nur die ohnehin schon abgekauten Nägel ab. Oder schnitt sich in den Finger. Dem Sandmann gelang es spielend, die Figur von den leise klimpernden Schlüsseln zu befreien. Er reichte sie ihr. »Gerne«, sagte er. Sie konnte seine Augen nicht sehen, um zu erkennen, ob er es ernst meinte.

»Danke«, antwortete sie und steckte die Figur rasch in die Hosentasche. So war sie näher. Sie behielt sie in der Hand. Pokémon gab ihr Halt, das Gefühl, Koppi wäre vielleicht irgendwo da und beschützte sie. Obwohl er das nie getan hatte. Aber sie brauchte etwas Vertrautes.

Der Detektiv wandte sich um und ging davon. Sie sah ihm nach, wie er sich am Rand der Brücke in beide Richtungen umsah und dann das Rheinufer hinunterging. Er zog sich die Kapuze über den Kopf. Sie konnte trotzdem erkennen, wie sein Blick nach rechts und links schweifte, wenn er an den Leuten vorbeilief, möglichst unauffällig registrierend, ob ihm von jemandem eine Gefahr drohte. Sie kannte diesen Blick. Von sich selbst.

*

Vom Rheinufer fuhr Marius hinüber nach Deutz, dann den Rhein entlang Richtung Süden, bis das Navigationsgerät ihn an die richtige Adresse lotste. Sandmann kletterte in den hinteren Teil des Wagens, setzte sich auf die ausklappbare Liege, betätigte ein paar Knöpfe und horchte hinaus in die Stille der Nacht. Er wollte ein Gefühl für den Ort bekommen. Eine Viertelstunde hörte er die durch die Mikrofone verstärkten Alltagsgeräusche. Blätterrauschen, Schritte, klapperndes Geschirr, irgendwo gegenüber lief ein Fernseher, ganz in der Nähe flüsterte jemand in ein Telefon. Marius verstand nicht, was der Mann sagte. Irgendwann hörte er auf zu reden.

Als dem Detektiv nichts bedenklich erschien, stieg er aus und lief ein paar Schritte. Das Haus, um das es ging, lag etwa 30 Meter von seinem Parkplatz entfernt. Ein zweistöckiges Einfamilienhaus, rot verklinkert, vermutlich irgendwann in den 1980er-Jahren errichtet. Die Rollläden waren heruntergelassen. Er spähte von der anderen Straßenseite hinüber, ohne ein Licht zwischen ihnen erkennen zu können. Der Vorgarten wirkte gepflegt, aber schmucklos. Ein paar Sträucher unmittelbar vor dem Haus, eine kleine Rasenfläche von kaum einem Meter Breite. Das Gras wuchs etwa fünf bis sieben Zentimeter hoch.

Jemand mähte den Rasen. Trotzdem wirkte das Haus unbewohnt. Leer. Leblos. An der nächsten Ecke kehrte er um und ging auf der Seite des Hauses die Straße wieder zurück. Vielleicht sollte er sich einen Hund anschaffen, dann wären solche Ausflüge deutlich unauffälliger. Auch aus der Nähe ließ sich nicht sagen, ob hinter den Rollos Licht brannte. Er blieb kurz stehen, bückte sich, der Schlüssel drückte gegen die Leiste, als er sich die Schnürsenkel neu band und das Haus genauer anschaute. Nichts. Kein Licht, kein Geräusch. Entweder schliefen schon alle oder das Haus stand leer. Sein Gefühl sagte ihm, dass es unbewohnt war. Sollte er den Schlüssel einfach ausprobieren? Klüger wäre es zu schellen, doch dafür war es jetzt zu spät. Marius ging lieber auf Nummer sicher, er musste morgen wiederkommen.

*

Am nächsten Morgen parkte der Privatdetektiv den Vito direkt vor der Haustür seines Zielobjektes. So war die Tür von den Häusern gegenüber nur schwer einzusehen.

Er schellte. Wie erwartet öffnete ihm auch beim dritten Klingeln niemand. Also zog er den Schlüssel aus der Hosentasche und probierte ihn aus. Ein zufriedenes Grinsen huschte über sein Gesicht, als er anstandslos einrastete. Nach zwei Drehungen konnte er die Tür aufschieben. Hinter ihr stapelten sich die Werbesendungen, die durch den Briefschlitz in den Flur geworfen worden waren. Er schaute sich um, als er sich ins Haus zwängte. Niemand war auf der Straße zu sehen, auch in den Fenstern der Nachbarhäuser stand niemand und beobachtete ihn. Als er in dem kleinen Flur mit dem hellen Marmorboden stand, den er unter den schreiend bunten Reklamen erkennen konnte, schloss er die Haustür hinter sich.

Neben der Tür stand etwas, das Marius zunächst für Trockenblumen hielt. Bei näherer Betrachtung stellte er allerdings fest, dass es ein vertrockneter Blumenstrauß war. Die Glasvase, in der er stand, war ausgetrocknet, ein brauner Rand hatte sich unten auf dem Boden gebildet, einzelne graubraune, trockene Blätter lagen zwischen den Werbebriefen auf dem Boden. Marius berührt eine der Blüten, die sofort unter seinen Fingern zerbröselte.

Von dem kleinen Flur gingen drei Türen ab, eine führte rechts in einen kleinen Raum, in dem Marius ein WC vermutete. Er schaute hinein. Korrekt.

Linker Hand ging eine Tür in die Küche, geradeaus ging es in das Wohnzimmer. Diese Tür war zugezogen. Marius öffnete sie. Das Ende des Raums bildete eine große Fensterfront. Die Rollos waren heruntergelassen. Einzelne Lichtstreifen fielen hindurch. Es roch trocken und staubig, als wäre seit Jahren nicht mehr gelüftet worden. Nur langsam gewöhnten sich Marius' Augen an die Dunkelheit. Links neben sich, an einer Durchreiche zur Tür, konnte er einen Esstisch ausmachen. Schwarzes Holz, darum vier schwarze Stühle mit bunten Stoffbezügen. Ein Kinderstuhl stand neben der Durchreiche in die Küche.

Ganz langsam erkannte der Detektiv nun auch Formen im hinteren Teil des Raumes. Er erstarrte. Jemand blickte ihn an. Marius hielt die Hand vor Augen, in der Hoffnung so besser zu können. Er hatte sich nicht getäuscht. In der Mitte des Raumes stand ein Mann und er hielt eine Axt in der Hand.

TEIL II
ENTER NIGHT

1

Sein erster Impuls: Zurücktreten und die Tür zureißen! Aber er harrte aus. Der Mann ihm gegenüber bewegte sich nicht. Er stand nur da, mitten im Raum, die Axt in der Hand, versperrte dem Detektiv den Weg in den Raum und zu der offenen Holztreppe, die in die obere Etage führte.

»Hallo!«, sagte Marius. Der Axtmann antwortete nicht. Sandmann drückte den Lichtschalter. Der Strom war schon seit Langem abgestellt. Also zog er sein Smartphone aus der Tasche und aktivierte die Taschenlampenfunktion. Dann richtete er den Lichtstrahl direkt auf den Mann mit der Axt.

Er trug einen schweren, alten Mantel, der aussah, als wäre er in den 1950er-Jahren einmal modern gewesen, dazu eine Fellmütze, die ihn größer wirken ließ, als er war. Seine Füße steckten in Gummistiefeln, unter dem Mantel konnte Marius eine weite Jeans ausmachen. An den Händen trug er dicke Wollhandschuhe mit einer Art Kreuzmuster darauf. Die Axt – sie sah aus wie aus einer gut sortierten Werkstatt – hielt er in einer Hand, ihr Ende steckte in der aufgerissenen Manteltasche. Anders würde sie nicht halten, denn unter der Kleidung sah Sandmann nur das Plastik einer Schaufensterpuppe. Er musste an die Gargoyles und Dämonenfiguren des Doms denken, die das Böse abschrecken und fernhalten sollten. Der Axtmann stand wohl aus ähnlichen Gründen dort: damit niemand dieses Haus betrat. Vorsichtig ging er ein paar Schritte. Den Lichtstrahl des Telefons hielt der Detektiv wie eine

Waffe auf die Schaufensterpuppe mit der Axt gerichtet. Dann leuchtete er die Ecken des Zimmers ab. Die Wände. Den ganzen Raum.

Zweimal.

Dreimal.

Viermal.

Erst dann glaubte er, was er sah.

Ließ er den Axtmann beiseite, wirkte dieses Wohnzimmer auf den ersten Blick verwahrlost, aber normal. Als hätte jemand vor langer Zeit das Haus verlassen, die Tür abgeschlossen und die Räume sich selbst überlassen. Der alte Röhrenfernseher stand in der Ecke auf einem Sideboard, auf dem ein paar Zeitschriften lagen. Marius blätterte darin, las kurz in einem Artikel über den Tod des FDP-Politikers Jürgen Möllemann und über einen Jungen, der erhängt in einer Garage in Kaiserslautern aufgefunden worden war. Er klappte die Zeitschrift zu, blickte auf das Datum. Sie stammte von 2003. Das Sofa wirkte eingestaubt, aber wie die Schrankwand völlig intakt. Hinter dem Glas der Schranktüren konnte der Privatdetektiv Zierteller und altes Porzellan erkennen. Kunstdrucke hingen an den Wänden, Kandinsky, Picasso, das Ausstellungsplakat einer Frida Kahlo Ausstellung in Frankfurt 1993. Ein ganz gewöhnliches Wohnzimmer. Nur aus einer vergangenen Zeit. Auf dem Couchtisch lag die Fernbedienung für das TV-Gerät.

Das alles war es nicht, was den Detektiv erstaunte. Es war eine Zeitreise, vielleicht der Einbruch in die Intimsphäre fremder Menschen. Faszinierend, aber nicht erschreckend. Sah man von dem Axtmann ab.

Was ihn wirklich beeindruckte, waren die Wände. Von der alten Tapetenfarbe war kaum noch etwas zu erkennen.

Sie war über und über verziert in dem Stil, den er schon kannte. Jakobs Stil. Er hatte den gesamten Raum ausgemalt. Mit Kugelschreibern, wie Marius feststellte, als er sich die Wand hinter dem Sofa näher anschaute.

Auf den ersten Blick sahen die Zeichnungen aus wie einfache grafische Muster. Erst bei genauerem Hinsehen lösten sich die Muster auf und verwandelten sich in Figuren und Gesichter. Er sah die Prinzessin, den Jungen, die Katze, die Eidechse, den Adler, der über allem schwebte, sie alle in Dutzenden Variationen. Mit Steinen, Fackeln, Äxten, mysteriösen Waffen, die Marius beim besten Willen nicht identifizieren konnte, gingen sie aufeinander los, manchmal retteten sie sich voreinander, in stetig wechselnden Koalitionen. Feine Striche unterteilten die Wände in ein vermutlich auf den Millimeter genau austariertes Karomuster. Das alles in dem Stil eines Kindes, das seine Technik perfektioniert hatte. Seine Technik und seine Grausamkeit.

Um die Gestalten herum überall Feuer. Marius konnte das Entsetzen und den Schmerz in den brennenden Gesichtern erkennen. Er spürte es förmlich. Je weiter er in das Zimmer hineinging, umso gewalttätiger wurden die Bilder.

Die Eidechse ging mit einem Stein auf die Dämonen los, zerstückelte sie mit einer Axt, während sie gleichzeitig von anderen an den vier Beinen zerfleischt wurde. Die Prinzessin, mal strahlend über allem schwebend, mal blutend am Boden liegend, hingestreckt von Dämonen und der Katze. Manchmal, selten nur, hielt sie ein Schwert in der Hand, mit dem sie auf die Flammen einschlug. An einer Stelle hinter dem Fernseher gruppierten sich die Dämonen zu einem Haus, daneben standen Bäume, auch sie aus Dämonen gewachsen. Es war atemberaubend. Es war furchterregend.

Dann fiel Marius' Blick auf den hölzernen Couchtisch. Er musste in die Hocke gehen, um Genaueres zu erkennen. Ungläubig kratzte er mit dem Fingernagel über eine ebene Fläche des Tisches. Solide, harte Eiche. Es musste unglaublich viel Kraft gekostet haben, in so ein Holz auch nur eine kleine Kerbe hineinzuhauen. Jakob hatte den gesamten Tisch mit Schnitzereien überzogen. Und, wie Marius bei einem Rundgang durch das dunkle Zimmer feststellte, nicht nur den Tisch, sondern auch den Schrank. Girlanden und Lianen schlangen sich um die Türen und Griffe, Blumen blühten, Tiere hockten darin, seltsame Vögel mit verdrehten Köpfen, Affen, die ihn höhnisch auslachten, Katzen huschten durch das Geäst, Beute im Maul, aus dem Blutstropfen liefen und sich mit dem Blattwerk vereinten. Es sah aus wie aus einem Gemälde von Hieronymus Bosch. Einem Hieronymus Bosch, der komplett dem Wahnsinn verfallen war.

Der Detektiv ging um den Axtmann herum und wandte sich den Treppenstufen zu. Auch sie waren mit Schnitzereien überzogen, teuflische Fratzen grinsten oder brüllten ihn an.

Sie warnten ihn. Er hörte nicht auf sie.

Als er seinen Fuß auf die erste Stufe setzte, sah es so aus, als würde einer der Teufel nach ihm greifen und tatsächlich spürte Sandmann für einen kurzen Augenblick den Wunsch, den Fuß zurückzuziehen. Doch er widerstand, setzte den zweiten Fuß auf die Stufe, legte sein Körpergewicht darauf und wäre fast hinunter in den Keller gestürzt.

Der Detektiv fluchte. Schmerz jagte sein Bein hoch. Die Stufe, auf die er getreten war, lag unter ihm auf dem Boden vor der Kellertreppe, er hing zwischen zwei weiteren Stufen, die obere der beiden knallte ihm ins Gesicht und fiel ebenfalls. Der Schmerz auf der Stirn ließ ihn kurz die Besinnung verlieren. Er rutschte tiefer, sein Bein schrappte an der Wand entlang, bis er mit der rechten Hand nach einer Eisenstange griff, die die Treppe mit Wand und Decke verband und eigentlich halten sollte. Verwünschungen ausstoßend, hing er in der Luft, die Hand am Eisen zog er sich hoch und setzte sich einen Moment schnaufend auf den Boden am Rand der Treppe, in der nun die beiden unteren Stufen fehlten. Im Halbdunkel konnte er die Ursache seines Sturzes nicht erkennen. Erst als er mit dem Smartphone die Unterseite der oberen Stufen beleuchtete, sah er, wie Jakob die obere Etage gesichert hatte. Sämtliche Schrauben fehlten, mit denen die Holzstufen an den Auflagen festgeschraubt sein sollten, die die Treppe mit den Eisenstangen verband und hielt. Um auf Nummer sicher zu gehen, hatte Jakob die Ablagen an den Rändern angesägt. Vermutlich fand sich im Keller einiges an Werkzeug. Auch wenn er dem Obdachlosen inzwischen genug Energie und Hartnäckigkeit zutraute, um solche Arbeiten mit einer Feile auszuführen. Die Kanten der gesägten Stellen waren unsauber, die Linien ungleichmäßig. Es war keine Profiarbeit gewesen, doch sie erfüllte ihren Zweck. Mehr als genug.

Mit der Kamerafunktion des Smartphones begutachtete der Detektiv sein Gesicht, konnte jedoch keine äußeren Verletzungen feststellen. Auch das Bein wirkte äußerlich unversehrt. Glück gehabt. Er spürte dem Schmerz für einen Moment nach, ließ ihn einwirken. Wenn er dem Schmerz nachgab, ließ er nach.

Erneut untersuchte er die Treppe und blickte hoch in die erste Etage. Jetzt sah er, dass oben vor der Tür Stacheldraht gespannt war. Was sollte ein ungebetener Besucher dort nicht sehen? Hatte Jakob weitere Fallen konstruiert? Hatte er es deswegen vorgezogen, nicht hier zu übernachten und war irgendwie in Marius' Hinterhof in Ehrenfeld gestrandet? Warum überhaupt hatte Jakob nicht hier geschlafen?

Marius vermied es, ein weiteres Mal auf die Stufen zu treten, stattdessen stellte er Fuß um Fuß auf die unbeschädigten Eisenablagen an der Wand und zog sich so langsam bis in die erste Etage hoch. Oben riss er den Stacheldraht von der Tür und warf ihn in das Loch, das die Stufen freigegeben hatten. Langsam und vorsichtig drückte er die Türklinke herunter und schob die Tür Zentimeter um Zentimeter auf. Als er sie einen Spalt geöffnet hatte, der breit genug für seinen Arm war, hielt er das Smartphone hindurch, die Kamerafunktion eingeschaltet.

Auch hier oben herrschte das vertraute Halbdunkel. Die Türen waren geschlossen, der Flur mit großformatigen farbigen Bildern ausgemalt. Die Türzargen waren mit Schnitzereien übersät, die Türen selbst bemalt. In der Mitte des Flurs, hinter der Tür, die ins Obergeschoss führte und hinter der der Detektiv stand, hielt eine weitere wüst bekleidete Schaufensterpuppe Wache. In ihrer Hand befand sich eine Art Lanze, die auf Marius gerichtet war.

Vorsichtig schob der Detektiv die Türe auf, nutzte sie wie ein Schild. Nichts geschah. Die Puppe bewegte sich nicht. Marius schaute an die Decke. Auch von dort drohte ihm keine Gefahr. Die Luke zum Dachboden war fest verschlossen.

Auf der Rückseite des Flurs konnte Marius ein einzelnes großes Bild entdecken: Der Junge, den er auf den anderen Bildern bereits gesehen hatte, mit weit aufgerissenen, rot unterlaufenen Augen und ebenso weit aufgerissenem

Mund. Die Zähne lang, spitz und scharf, wie der Detektiv es von den Dämonen schon kannte. Die Arme hingen über dem Kopf in der Luft, Finger und Hände zum Angriff auf Sandmann gerichtet. Wie eine Ninja-Figur aus einem japanischen Manga, dachte der Detektiv. Er hatte solche Hefte selbst gelesen, als er jung gewesen war. Der Detektiv musterte die Wand und die Ecken eine Weile, achtete dabei weniger auf das Porträt, sondern auf Gegenstände und mögliche Veränderungen, von denen das Bild ablenken sollte. Fallen, die ihm galten. Er fand nichts. Also betrat er den Flur.

Um ans andere Ende zu gelangen, musste er die Tür zur Treppe schließen. Er tat dies vorsichtig, presste sich an die Wand, trat einen Schritt vor. Nun konnte er erkennen, woraus die Lanze gemacht war: aus der Stange, mit der sich die Deckenluke öffnen ließ. Der Haken war abgeschliffen und zugespitzt. Vorsichtig zog Marius der Figur die Lanze aus der Hand und lehnte sie an die Wand. Man konnte nie wissen.

Vier wüst bemalte Türen gingen vom Flur ab. Die Tür direkt neben ihm zeigte ein kleines Mädchen mit lockigen blonden Haaren und einer kleinen Krone darin. Sie trug ein weißes Kleid und Engelsflügel. Die Prinzessin. Das Zimmer einer kleinen Schwester des Künstlers? Dessen Zimmer vermutete Marius daneben. Die Tür zeigt den kleinen Jungen, niedlich stilisiert mit kurzen braunen Haaren, einer kurzen Lederhose, einem karierten Hemd. Er lächelte. Ein falsches Lächeln, wie Marius fand, und das lag nicht allein an dem Stein, den er in der Faust hielt und von dem Blut auf den Boden tropfte. Blut, das sich in einer Lache sammelte, die zu einem Fluss wurde, der die Wand entlang zur nächsten Tür lief, wo sie einen See bildete,

Fische schwammen darin, Vögel flogen über ihn hinweg. Sein Ufer stand in Flammen. Schwarzer Rauch quoll über den Flammen hinweg zur letzten Tür an der Kopfseite des Flurs. Ein Mann mit einem Strick um den Hals hing dort in der Hand einer Frau. Vermutlich Jakobs Eltern. Sein Gesicht war blau angelaufen, die Frau lachte und entblößte ihre Zähne. Marius wollte in diesem Zimmer mit seiner Untersuchung beginnen, da schellte es.

Er verharrte geräuschlos. Hatte er unten Spuren hinterlassen, die von der Haustür aus zu sehen waren? Hatte er die Tür zum Wohnzimmer geschlossen? Wieder schellte es, ein durchdringendes, hartes, schrillendes Geräusch. Der Privatdetektiv lauschte. Es war nichts weiter zu hören. Vorsichtig ging er zum Treppenabsatz und blickte ins Wohnzimmer hinunter. Nichts. Keine Veränderung. Ein drittes Schellen. Diese Hartnäckigkeit sprach dagegen, dass es sich um einen Postboten oder einen zufälligen Besucher handelte. Was wiederum dafür sprach, dass er irgendwie Aufmerksamkeit erregt hatte. Schließlich meinte er vor der Haustür Schritte zu hören. Er wartete noch ein paar Minuten, dann kletterte er auf die gleiche Weise wieder hinunter, wie er hinaufgekommen war. Mit den Zimmern oben musste er sich an einem anderen Tag beschäftigen.

Statt durch die Haustür, zog es der Detektiv vor, durch den Keller zu verschwinden. Er meinte, sich an einen Kellerausgang an der Seite des Hauses zu erinnern. Auch die Räume hier unten waren mit Zeichnungen übersät, weniger farbig als im ersten Stockwerk und weniger ausgearbeitet als im Erdgeschoss. Es schien, als hätte sich der Künstler mit dem Keller noch am wenigsten beschäftigt. Das Werkzeug, mit dem Jakob die Treppe bearbeitet hatte, eine kleine Haushaltssäge, fand der Privatdetektiv achtlos auf der Waschmaschine abgelegt. Er ging zur Kellertür und suchte den passenden Schlüssel.

Vorsichtig öffnete er sie. Das Nachbarhaus besaß an dieser Seite keine Fenster. Er ging die Kellertreppe hoch und so selbstverständlich wie möglich hinaus auf die Straße. Niemand beobachtete ihn. Niemand sprach ihn an. Statt zum Vito zu laufen, wandte er sich in die andere Richtung und ging eine ganze Weile ziellos durch die Straßen, versuchte, die Bilder, die er in dem Haus gesehen hatte, zu verstehen und zu verarbeiten. Erst jetzt wurde ihm bewusst, wie verstörend sie auf ihn gewirkt hatten. Wie angsteinflößend. Was war in dieser Familie geschehen?

Nach einer Weile erreichte Marius freies Feld, aus der Straße wurde ein Weg, den er zwischen Rübenackern entlang weiterging. In etwa 200 Metern Entfernung sah er ein Wäldchen, im Osten hörten die Felder ebenfalls auf, ein hoher Zaun grenzte dort ein verwildertes Gelände ein, das sich quer zum Weg über mehrere hundert Meter zog und an beiden Seiten in Waldstücken endete. Marius drehte sich um und ging zum Wagen zurück.

*

Am späten Nachmittag erst kehrte er in die Straße zurück. Es war zu dunkel, um dem Haus einen neuerlichen Besuch abzustatten. Nicht nur weil er die Bilder in der Nacht noch schlechter sehen konnte und das Licht einer Taschenlampe ihn zu verraten drohte. Er fürchtete, mögliche weitere Fallen zu übersehen.

In blauer Jeans, Pulli und braunem Sakko stieg er aus dem Wagen, den er in einer Nebenstraße abgestellt hatte, und lief zu Fuß zum Haus der Familie Maternus. Eine Weile stand er davor und betrachtete es. Still und friedlich lag es da. Für einen flüchtigen Betrachter konnte es so aussehen, als wären seine Bewohner nur mal für den Abend ausgegangen. Doch Marius sah die leichten Spuren der Verwahrlosung, die fleckigen Rollos im Licht der Straßenlaterne, den spröde gewordenen Lack auf den Holzfenstern im ersten Stock, die trockenen Äste von wildem Wein, die sich an der Ecke zur Kellertreppe ausbreiteten, das Unkraut zwischen den Fugen des gepflasterten Weges.

Kurz überprüfte er den Inhalt seines Portemonnaies, das in der Sakkotasche steckte, und ging dann die wenigen Schritte zum Nachbarhaus. Hier schellte er. Ein Glockenton erklang. Licht brannte im Flur, wie er durch das Milchglas der modernen Haustür erkennen konnte. Schritte erklangen und eine Frau, ungefähr in seinem Alter, öffnete ihm. Sie trug ein dunkelblaues Businesskostüm. Vermutlich war sie gerade erst aus dem Büro nach Hause zurückgekehrt.

»Ja bitte?« Marius spürte ein leichtes Misstrauen.

»Michael Eilers ist mein Name, bitte entschuldigen Sie, dass ich bei Ihnen klingle«, stellte er sich vor und streckte die Hand zur Begrüßung aus. Die Frau griff in einem Reflex kurz nach ihr, ohne den Händedruck zu erwidern. »Es geht um das Haus nebenan«, sprach er weiter, »das scheint leer zu stehen.« Sie schaute kurz hinaus, als fiele ihr das überhaupt zum ersten Mal auf, schwieg weiter. »Meine Frau und ich, wir suchen schon eine ganze Weile nach ein Haus hier in der Gegend. Wir mögen dieses Viertel. Und in letzter Zeit bin ich öfters in Ihrer Straße vorbeigekommen und jedes Mal dachte ich mir: Das Haus, das wär's!« Er lächelte die Frau in Blau freundlich an.

»Und was wollen Sie von mir?«

»Vielleicht wissen Sie, ob das Haus wirklich leer steht? Ich habe ein paar Mal geschellt, es öffnet niemand. Wir würden es wirklich sehr gerne kaufen. Für die Nachbarschaft ist es sicherlich viel besser, wenn so ein Haus nicht verkommt. Meinen Sie nicht auch?«

»Tut mir leid. Ich weiß nicht, was mit dem Haus ist.« Sie wollte die Tür schließen.

»Wissen Sie denn vielleicht, wem es gehört?«

»Wir wohnen selber erst seit ein paar Monaten hier.«

Jetzt schloss sie die Tür. Dahinter hörte der Detektiv ihre Absätze auf dem Steinboden des Flurs. Er drehte sich um und versuchte sein Glück bei dem Haus auf der anderen Seite. Hier öffnete ihm niemand. Er wechselte die Straßenseite, schellte dort und nach längerem Warten öffnete ihm eine ältere Dame um die 50. Um diese Zeit schienen nur Frauen zu Hause zu sein. Er wiederholte seine Geschichte, die Frau blickte ihn erstaunt an.

»*Das* Haus wollen Sie kaufen?«

»Ja«, Marius legte so viel Begeisterung, wie er konnte, in seine Stimme. »Für unsere kleine Familie wäre das ideal! Ich vermute, es hat auch einen Garten?«

Die Frau nickte. »Ja, natürlich. Aber ich weiß nicht …«

Marius holte sein Portemonnaie heraus und zog ein Foto hervor. Zwei kleine, blonde Kinder waren darauf zu sehen. »Jan und Britt, unsere Kleinen! Für die wäre das ein Traum, endlich ein eigener Garten!« Er zeigte der Frau das Bild und strahlte sie an.

»Ja, aber …« Sie sprach nicht weiter. Marius steckte das Bild wieder weg, drehte sich zu dem Haus um, als nähme er das erste Mal etwas Neues daran war.

»Stimmt mit diesem Haus etwas nicht?«

»Na ja«, die Frau druckste herum.

»Es wurde doch niemand darin ermordet, oder?« Er lachte. Etwas verlegen, als hätte er einen schlechten Witz gemacht.

»Nicht direkt …«

»Was ist denn da passiert?«, fragte er so unverbindlich und harmlos wie möglich, dabei hätte er die Alte am liebsten geschüttelt, damit sie endlich anfing zu reden.

»Na, wenn Sie es kaufen wollen, sollten Sie es vielleicht wissen …«

Wie ertappt blickte sie einen Nachbarn an, der in diesem Moment aus seinem Haus kam und zu ihr herüberschaute, ein kurzes Nicken zur Begrüßung. Kein Lächeln. »Vielleicht kommen Sie besser herein«, sagte sie.

Sie führte Marius durch einen schmalen, langen Flur ins Wohnzimmer. Dort blieb sie einen Moment stehen, als überlegte sie, was sie als Nächstes tun müsste. Dann deutete sie auf das Sofa, ein mattbraunes Ungetüm mit Cordbezug. Marius setzte sich.

»Möchten Sie etwas trinken? Eine Cola vielleicht?«

»Ein stilles Wasser, wenn Sie haben, gerne!« Egal in welcher Rolle, aus seinen Ess- und Trinkgewohnheiten kam er nie heraus.

Die Dame verschwand in der Küche. Marius nutzte die Gelegenheit und sah sich um. Grauer Veloursteppichboden, rustikale, dunkle Möbel, die älter aussehen sollten, als sie waren, und dank Politur glänzten, als wären sie aus dunklem Eis. Auf einer Anrichte neben dem Sofa standen zahlreiche Fotorahmen. Die Dame mit einem älteren Herrn vor einem Sonnenuntergang irgendwo in den Bergen, Bilder zahlreicher kleiner Kinder, teilweise sichtlich alt, teilweise neueren Datums. Dazu Familienfotos. Kinder und Enkelkinder, vermutete der Detektiv. Er betrachtete ihren Mann auf dem Bild aus den Bergen. Sie strahlte, er wirkte steif, hielt sich zu bewusst aufrecht und blickte unsicher grinsend in die Kamera, die Arme an der Seite, Hände auf den Hüften wie ein Soldat.

»Mein Mann«, hörte der Detektiv die Frau sagen. Sie stellte ein Glas mit Wasser vor ihm ab. »Gott hab' ihn selig.«

»Sie sind Witwe? Das tut mir leid.«

»Ach ja«, sagte sie nur, was ungefähr alles heißen konnte. Marius beschloss, das Thema zu wechseln.

»Sie haben auch Kinder … und Enkel!« Er lächelte sie an.

Ihre Augen strahlten kurz. »Ja!« Das Strahlen erlosch, sie schaute hinaus in den Garten. Akkurat gepflegt, die Beete wie mit dem Lineal gezogen, die Blumen perfekt geschnitten. Keine Spur von Kinderbesuchen.

»Machen Sie viel im Garten?«

Sie nickte.

»Pflügen die Enkel die Beete nicht richtig durch, wenn die kommen? Wir würden nie so einen Garten hinbekommen. Völlig aussichtslos! Zehn Minuten Fußball und die Blumen sähen aus, als wäre eine Horde Hottentotten da durchgezogen.«

Sie lächelte gequält. »Meine Enkel kommen nicht so oft«, sagte sie.

»Sie wollten mit mir über das Haus sprechen.«

»Ja, genau, das Haus!« Sie schaute immer noch in den Garten. »Möchten Sie vielleicht Kekse? Oder eine Kleinigkeit essen? Sie sehen hungrig aus.«

Der Detektiv schüttelte den Kopf. »Nein, danke! Meine Frau macht sich wahrscheinlich schon Sorgen. Außerdem möchte ich die Kinder noch sehen, bevor sie ins Bett müssen.«

»Wollen Sie sie kurz anrufen?«

»Nein, nein, das ist schon in Ordnung.«

»Gut. Das Haus, also …« Sie druckste herum. Bereute sie, ihn hineingebeten zu haben?

»Wenn Sie nicht darüber reden wollen, ist das kein Problem … Ich weiß ja nicht, was vorgefallen ist. War es schlimm?«

»Schrecklich war das!«, entfuhr es ihr. »Ganz schrecklich!« Sie zupfte ein Kissen zurecht. Dann faltete sie die Hände im Schoß, beugte sich leicht nach vorn. »Ich weiß gar nicht, ob ich Ihnen das wirklich erzählen soll, wo Sie doch selber so eine glückliche junge Familie sind. Die Maternus von drüben, die waren das auch mal …«

»Und dann?«

Sie rieb nervös einen Daumen auf dem anderen. Schwieg eine Sekunde, schaute an Marius vorbei auf das Bild, das hinter ihm an der Wand hing, eine Berglandschaft im Stil des 19. Jahrhunderts, gemalt vermutlich irgendwann in den 1970ern.

»Dann verschwand das Mädchen.«

»Es verschwand?«

Sie nickte.

»Was ist mit ihm geschehen?«

»Niemand weiß das.«

»Es wurde nie gefunden?«

Sie schüttelte den Kopf, schluckte. »Ich hätte Ihnen das nicht erzählen sollen. Das Haus kann ja nichts dafür. Und Sie erschreckt es nur. Das sehe ich doch.« Es schien fast, als glänzten ihre Augen feucht.

»Sie kannten sich gut, oder?«

» Es waren so wunderbare Kinder! Eine so glückliche Familie!«

»Bis das Mädchen verschwand?«

Sie nickte. »Es gibt immer ein Vorher und ein Nachher, wissen Sie?«

Sie suchte nach Worten, während der Privatdetektiv ihren Satz in Gedanken bereits ergänzte, ›… und das Nachher ist immer die Hölle.‹

»Ich weiß, was Sie meinen«, antwortete er.

2

»Leben in Köln? So ein Scheiß!«

Verena Talbot sprang wie von der Tarantel gestochen auf. Die Hunde ihres Nachbarn schauten überrascht, schreckten ebenfalls hoch, bellten und wedelten aufgeregt mit den Schwänzen. Ihr Besitzer packte sie und zog sie zu sich auf das Lager aus Rucksäcken und Decken zurück. »Was willst du Wichser von mir?«, fauchte sie Marius Sandmann an, ihre Hände drohend zu Fäusten geballt.

»Komm!« Der Detektiv ging weiter in die Unterführung und die Treppe zu den Bahngleisen hoch, seine Ex-Freundin keifend und fluchend hinter sich. Sie übertrieb. Ihm lag nichts daran, Aufmerksamkeit zu erregen. Oben ging er ein paar Schritte bis zum Ende des Bahngleises. Sie folgte ihm.

»Spinnst du? Ich arbeite seit Wochen daran, dass die Leute mir vertrauen, und du ziehst hier so eine Nummer ab! Was soll das?«

»Erzähl mir von Jakob Maternus!«

»Keine Ahnung, wen du meinst.« Sie strich sich eine Haarsträhne aus dem Gesicht und klemmte sie unter die Kapuze ihres Pullovers. Ihre Fingernägel waren rissig und an den Rändern blutig. Fast bewunderte Marius die Detailverliebtheit ihrer Verkleidung. Mit ohrenbetäubendem Lärm fuhr ein Zug ein.

»Den Obdachlosen, der in meinem Haus verbrannt ist, und mit dem du vor einigen Tagen Streit gehabt hast. Mich interessiert vor allem die Geschichte mit seiner Schwester.« Sie biss sich auf die Unterlippe. Das tat sie immer, wenn sie nachdachte. Darin glich sie Tessa, stellte er fest. »Und ich will die ganze Geschichte hören!«

»Keine Ah…«

»Oder ich erzähle den Jungs da unten *deine* ganze Geschichte!«

»Arschloch!« Selbst ihre Sprache war Teil ihrer Verkleidung geworden, dachte Marius. Die Verena, die er kannte, konnte ohne Zweifel bösartig sein und verletzend. Geflucht hatte sie selten. »Das ist mein Job da unten. Den machst du mir nicht kaputt!«

»Jakob Maternus?«

Der Zug fuhr wieder an, quietschte, als er sich scheinbar mühsam wieder in Bewegung setzte.

»Ja, ist ja schon gut!« Sie stellte sich ganz ans Ende des Bahngleises, schaute den Lichtern des Regionalexpresses nach. Marius stellte sich neben sie.

»Jakob Maternus' Schwester ist vor einigen Jahren verschwunden. Beide waren noch Kinder. Das Mädchen tauchte nie wieder auf«, begann Verena zu erzählen.

»Das weiß ich alles schon.«

»Es hieß, er hätte damals mit dem Verschwinden zu tun gehabt. Aber sie haben nie etwas aus ihm rausbekommen.«

»Jakob? Wie alt war der denn damals?«

»Acht oder neun.«

»Ein Achtjähriger soll seine Schwester umgebracht haben und lässt sie so gut verschwinden, dass sie nie gefunden wird? Das ist nicht dein Ernst!«

»Keine Ahnung. Das will ich ja herausfinden. Solche Geschichten sind genau die Geschichten, die mich interessieren.«

»Du wolltest also, dass Jakob dir erzählt, was mit seiner Schwester passiert ist?«

Der Wind wehte eisig in die Stadt hinein. Fast gleichzeitig zogen beide ihre Jacken enger um sich.

»Es wäre eine Riesenstory! Auch heute noch!«

»Deswegen dieser ganze Aufwand? Wochenlange Undercover-Recherche unter Obdachlosen? Auch jetzt noch, wo Jakob tot ist?«

»Dass er tot ist, hast bisher nur du behauptet. Die Polizei hat deinen Toten noch nicht identifiziert.«

»Hast du Jakob in den letzten Tagen gesehen?«

»Das heißt nichts.«

»Glaubst du, ich lüge dich an?«

Sie schwieg. Er ließ sie stehen. Als er sich an der Treppe noch einmal umdrehte, stand sie immer noch mit dem Rücken zu ihm und blickte auf die Gleise. Was er wusste, war, dass er die Wahrheit gesagt hatte. Dass Verena Talbot das ebenfalls getan hatte, bezweifelte er.

*

Bobbie Schmitz schaute auf das kleine schwarze Kästchen in seiner Hand. Er wirkte ratlos. »Was soll das sein?« Unsicher hielt er es Sonja hin. Sie hätte ihm damit am liebsten gegen die Stirn geklopft.

»Das ist ’ne Kamera, du Vollidiot!« Sie richtete das Objektiv auf ihren Komplizen. »Na, siehste’s!?«

Bobbie nahm es ihr wieder aus der Hand, hielt sich das winzige Objektiv direkt vors Auge. »Krass!«

»Gib schon her, bevor du’s fallen lässt!« Sie nahm es ihm weg, stieg auf den Stuhl und legte die Kamera zurück auf die Garderobe.

»Willst du die da oben liegen lassen?«

»Komm, wir gehen spazieren!«, sagte Sonja, ohne seine Frage zu beantworten, nahm ihn an der Hand und führte ihn hinaus aus der Wohnung.

Auf der Treppe musste sie ihre Hand aus seiner wieder befreien, so fest umklammerte der Junge sie. Erst draußen auf der Straße sprachen sie wieder miteinander.

»Das mit der Hand …«, begann Bobbie.

»Natürlich lasse ich die Kamera da liegen! Der, der sie da aufgebaut hat, soll keinen Verdacht schöpfen.«

»Was glaubst denn du, wer…?«

»Ich wette, mein Onkel steckt dahinter!«

»Du meinst…?«

»Wahrscheinlich hat er was gemerkt und Verdacht geschöpft. Keine Ahnung, wie er auf mich gekommen ist, der Sack!«

»Du glaubst, dein Onkel hat die Kam…«

»Quatsch! So was macht der nicht selber! Dafür beauftragt er jemanden und ich werde rauskriegen wen! Da kannst du dich drauf verlassen!«

Sie gingen die Straße hinunter in Richtung Brüsseler Platz, vorbei an Häusern, die mit Graffiti bemalt waren und für die weder Sonja noch Bobbie einen Blick übrig hatten. Hinter einem Stromkasten lugte ein mit Kugelschreiber gezeichneter Dämon hervor. Er hielt eine Fackel in der Hand und es sah aus, als schleuderte er sie in ihre Richtung.

»Dann sollten wir wohl erst mal warten, bis wir was Neues starten. Scheint mir jetzt ziemlich riskant zu sein.«

»Blödsinn! Wir räumen noch einmal richtig ab! Danach kann mein Onkel sich dann stundenlang Videos aus meiner Wohnung anschauen.«

»Aber …!« Bobbie blieb stehen. Sonja lief ein paar Schritte weiter. Der Junge wollte sie festhalten, traute sich nicht. Nach zwei Metern blieb auch das Mädchen stehen und drehte sich um.

»Was, ›aber‹?«

»Der Typ, der dich überwacht, den dein Onkel beauftragt hat? Was ist mit dem?«

»Keine Sorge! Für den lasse ich mir schon was einfallen!«

*

Am nächsten Morgen betrat Marius Sandmann das Haus vor Tagesanbruch. Auch wenn in den Nachbarhäusern die meisten Bewohner noch zu schlafen schienen, parkte er den Wagen direkt vor der Tür, damit er möglichen Zeugen den Blick versperrte. Gerade die alte Dame von Gegenüber musste nicht wissen, dass er wieder hier war und schon gar nicht, dass er das Haus betreten konnte. Dem Wohnzimmer widmete er nur einen kurzen Blick, es wirkte unverändert. Er überlegte, die Tür zum Garten hinter den Rollos zu öffnen, um frische Luft hereinzulassen, den Muff aus über zehn Jahren zu vertreiben, entschied sich aber dagegen.

Stattdessen kletterte er die beschädigte Treppe hoch in den ersten Stock, setzte vorsichtig Fuß um Fuß auf die Ränder der Stufen, unter denen die Ablagen festen Halt boten, und hielt sich mit beiden Händen am Geländer fest.

Oben betrachtete er den Jungen, die Prinzessin und das Paar aus Gehängtem und Frau. Jakob, seine Schwester, die verschwunden war, und ihre Eltern. Daran bestand für den Detektiv kein Zweifel. Aber was bedeuteten der Blutsee, das Feuer, der Strick um den Hals des Vaters? Hatte er seine Tochter umgebracht? Oder war es Jakob gewesen, der einen Stein in der Hand hielt?

Kain und Abel, dachte der Detektiv. Der Mord, mit dem alles begann. Er ging auf den Gehängten zu und öffnete die Tür zum Elternschlafzimmer. Die alten Möbel standen darin, ein großes, weißes Doppelbett, ein riesiger doppelter Kleiderschrank mit verspiegelten Schiebetüren, in denen der Detektiv seine schwarze Gestalt erkennen konnte. Das Spiegelglas war mit allerlei Formen und Figuren bemalt. Wie er da in der Tür stand, wurde Marius selbst Teil des Bildes. Dämonen schienen nach ihm zu greifen, kleine Mädchen winkten ihm zu und luden ihn ein, näher heranzutreten.

Der Detektiv folgte der Einladung. Je nachdem wie sich Marius vor dem Spiegel positionierte, konnte er in verschiedene Silhouetten schlüpfen, teils als Täter, der mit einem Schwert oder einem Stein auf eine Figur eindrosch, teils als Opfer, das unter diesen Schlägen zusammenbrach. Es war eine Art künstlerisches Rollenspiel. Auf eine verstörende und beängstigende Weise brillant. Er schob die Spiegel beiseite. In beiden Schränken hing Kleidung, links Anzüge, Hemden, Hosen eines Mannes, rechts Kleider, Röcke, Tops, Unterwäsche einer Frau. Ein Duft nach Lavendel und Mottenkugeln breitete sich aus. Auf dem Boden des Schranks lagen mehrere vertrocknete Falter.

Die Nachbarin hatte ihm nicht erzählt, wann die Familie Maternus das Haus verlassen hatte. Jedenfalls schien sie alles hier zurückgelassen zu haben. Als wären sie nur kurz rausgegangen, um ein paar Einkäufe zu erledigen, und zehn oder fünfzehn Jahre nicht zurückgekommen.

Was war mit Jakobs Eltern geschehen? Lebten sie noch? Er schob die Bettdecken beiseite und schreckte zurück.

Zwei Menschen lagen dort. Zwei in sich zusammengefallene Menschen. Auch hier brauchte Marius wieder einen Moment, ehe er im muffigen Halbdunkel erkannte, woraus diese Menschen bestanden. Jakob hatte aus Papier zwei Köpfe geformt, dazu Hände und Füße, und ein Nachthemd und einen Schlafanzug so angeordnet, als lägen seine Eltern Arm in Arm in ihrem Bett. Mit der Hand rieb der Detektiv über die dunkelroten Flecken auf Nachthemd und Schlafanzug. Sie waren trocken. Er roch an seinen Fingern und glaubte, einen leichten Geruch von Blut wahrzunehmen. Vielleicht bildete er sich das nur ein? Er fotografierte die beiden Gestalten mit dem Smartphone, dann das Innere des Schranks und die Spiegeltüren, darauf achtend, nicht selbst ins Bild zu geraten.

Die Wände waren nicht bemalt. Er trat etwas näher heran, konnte die alte Tapete fast riechen. Mit einem scharfen Gegenstand hatte Jakob die Tapete zerkratzt, ähnliche Muster geschaffen wie unten im Wohnzimmer. Dämonen, Prinzessinnen, Kinder, Gehängte, Feuer. Es gab ein System hinter dieser Kunst, immer wiederkehrende Motive und eine ungeheure Brutalität. Sie erzählten etwas. So wie die Bilder in der Rolle, nach der er immer noch suchte, etwas erzählt haben mussten. Etwas, weshalb sie nun verschwunden waren. Und weshalb Jakob Maternus verbrannt wurde. Davon war der Detektiv überzeugt.

Er erinnerte sich an Tessas Aussage, wie plötzlich Jakob aggressiv werden konnte. Er verschob den Besuch der anderen Zimmer auf einen anderen Tag. So langsam merkte er, dass er Jakobs Kunst nur in kleinen Dosen ertrug. Es war zu beklemmend, zu zerstörerisch, zu brutal. Die mittelalterliche Malerei, mit der er sich während seines Studiums beschäftigt hatte, suhlte sich oft in Gewaltdarstellungen. Das hier war schlimmer. Näher. Unmittelbarer.

Der Wahn, der dahinter lag, schien so greifbar zu sein wie das Geheimnis, das die Bilder verbargen, vage blieb. Vage, deshalb umso bedrohlicher. Wer auch immer diese Bilder gemalt hatte – und Marius zweifelte nicht daran, dass es Jakob Maternus gewesen war –, war zu unfassbarer Brutalität fähig oder hatte unfassbare Brutalität erlebt. Wenn Letzteres zutraf, dann lief der, der für diese Brutalität verantwortlich war, irgendwo da draußen herum.

Der Detektiv zog das Handy aus der Tasche und dokumentierte die Wände ebenfalls mit der Kamera. Dasselbe tat er mit Flur und Wohnzimmer, dann musste er raus ins Freie.

*

Es erschien ihr wie ein Wunder. Hauptkommissarin Paula Wagner saß mitten unter den anderen am Tisch, schwenkte das Glas Rotwein in der Hand und war ganz in ihr Gespräch mit einem Kollegen aus dem KK11 vertieft. Franka Schilling glaubte kaum, was sie sah. Sie griff nach der Flasche und schenkte Paula nach. Sicher war sicher.

Es war das erste Mal in den fast drei Jahren ihrer Beziehung, dass ihre Lebensgefährtin sich bereit erklärt hatte, an einem von Frankas regelmäßigen Treffen mit Kollegen teilzunehmen. Seitdem ein Polizist versucht hatte, Paula zu töten, mied sie den Kontakt mit ihnen. So gut das als Hauptkommissarin der Kölner Polizei überhaupt ging. Und für Paula Wagner ging das erstaunlich gut. Zu gut, wie Franka fand. Auch sie hatte immer wieder Probleme mit Kollegen gehabt, aber es geschafft, nicht von einzelnen auf die Gemeinschaft zu schließen, der sie alle angehörten.

Ihre Freundin lächelte ihr kurz verschwörerisch zu. Vermutlich war ihre Beziehung ein offenes Geheimnis. Inzwischen schien es für niemanden mehr ein Thema zu sein. Am anderen Ende des Tisches lachte jemand. Franka Schilling lehnte sich zurück, blickte den Tisch hinunter und hinauf, schaute dann wieder zu Paula, die ihrem Sitznachbarn nun die Hand auf den Arm gelegt hatte und auf ihn einredete.

Sie trank einen Schluck. Wieder ein Lächeln. Paulas Handy klingelte. »I Shot The Sheriff«. Das hätte sie durchaus ändern können, dachte Franka. Zum Glück ging niemand auf den Titel des Liedes ein. Eilig drückte Paula das Geräusch weg, grinste verlegen zu ihrer Freundin herüber. Dann erst las sie, was auf dem Display stand. Ihre Miene verdüsterte sich. Franka meinte fast zu sehen, wie die Hauptkommissarin verkrampfte.

»Job?«, fragte sie. Paula schüttelte den Kopf. Sie trank einen großen Schluck, wandte sich wieder ihrem Gesprächspartner zu. Franka sah, dass sie die Hand in der Tasche hielt, in der das Handy lag.

*

Mit niemandem redete ein Mörder weniger gern als mit der Polizei. Daher hatte Marius Sandmann sämtliche Anrufe von Kriminalhauptkommissarin Paula Wagner in den letzten Monaten ignoriert.

Jetzt brauchte er die Hilfe der Polizei und die Hauptkommissarin war die einzige, die er fragen konnte. Wenn Jakobs Schwester verschwunden war, hatte es eine polizeiliche Ermittlung gegeben, und niemand außer ihr würde ihm etwas darüber erzählen.

Den ersten Anruf am Vorabend hatte sie weggedrückt. Vermutlich ließ sie ihn zappeln, dachte er, während er eine kleine Unendlichkeit darauf wartete, dass sie seinen Anruf entgegennahm. Insgeheim hoffte er, sie würde ihm den Mörder nicht schon an der Stimme anhören.

»Der Totgeglaubte!«

Marius überlegte kurz, ob er darin eine Anspielung vermuten sollte. »Quicklebendig!«

»Schön!« Ihr Tonfall sagte etwas anderes.

Sie schwiegen. Marius redete als Erster wieder. »Ich war viel unterwegs in den letzten Wochen und hatte jede Menge zu tun.«

»Das habe ich gemerkt.«

Schweigen.

»Es wäre schön, wenn wir uns mal wieder sehen könnten, …«

Schweigen.

»… fänd' ich.«

»Bist du sicher, dass du Zeit dafür hast? Du bist viel unterwegs und hast jede Menge zu tun.«

Er verkniff sich ein ›Für dich doch immer‹. Vermutlich hätte Paula das nicht einmal mit Sarkasmus gekontert, sondern einfach aufgelegt.

»Ich würde mich wirklich freuen.«

Schweigen.

»Franka ist heute Abend auf einer Fortbildung. Kennst du das Novello in Sülz?«, sagte die Hauptkommissarin schließlich.

»Nie gehört, aber das werde ich schon finden. Um sieben?«

»Halb acht. Ich platze vor Neugier, was für tolle Jobs du in den letzten Monaten gemacht hast!« Damit legte sie auf. Sarkasmus hatte sie also noch immer drauf.

*

Der Privatdetektiv betrat das Lokal gegen viertel nach sieben. Zuvor hatte er eine Runde um den Block gedreht. Er kannte die Gegend nicht und wusste gerne, wo er sich aufhielt. Innen suchte er lange, bis er einen geeigneten Tisch fand. Nicht dass das Restaurant sonderlich groß gewesen wäre. Neben einem unbenutzten offenen Kamin fand sich ein Tisch, an dem Marius mit dem Rücken zur Wand sitzen, den Raum und zugleich die Straße draußen im Blick behalten konnte. Außerdem sah er von hier aus die Hauptkommissarin, sobald sie das Lokal betrat. Der Kellner brachte ihm eine Flasche Wasser an den Tisch. Paula Wagner betrat den Laden um kurz nach halb acht. Sie stutzte kurz, als Marius grüßend die Hand hob, musterte ihn mit leicht zusammengekniffenen Augen. Marius' Herz klopfte. Im Grunde traute er der Polizistin zu, ihm den Mörder an der Nasenspitze anzusehen. Er wusste, dass das Unsinn war. Allein: Er glaubte es nicht.

Sie schob den Stuhl zurück, um sich zu setzen. Das Holz kratzte über das Laminat. Ihre schwere Tasche, unverzichtbares Utensil, stellte sie auf den Stuhl neben sich.

»Du hast dich verändert«, sagte sie zur Begrüßung.

»Es ist eine Weile her«, erwiderte er nur. Unsicher.

Sie lehnte sich zurück und betrachtete ihn. »Richtig! Du warst sehr beschäftigt.« Niemand konnte sturer verletzt sein als Paula Wagner. In ihren Augen lag noch etwas anderes, das Marius nicht deuten konnte. Das ihn beunruhigte.

»Ja, es tut mir leid.«

»Du, das ist kein Problem.« Wie konnte jemand nur so viel Sarkasmus in seine Stimme legen? Sie beugte sich nach vorn, kippte mit dem Unterarm fast Marius' Wasserglas um. Der Detektiv griff danach, Wasser schwappte über und landete auf seinem Ärmel. »Deine Reflexe scheinen jedenfalls noch gut zu sein«, kommentierte sie. »Manches kriegst du also doch zur richtigen Zeit hin.«

Sie lehnte sich wieder zurück, verschränkte die Arme vor der Brust. Der Kellner brachte ihnen die Karten. Eine Weile studierten sie sie schweigend.

»Also: Erzähl!«, sagte sie schließlich.

»Es geht um einen Fall, an dem ich arbeite.«

»Ein Fall, an dem du arbeitest?« Paula klappte die Speisekarte zu und legte sie beiseite.

»Clara Maternus. Sie verschwand vor etwa 20 Jahren.« Er wollte weiterreden, kam nicht dazu.

»Du ignorierst 16 Monate lang all meine Anrufe, verschwindest völlig von der Bildfläche und sobald du in einem Fall meine Hilfe brauchst, meldest du dich und tust, als wäre nichts gewesen? Spinnst du?«

»Es ist …«, erwiderte er schwach. Im Grunde hatte sie recht. Allerdings hatten sie sich immer nur über ihre Fälle unterhalten. Und bevor er irgendetwas sagte, was Paulas Verdacht wecken könnte, erschien es ihm klüger, direkt zur Sache zu kommen. Ein Irrtum. Sie stand auf, nahm die Lederjacke von der Stuhllehne, hängte sich ihre zu große Tasche über die Schulter, und ließ den Detektiv ohne ein weiteres Wort zurück.

Marius grinste peinlich berührt in die Gesichter, die ihn von den Nebentischen anstarrten. Dann orderte er die Rechnung für Paulas Wein und sein Wasser, bezahlte und ging zurück zum Vito, den er in einer Seitenstraße geparkt hatte.

Paula Wagners Hände umklammerten das Lenkrad ihres Honda Civics. Ihre Fingerknöchel stachen weiß hervor, ihre Hände schmerzten. Sie hätte Marius am liebsten das Rotweinglas ins Gesicht gekippt, jetzt wollte sie auf ihr Lenkrad einschlagen, da sah sie, wie der Detektiv das Lokal in dem Eckhaus verließ. Er schaute sich nach allen Seiten um und zog sich die Kapuze über den Kopf, ehe er in Richtung Auerbachplatz loslief. Sein Kopf bewegte sich von rechts nach links, als scanne er unermüdlich seine Umgebung. Ein Autofahrer zwei Wagen vor ihr stieg aus und knallte die Fahrertür zu. Der Detektiv zuckte zusammen und griff in die Tasche seiner Jacke, musterte den Mann misstrauisch. Wovor hatte Marius Sandmann Angst? Sie startete den Wagen, parkte aus. Hinter ihr wartete bereits ein SUV auf ihren Parkplatz. Langsam rollte sie über die Euskirchener Straße in Richtung Gürtel. Auf dem Auerbachplatz sah sie, wie Marius Sandmann um einen weißen Mercedes Vito herumging, bevor er einstieg.

Ihre Wut hatte sie beiseite gekramt. Das konnte sie mittlerweile sehr gut. Etwas, dass sie sich bei ihrer Lebensgefährtin und Kollegin Franka abgeschaut hatte. Außerdem weckte Marius' Verhalten auf der Straße Paulas Neugier. Noch ein anderes Gefühl beschlich sie: Sorge. Sie machte sich Sorgen um Marius Sandmann. Sie wollte nicht nur wissen, was mit ihm los war. Sie wollte ihm helfen. Selbst nach einem Auftritt wie dem im Restaurant.

Sie lenkte den Honda zurück ins Büro. Dort konnte sie noch besser nachdenken als im Wagen. Ihr Handy klingelte. Sie kramte es im Fahren aus der Tasche heraus und schaute auf das Display. Eine SMS. Von Franka. Sie steckte das Handy zurück in die Tasche.

3

Sie lag vor seiner Wohnungstür, als Marius Sandmann den Hausflur betrat. Ihr Kopf lag schief auf ihrem Rucksack, der eine Fuß angewinkelt auf dem Terrazzoboden. Marius sah ein Stück weißen Beines über dem Rand des Springerstiefels hervorlugen. Ein blauer Fleck zeichnete sich gut sichtbar darauf ab. Leise ging er näher heran, schaute um die Ecke, wo es zu Hof und Keller ging. Die Hoftür war verschlossen. Außer Tessa war niemand zu sehen. Er ging vor ihr in die Hocke, wollte an ihrer Schulter rütteln, um sie zu wecken.

Doch er war noch nicht in die Knie gegangen, als sie hochfuhr. Mit weit aufgerissenen Augen blickte sie ihn erschrocken an, richtete sich ruckartig auf und stieß ihn, nur halb wach, von sich. »Lass mich!«, murmelte sie, »lass mich!« Ihr Atem roch nach Alkohol.

Sandmann erhob sich wieder, sah, wie Tessa langsam zu sich kam. Sie schaute sich um, erblickte ihren vertrauten Rucksack, sah den Türrahmen, in dem sie gelegen hatte.

»Hallo«, sagte sie, lächelte ihn an und entblößte die Lücke zwischen ihren Schneidezähnen.

»Was machst du hier?«

Sie erhob sich, noch wacklig auf den Beinen. Ob von Müdigkeit, Drogen oder irgendetwas anderem konnte Marius nicht entscheiden.

»Ich wollte dich sehen. Hören, was du rausgefunden hast. Du suchst doch noch nach Jakobs Mörder?«

»Ja.«

»Lässt du mich rein?«

Marius seufzte, steckte den Schlüssel in den Riegel, anschließend schloss er auf. Sie wollte ihn passieren lassen, aber er stieß nur die Tür auf und deutete mit einer Handbewegung an, sie solle vorangehen. Er wollte sie nicht im Rücken haben.

Im Büro stellte sie den Rucksack exakt dort vor dem Fenster ab, wo sie zuletzt übernachtet hatte, und setzte sich auf den Besucherstuhl. Als sähe Tessa sie zum ersten Mal, betrachtete sie die Kratzer, die sie im Schreibtisch hinterlassen hatte. Marius folgte ihrem Blick und dachte an die Schnitzereien in den Möbeln im Haus der Familie Maternus.

Er holte sich einen Fruchtdrink aus dem Kühlschrank, bot ihr ebenfalls einen an. Sie lehnte ab. »Wenn ich Obst esse, muss ich kotzen. Ich vertrag das nicht.« Stattdessen reichte er ihr eine Flasche Wasser, die sie annahm.

»Und?«, sagte sie schließlich, nachdem sie eine Weile geschwiegen hatten. Sie kratzte sich am Handrücken, der Ärmel ihrer Lederjacke rutschte etwas nach oben und zeigte mehrere Narben am Handgelenk.

Er wollte mit ihr nicht über Jakob reden, über die Bilder in dem Haus. Auch wenn es ihn brennend interessierte, ob sie davon wusste, ob sie vielleicht dort gewesen war. Sie würde es ihm eh nicht sagen. »Ich arbeite noch dran«, sagte er nur.

»Macht es dir was aus, wenn ich bei dir dusche? Ich stinke ziemlich.« Sie roch demonstrativ an ihrem Jackenärmel und hielt ihn Marius unter die Nase.

»Du kennst dich ja aus«, sagte er und mit schnellen Schritten huschte sie hinaus in den Flur und weiter ins Bad. Er hörte, wie sie die Tür von innen abschloss. Ihm war das nur recht. So hörte er sie besser, wenn sie wieder herauskam.

»Es kann ein bisschen dauern, wenn das für dich okay ist«, rief sie.

»Lass dir Zeit«, antwortete er. Sein Körper brauchte ohnehin die Abwechslung und Herausforderung einer Trainingseinheit. Sein Kopf musste frei werden von den Gedanken an Paulas Abgang, an Jakobs verstörende Bilder und den Schreck, Tessa vor seiner Tür vorgefunden zu haben. Rasch wechselte er in T-Shirt und Jogginghose und begann sein Work-out. Die Tür zum Büro ließ er ebenso offen wie die Tür in den Flur. So konnte er das laufende Wasser der Dusche hören, schließlich wie sie die Dusche ausdrehte. Fast eine Stunde musste das Mädchen unter dem Wasserstrahl zugebracht haben. Einige Minuten später drehte sie den Schlüssel im Bad zweimal um. Dann trat sie hinaus auf den Flur. Nackt.

Sie kam durch den Flur und das Büro auf ihn zu. Er hatte die Hanteln vor der Brust und ließ sie langsam sinken. Ihre Haut war fast weiß, der Körper ausgemergelt, zu den Narben an den Handgelenken und dem blauen Fleck am Bein gesellte sich ein Bluterguss kurz unterhalb ihrer rechten, verschwindend kleinen Brust. Vermutlich eine Rippenprellung. Schmerzhaft, dachte der Detektiv. Tessa stand jetzt vor ihm. Sie musste zu ihm aufschauen, senkte den Blick rasch wieder. »So eine Jogginghose lässt keine Frage unbeantwortet«, sagte sie, trat auf ihn zu und berührte mit ihren knochigen Fingern die Muskeln seiner Oberarme. Marius stellte die Hanteln auf die gepolsterte Bank neben sich. Ihre Schulter fühlte sich so schmal an, als könnte er sie mit einem leichten Druck seiner Hand zerbrechen.

Sie ging auf die Zehenspitzen, um ihn zu küssen. Ihre Zunge drang ohne Vorwarnung ein, als nähme sie seinen Mund in Besitz. Er presste sie an sich, umfasste sie, hob sie hoch. Ein Leichtgewicht. Sie ließ es geschehen, lenkte ihn auf die Hantelbank. Die Hanteln fielen krachend auf den Holzboden hinab. Er lag nun auf dem Rücken, sie saß auf ihm, biss ihm leicht ins Schulterblatt. Biss fester zu. Ihre Finger krallten sich in seine Brust, als er in sie eindrang.

Unwillkürlich musste er an Verena denken. Und an Arina. An die blauen Flecken, die beide Frauen manchmal davon getragen hatten beim Sex mit ihm. Es war nie etwas Ernstes gewesen und es hatte ihn weit mehr verstört als die Frauen. Als hätte er eine Vorahnung gehabt, zu was er fähig war, wenn er die Kontrolle über sich verlor. Mit einem Mal fühlte er sich, als wäre er wieder im Wald und jagte Bruno Weiß sieben Kugeln in den Körper. Der Schmerz, als Tessa ihm ins Gesicht schlug, holte ihn in die Wirklichkeit zurück. Sie hatte den Kopf nach hinten geworfen, die Augen halb geschlossen, ihre Arme flogen unkontrolliert um sie herum. Er packte sie, zog sie auf seinen Körper herunter, wo er sie festhielt, während sich ihre Fingernägel tief in seine Brust bohrten.

*

Nach dem Sex stand Marius vor dem Badezimmerspiegel und betrachtete die Kratzer und die Zahnabdrücke in seiner Schulter. Er tastete mit dem Finger danach. Wenn er drückte, schmerzte es. Irgendwo musste er noch Alkohol zum Desinfizieren haben. Nachdem er sich eine Weile umgeschaut hatte, fand er ihn in dem kleinen Schränkchen hinter der Badewanne. Mit einem Stück Watte tupfte er die Wunden ab. Es brannte. Tessa kam herein. Sie trug das schwarze T-Shirt, in dem er eben trainiert hatte. Seine Wunden schien sie gar nicht zu registrieren.

»Du hast mir immer noch nicht erzählt, was du über Jakobs Mörder herausgefunden hast.«

»Ich habe herausgefunden, wo Jakob aufgewachsen ist. Nicht in Koblenz, sondern hier in Köln.« Er drehte sich zu ihr um. »Wusstest du, dass seine Schwester spurlos verschwunden ist, als er acht Jahre alt war?«

Tessa schüttelte den Kopf. »Über so etwas haben wir nie gesprochen. Ich habe dir doch gesagt, dass wir nicht über unsere Vergangenheit geredet haben.«

»Worüber habt ihr dann geredet?«

»So dies und das. Über die Leute. Manchmal gar nicht.« Nach einigem Zögern ergänzte sie: »Über die Zukunft!«

»Wie sah sie aus, eure Zukunft?«

Ihre Augen strahlten. »Wir wollten irgendwo aufs Land raus. Drüben im Osten. Da stehen so richtige Paläste leer. Mit dutzenden Zimmern und Stuck an den Decken und riesigen Fenstern.« Sie schaute ins Bad. »Und Marmorbädern! So einen wollten wir herrichten und Tiere halten. Jakob wollte malen. Vielleicht wäre er ja berühmt geworden.«

»Und du?«

Sie zuckte mit den Achseln. »Ich wäre halt auch da gewesen, hätte mich um die Tiere gekümmert«, antwortete sie. »Findest du Jakobs Mörder?«

»Ich bin fest entschlossen.«

»Vielleicht kann ich dir ja helfen? Auf der Straße kriegt man viel mit.«

»Meinst du, es war jemand, der mit euch auf der Straße gelebt hat?«

»Das kann ich mir nicht vorstellen.«

»Warum nicht?«

»Du hast das mit den Bildern erzählt. Ich glaube nicht, dass der, den diese Bilder erschreckt haben, auf Platte ist. Das war bestimmt so ein feiner Pinkel. So einer, der Leute wie Jakob hasst.«

Er ging auf sie zu, sie machte ihm Platz, blickte auf die Kratzer auf seiner Brust. »Was hast du denn da gemacht? Das solltest du desinfizieren. Wenn sich das entzündet, große Scheiße.«

*

Als Tessa neben ihm eingeschlafen war, schlich Marius aus dem Bett und durch die gegen seine Gewohnheit geöffnete Falltür hinunter ins Erdgeschoss, wo ihr Rucksack stand.

Zunächst durchsuchte er die Außentaschen, fand Jakobs Schlüsselanhänger, etwas Geld, sonst nichts von Interesse. Den Rucksack selbst wollte er nicht vollständig ausräumen. Daher würde es länger dauern, ihn zu durchsuchen. Er wühlte mit den Fingern in den Besitztümern des Mädchens herum, fühlte nach irgendetwas, einem Ausweis, Papieren, etwas, das ihm mehr über Tessa verraten konnte. Obenauf lag ein Klappmesser, daneben eine fast leere Sprühdose mit Reizgas. Darunter war der Rucksack vollgestopft mit Klamotten. Er hätte nicht gedacht, dass sie so viel mit sich herumtrug. Irgendwo zwischen den Pullovern fühlte er Papier und zog ein Buch heraus. »Lateinisch-Deutsches Wörterbuch« las er und steckte es zurück. Sein Arm steckte nun fast vollständig in Tessas Habseligkeiten. Keine Spur von einem Ausweis oder sonstigen Dokumenten. Wenn sie so etwas besaß, trug sie es nicht mit sich herum. Leise knirschte das Holz der Treppe, eilig zog er den Arm aus dem Rucksack, verschloss ihn wieder und stand auf, als Tessa in der Tür erschien. Er griff nach einer Flasche Wasser auf der Anrichte.

»Ich musste unbedingt was trinken. Willst du auch?«

Sie schüttelte den Kopf. »Nein, ich muss sowieso gehen«, sagte sie, drängte sich an ihm vorbei und zog eine Leopardenjeans aus dem Rucksack. Sie schien nicht bemerkt zu haben, dass er darin gewühlt hatte. Rasch schlüpfte sie in die Hose, zog die Lederjacke über sein T-Shirt, schnürte die Stiefel und verabschiedete sich mit einem knappen »Man sieht sich«. Er wartete, bis er die Haustür hörte, dann verschloss er die Wohnungstür, überprüfte, ob Tessa oben irgendetwas mitgenommen hatte, und legte sich hin.

*

Das Archiv des Kölner Zeitungsverlags war für Marius Sandmann über die Jahre eine der wichtigsten Anlaufstellen geworden. Eigentlich war der Zugang für Leute, die nicht bei der Zeitung arbeiteten, unerwünscht. Aber das Aufsichtspersonal hatte sich an den Detektiv gewöhnt und Marius hatte stetig dafür Sorge getragen, dass sie ihn in guter Erinnerung behielten. Ein freundliches Wort hier, ein Mitbringsel da, eine kleine Nachforschung dort und er konnte in den dunklen Räumen fast ein- und ausgehen, wie es ihm beliebte. Dennoch bevorzugte er den frühen Morgen, wenn er das Archiv fast für sich allein hatte so wie jetzt.

Er kämpfte sich durch mehrere Dutzend alte Zeitungen und stellte nach und nach das Geschehen auf einem DIN-A4-Blatt zusammen. An einem Sommertag im Jahr 1995 kam der achtjährige Jakob Maternus am frühen Abend allein nach Hause. Über den Verbleib seiner Schwester, die zwei Jahre jünger war als er, wusste er nichts zu sagen. Noch am selben Abend begann die Polizei mit einer Suchaktion, die erfolglos verlief. Auch an den folgenden Tagen machten die Ermittlungen offenbar keine Fortschritte. Nach zwei Wochen wandten sich die Eltern, Hanna und Bernd Maternus, mit einem offenen Brief an einen möglichen Entführer ihrer Tochter Clara, in dem sie ihn anflehten, ihre Tochter zurück nach Hause zu lassen. Die Boulevardpresse schlachtete diese Geschichte über sechs Wochen aus. Ein perfektes Sommerloch-Thema, dachte Marius zynisch. Schon im September wurden die Berichte über das Verschwinden von Clara Maternus spärlicher.

Marius notierte sich die Namen der Eltern und der Journalisten, die über den Fall berichtet hatten. Angaben zu den ermittelnden Beamten auf Seiten der Polizei fand er zu seiner Enttäuschung nicht. Vielleicht würde er zumindest auf Jakobs Vater oder Mutter stoßen? Über sein Smartphone startete er eine Internetsuche nach den beiden. Ohne Erfolg. Er versuchte verschiedene Suchmaschinen und spezielle Personensuchen. Ebenfalls keine Treffer. Es schien, als wäre die ganze Familie vom Erdboden verschluckt worden. Bis auf Jakob. Er ging hinaus und suchte sich auf dem Parkplatz des Pressehauses einen ruhigen Platz zum Telefonieren.

Nach dem dritten Klingeln meldete sich die alte Nachbarin. Er musste kurz überlegen, unter welchem Namen er sich bei ihr vorgestellt hatte. Dann erkundigte er sich nach dem Verbleib der Familie Maternus. Seine Begründung: Er und seine Frau wären trotz der schrecklichen Geschichte an dem Haus interessiert. Aber die alte Dame konnte ihm nicht weiterhelfen. Vielleicht wollte sie es auch nicht. Er steckte das Telefon in die Hosentasche und ging zurück ins Archiv.

Ohne große Erwartungen blätterte Marius die Zeitungen aus dem Oktober und November durch und fand schließlich doch noch etwas, das ihm weiterhelfen konnte. Anfang November tauchte der Fall Maternus wieder im Kölner Boulevard auf. Die Polizei hatte weiterhin keine Fortschritte erzielen können. Hanna Maternus hatte ihre Arbeit nicht mehr genügt. Sie hatte einen Privatdetektiv engagiert, der ihre Tochter finden sollte. Dieser erzählte in der Presse freimütig von seinem Auftrag. Marius notierte sich den Namen des Kollegen und suchte nach einer Anschrift im Netz. Diesmal hatte er Glück.

Eine Stunde später parkte Marius den Vito vor einem Mietshaus in der Nippesser Nordstraße. Das Haus war einheitlich in einem Farbton gestrichen, der Marius an Speiseeis erinnerte, Geschmacksrichtung Mango. Immerhin bot das Gebäude so einen Farbklecks in der tristen Dämmerung eines grauen Wintervormittags. In zahlreichen Fenstern brannte noch Licht.

Marius suchte auf dem Klingelschild nach dem Namen Jonas Waal und fand auf der mittleren Klingel einen J. Waal. Er schellte, trat einen Schritt zurück. Niemand öffnete. Er klingelte erneut, konnte das schrille Geräusch aus dem Haus hören. Nichts. Dann plötzlich ging die Tür auf und ein junger Typ stand vor Marius. Seine Muskeln spannten unter der dünnen Lederjacke, unter der eine goldene Kette glitzerte. Der Detektiv nickte ihm kurz zu und schob sich an dem Jungen vorbei in den Hausflur. Im ersten Stock fand er ein nachlässig aufgeklebtes Klingelschild mit dem Namen Waal. Er schellte auch hier. Keine Reaktion. Durch den Spion, der es eigentlich ermöglichen sollte, aus der Wohnung heraus in den Flur zu schauen, konnte Marius erkennen, dass drinnen Licht brannte. Aus der Küche meinte er ein Radio zu hören. Dennoch öffnete ihm niemand die Tür.

Marius tippte die Telefonnummer, die er sich ebenfalls aufgeschrieben hatte, auf dem Display seines Handys, das Freizeichen erklang und nach 30 Sekunden sprang eine Mailbox an. Er hinterließ keine Nachricht, sondern schellte ein drittes Mal. Wieder nichts.

Zurückgekehrt auf die Straße, blickte er am Haus hoch. Die Fenster blieben erleuchtet. Hinter den zugezogenen Vorhängen konnte er nicht erkennen, ob jemand in der Wohnung war. Er würde es wieder versuchen. Schließlich rief er Waal ein zweites Mal an, diesmal hinterließ er eine kurze Nachricht: »Sandmann, Privatdetektiv. Ich würde gerne mit Ihnen über den Fall Maternus sprechen.«

*

Während der Privatdetektiv in der Kölner Nordstraße im Nieselregen vor einem Haus stand, saß Paula Wagner an ihrem Schreibtisch in der Sülzer Polizeiwache auf der Rhöndorfer Straße und spielte nervös mit einem Kugelschreiber.

Sie überlegte, wann sie Marius Sandmann vor gestern Abend zuletzt gesehen hatte. Es musste etwa ein Jahr her sein. Sie hatte ihn in einer Mordermittlung hinzugezogen, in der ein verschwundenes Bild aus einem Raubüberfall in Belgien eine Rolle gespielt hatte. Gemeinsam hatten sie einen Kölner Geschäftsmann in seiner Lindenthaler Villa besucht, der Detektiv hatte das Bild begutachtet und die Papiere geprüft. Danach hatten sie das Gemälde, sie meinte sich zu erinnern, dass es von Paul Klee gewesen war, beschlagnahmen lassen.

Irgendwann kurz danach oder kurz davor war Sandmann auch hier gewesen, in ihrem Büro. Er hatte mit ihrem Mitarbeiter Wolfgang Scharenberg über einen Fall geredet, an dem der Kommissar einige Zeit zuvor gearbeitet hatte. Schon suchte sie dessen Handynummer in ihrem Adressbuch, als die Tür aufging und Franka hereinkam. Rasch steckte Paula das Handy wieder weg. Lieber wollte sie Franka im Ungewissen darüber lassen, dass sie sich mit Marius beschäftigte.

»Wo hast du gestern Abend gesteckt? Ich habe versucht, dich anzurufen«, fragte Franka, während sie ihre Jeansjacke an den Haken hinter der Tür hing.

»Ich war müde, hab geschlafen.« Franka musterte sie. Auf die Art, wie nur Franka Schilling gucken konnte. Und vielleicht noch ein irritierter Tiger im Riehler Zoo. Paula war selbst nicht ganz klar, warum sie ihr nicht die Wahrheit sagen wollte, wusste sie doch, dass ihre Freundin extrem feine Sensoren dafür hatte, wenn sie angelogen wurde. Gute Polizistin eben. Irgendetwas hielt sie ab. Aus irgendeinem Grund hielt sie Franka und Marius lieber getrennt. »Wirklich«, betonte sie überflüssigerweise. Franka antwortete nicht einmal, setzte sich an ihren Schreibtisch und startete den Computer.

*

Von Nippes wäre er vermutlich am schnellsten mit der S-Bahn zu seinem nächsten Ziel gelangt, allerdings quälte sich der Privatdetektiv mit dem Wagen über die Innere-Kanal-Straße nach Ehrenfeld, dachte an der Kreuzung mit der Hornstraße kurz an Bobbie Schmitz und daran, dass er immer noch einen bezahlten Auftrag hatte.

Spontan lenkte er den Vito vor die Einfahrt des ehemaligen KFZ-Amtes, in dem nun Flüchtlinge lebten, kletterte in den hinteren Teil des Wagens und kontrollierte Kamera und Mikrofone in Sonja Werstenkiels Wohnung. Das Mädchen war wie erwartet nicht zu Hause, vermutlich arbeitete sie bei ihrem Onkel, seinem Auftraggeber, in der PR-Agentur. Werstenkiel würde sich melden, wenn sie sich ungewöhnlich verhielt, das war mit ihm abgesprochen. »Sofern man das bei einer 20-Jährigen erkennen kann«, hatte er einschränkend gemeint. Marius hatte höflich gelacht. Die Mikrofone in der Wohnung blieben stumm, die Kamera lieferte nach wie vor ein hervorragendes Bild ihres Flurs.

Bobbie Schmitz' Mini Cooper stand vor dessen Wohnung in Mülheim. Es gab zurzeit keinen Grund, in diesem Fall aktiv zu werden. Er hatte Zeit. Irgendwann würde die Technik ihm die Hinweise liefern, die er brauchte.

Er startete den Wagen und fuhr die wenigen hundert Meter bis zum Ehrenfelder Bahnhof. Nicht nur über Sonja Werstenkiel, Bobbie Schmitz und Jakob Maternus musste der Detektiv mehr in Erfahrung bringen. Hier hoffte er auf Informationen über eine andere Person: Tessa.

Allerdings traf er Verena nicht an ihrem Platz an.

»Wo ist das Mädchen, das die letzten Male bei euch saß?«, fragte er die alten Männer, die vielleicht gar nicht so alt waren, wie ihre versteinerten Gesichter vermuten ließen. »Die Blonde mit dem Kapuzenpulli?«

»Keine Ahnung, nicht gesehen«, antwortete der mit den Hunden, die den Detektiv nur gelangweilt musterten.

»Eine Idee, wo ich sie finden kann?«

»Seh' ich aus wie ihr Kindermädchen?«

»Eigentlich nicht.«

»Siehste! Was machst du überhaupt die ganze Zeit hier? Kommst immer an und stellst Fragen. Glaubst du, wir merken das nicht? Was bist du für einer?« Seine Stimme wurde lauter, seine Hunde unruhiger. Sie sprangen auf und bellten Marius an. Einer versuchte, an ihm hochzuspringen. Der Detektiv schlug ihn weg. Jaulend kroch der Hund zurück auf den Rucksack seines Herrchens. Der wurde nun richtig wütend. »Schlag meinen Hund nicht!«, brüllte er. »Niemand schlägt meinen Hund!«

Er sprang nun ebenfalls auf, doch Marius befand sich schon auf dem Rückzug. Rasch schloss er den Wagen auf, stieg hinein, merkte erst jetzt, dass der Hundebesitzer ihm gefolgt war und wütend gegen die Windschutzscheibe schlug.

Eine Weile fuhr er ziellos durch Ehrenfeld, überlegte, zurück ins Büro zu fahren, hielt dann auf dem Parkplatz eines Supermarktes um die Ecke und ärgerte sich, dass er Verena nicht überwacht oder verwanzt hatte. Er wählte ihre alte Handynummer. Nur das Freizeichen ertönte, nicht einmal eine Mailbox sprang an. Wo steckte sie? Er wusste, dass sie früher in einer Eigentumswohnung im Agnesviertel gewohnt hatte. Dorthin fuhr er als Nächstes, parkte den Wagen und schellte bei der einzigen Klingel, die kein Namensschild trug.

»Was willst du?«, hörte er ihre Stimme durch die Gegensprechanlage. Erst jetzt sah er die kleine Kamera oberhalb der Tür. Es gab also Häuser, in denen so etwas bereits eingebaut war. Gut zu wissen.

»Mit dir reden. Es geht um eine Bekannte von Jakob: Tessa.«

»Kenn' ich nicht.«

»Sie kennt dich.«

Der Türöffner summte. Marius stieg die Treppen hoch in den vierten Stock. Verena stand in der Tür. Sie trug eine schwarze Baumwollhose, eine leicht glänzende, mattgraue Bluse, die Haare nach hinten gekämmt und war, so wie Marius sie gekannt hatte: perfekt gekleidet, perfekt geschminkt. Selbst die Fingernägel sahen tadellos aus.

Sie bat ihn herein, führte ihn in ein mit Antiquitäten und Designer-Möbeln eingerichtetes Wohnzimmer. Einige der Stücke kannte er noch. Sie hatten in ihrer gemeinsamen Wohnung gestanden, als sie bei ihm in Ehrenfeld gewohnt hatte.

»Was willst du wissen?«

»Eigentlich alles, was du über sie weißt.« Sie zündete sich eine Zigarette an. Es war ihm neu, dass sie rauchte.

»Okay.«

Das ging zu leicht.

Sie blies den Rauch langsam aus, wartete einen Moment, zog dann wieder an der Zigarette.

»Ich nehme nicht an, dass du rauchst?«

»Nein.«

Sie nickte. Dann kam sie zur Sache. »Ich will alles wissen, was du über Jakob und Clara Maternus herausfindest. Als Erste.«

»Warum?«

»Das spielt keine Rolle. Ich will es einfach wissen.«

Er überlegte.

»Andernfalls kannst du noch eine ganze Weile im Dunkeln tappen, was deine Tessa betrifft.«

Sie stand auf, ging zu einem alten Schreibtisch und zog eine Mappe aus der Schublade. Mit ihr in der Hand setzte sie sich wieder ihm gegenüber. Marius sah das Foto auf dem Umschlag der Mappe. Eine frühere Version von Tessa blickte ihn an. Jugendlich. Verschlossen. Skeptisch. Tessa eben. Und eben auch nicht. Sie sah frischer aus auf diesem Bild, unschuldiger.

»In Ordnung«, sagte er und Verena Talbot warf ihm die Mappe in den Schoss. Sie drückte die Zigarette in einem Aschenbecher aus den 50er-Jahren aus, stand auf und ließ ihn im Zimmer allein. Er wusste allerdings, dass sie ihn von irgendwo beobachten würde. Also verzichtete er darauf, Dokumente aus der Mappe zu nehmen oder sie zu fotografieren. Er brauchte nur die Informationen, nicht das Material.

Nach einer Stunde klappte er den Umschlag zu. Tessa oder Daniela Grün, wie sie richtig hieß, konnte auf mehrere Aufenthalte in psychiatrischen Kliniken zurückblicken, besaß neben einer attestierten Borderline-Störung einen extrem hohen IQ, sprach, wie ein Psychiater begeistert vermerkt hatte, fließend Latein und beeindruckte durch ein ellenlanges Vorstrafenregister, vier Einträge darin wegen Brandstiftung. Unter anderem hatte sie mit zwölf Jahren versucht, ihr Elternhaus abzufackeln.

Verena betrat den Raum in dem Augenblick, in dem Marius die Mappe auf die kleine Ablage neben seinem Stuhl legte.

»Wo hast du das alles her? 95 Prozent von dem, was da drin steht, dürftest du gar nicht wissen, geschweige denn die Dokumente besitzen.«

»Du bist nicht die einzige Spürnase, Marius. Es gibt noch ein paar andere Leute, die sich auf ihren Job verstehen. Und jetzt muss du gehen. Denk an unsere Abmachung!«

Sie brachte ihn nicht zur Tür. Es machte ihm nichts aus. Er war in Gedanken sowieso bei der Brandstifterin, die bei ihm übernachtet hatte.

*

Verena Talbot stand am Fenster, mit einer Hand zog sie den Vorhang leicht beiseite und sah hinunter auf die Straße, beobachtete, wie Marius Sandmann aus dem Haus ging und ein paar Meter die Straße abwärts in seinen Vito stieg.

Als der Detektiv den Wagen aus der Parklücke gelenkt hatte, ließ sie den Vorhang wieder sinken. Sollte er sich mit dieser Tessa beschäftigen, zumal die mit ihr nicht reden wollte. Vielleicht kam etwas dabei heraus. Sie glaubte es nicht. Sie hatte alles über Tessa herausgefunden, was es zu wissen gab. Mit dem Geheimnis um Jakob Maternus hatte sie nichts zu tun. Davon war Verena überzeugt. Ihr war es allerdings nur recht, wenn Marius dieser Spur folgte. Das hielt ihn von der Wahrheit lange genug fern.

4

Zu Paula Wagners Erleichterung kam Scharenberg wenige Minuten später ins Büro. Sie meinte, seinen Geruch nach Duschgel schon vor der Tür gerochen zu haben. Franka und sie machten sich öfter einen Spaß daraus, in Drogeriemärkten an den unterschiedlichen Männerduschgels zu riechen, um herauszufinden, welches er benutzte. Wenn die Stimmung nicht gerade so war wie heute.

Irgendwann würden sie ihn einfach fragen. Doch bis dahin diskutierten sie die verschiedenen Düfte mit großer Begeisterung. Paula musste bei dem Gedanken daran kurz grinsen. Scharenberg blickte sie irritiert an.

»Stimmt was nicht?«

»Nein, alles in Ordnung!«

Franka stand auf und verließ wortlos das Büro, ihr Handy in der Hand, auf dem sie irgendetwas tippte. Sie schaute weder Paula noch Wolfgang an. Der zwängte sich an Paula vorbei an seinen Schreibtisch. Ihr Büro war nicht für drei Leute ausgelegt, sondern maximal für zwei – zwei sehr kleine Leute. Da sie kein sonderlich gutes Standing bei der Kölner Polizei besaß, hatte man sie auf diesen seltsamen Posten abgeschoben: Leiterin der Task Force Science, einer kleinen Sondereinheit, deren Aufgabe darin bestand, alte Fälle neu aufzurollen, sofern die Datenlage eine neue, vor allem wissenschaftliche Untersuchung lohnenswert erscheinen ließ. Der »Friedhof« wurde die Abteilung intern genannt und keiner sagte klar, ob sie ein Friedhof für tote Fälle oder kaltgestellte Polizisten war.

»Erinnern Sie sich, als der Privatdetektiv Sandmann das letzte Mal hier war?«

»Das ist eine Weile her.«

»Er wollte irgendetwas wissen. Über einen Raubüberfall?«

Scharenberg kratzte sich unter den Achseln, während er nachdachte.

»Ja. Es ging um einen Einbruch in einer Galerie. Die Galerie Juist in der Innenstadt. Da war ein Max Ernst geklaut worden.«

»Stimmt! Das Bild tauchte ein paar Wochen, nachdem Sandmann hier gewesen war, wieder auf, oder?«

»Anscheinend hat er es gefunden. Wir hätten uns einen Anteil von seiner Belohnung holen sollen.«

Er grinste.

»Hätte sich das für uns gelohnt?«

»Er dürfte so eine halbe Million abgestaubt haben!«

In diesem Moment öffnete sich die Tür und Franka schlich wieder herein.

»Wer hat eine halbe Million abgestaubt? Und warum kriegen wir nichts davon?«

»Ihr seid beide gleich!«, polterte Paula gespielt los, froh das Gespräch auflockern zu können. »Geldgierig bis dort hinaus!«

»Deswegen arbeiten wir bei der Polizei. Weil man da so reich wird!« Franka konnte sich ein Grinsen in Richtung Paula nicht verkneifen. »Außer dir. Du bist die Einzige, die auf der Suche nach Wahrheit und Gerechtigkeit hier gelandet ist.«

Paula rollte mit den Augen, stand auf, schnappte ihren Autoschlüssel und verließ wortlos das Büro. Vor der Tür überlegte sie es sich anders. Sie waren die Abteilung für die ungelösten Fälle, also konnten ihre Mitarbeiter durchaus etwas für sie erledigen. Sie drehte sich um und ging ins Büro zurück.

»Der Fall Clara Maternus! Ein Mädchen, das vor 20 Jahren verschwunden ist. Schaut euch das mal an, sprecht mit Leuten, die damals beteiligt waren, und schaut, ob ihr Spuren findet, die wir heute neu überprüfen können.«

Sie wollte sich umdrehen und rausgehen.

»Warum?«, fragte Franka. Paula blieb stehen.

»Was warum?«, blaffte die Hauptkommissarin sie an.

»Warum dieser Fall?«

Sie wollte ihr die Antwort nicht geben. Schon gar nicht heute.

»Weil ich das gesagt habe.«

*

Marius Sandmann hing, den Kopf nach unten, etwa 20 Zentimeter über dem Boden. Die Arme hielt er hinter dem kurzgeschorenen Schädel verschränkt. Mit einem tiefen Atemzug zog er sich hoch, spannte die Bauchmuskeln an, bis sein Gesicht fast seine Knie berührte. Einige Sekunden verharrte er in dieser Position, dann ließ er sich langsam wieder absinken.

Im Augenwinkel meinte er, im Hof eine Gestalt gesehen zu haben. Als er jedoch in seiner Ruheposition angekommen war und durch das vergitterte Fenster schaute, konnte er niemanden mehr ausmachen.

Wurde er langsam paranoid? Er hob den Kopf ein weiteres Mal gegen die Knie, ließ den Oberkörper wieder fallen und erneut meinte er, am Rande seines Sichtfeldes jemanden gesehen zu haben. Jemanden, der unbeweglich da stand und ihn beobachtete.

In einer raschen fließenden Bewegung löste er sich aus den Gravity Boots, die ihn am Türreck hielten, und rollte sich auf dem Boden ab. Neben dem Fenster ging er in die Hocke. Er überlegte, ob er die Pistole holen sollte, die er oben unter dem Kopfkissen aufbewahrte. Nur sah er keine Chance, über die Treppe nach oben zu laufen, ohne dass der Fremde dort draußen es mitbekommen würde.

Vorsichtig hob er den Kopf an und blickte über die Fensterbank hinaus. In der Dunkelheit des späten Nachmittags war nichts zu erkennen. Den Tag über hatte es geregnet. Letzte Schneespuren, die das Licht aus den Fenstern hätten reflektieren können, waren verschwunden. Seine Augen brauchten eine Weile, um sich an die Finsternis des Hofes zu gewöhnen.

Dann sah er den Mann. Er stand neben den Mülltonnen, genau so, dass er Marius bei seinen Übungen beobachten konnte, selbst jedoch kaum zu sehen war. Es handelte sich um einen kräftigen, nicht allzu großen Kerl in einem dunklen, unauffälligen Wintermantel, unter dem sich sehr gut eine Waffe verstecken ließ. Marius schlich hinaus ins Büro. Hier hatte er zum Glück die Vorhänge zugezogen gelassen, wie er es sich verdammt noch mal für alle Räume angewöhnen sollte, nahm ein Fleischmesser aus der Schublade der Küchenzeile und lief hinaus in den Hof. Erst als er auf den kalten, nassen Boden dort hinaustrat, fiel ihm ein, dass er barfuß und ohne T-Shirt in der Kälte stand. Der Mann blickte ihn an.

5

Paula Wagner hatte seit Jahren keine Vernissage mehr besucht. Sie wusste nicht, was sie absonderlicher fand: die Kunst oder die Gäste.

An den Wänden des weißgetünchten Geschäftslokals in der Kölner Innenstadt hingen Objekte aus Draht und Wolle. Die Künstlerin, eine junge Bulgarin, die von einigen älteren, gut gekleideten Männern umringt, neben einer mobilen Bar in der hinteren Ecke des Raumes stand und eine Art Kleid aus denselben Materialien trug, hatte wohl eine Schwäche für morbiden Humor. Anders konnte sich Paula ihre Kunst, die in der Darstellung von auf verschiedenste Arten zerstörten und durch Draht und Wolle rekonstruierten Kadavern beruhte, nicht erklären.

Andererseits waren da die Besucher. Nicht nur die alten Männer, die die junge Künstlerin fast ansabberten, während ihre Gattinnen darüber hinwegsahen und übereinander lästerten. Auch die jungen, um Distanz und Uneindeutigkeit bemühten Männer, fast ausnahmslos mit Brillen, wie sie auch Marius Sandmann trug, bereiteten der Polizistin großes Vergnügen. »Das Surreale, fragmentiert in der Verwesung …«, »zu gewollt expressiv …«, »transzendierte Grausamkeit, gekoppelt an ihre mediale Feminisierung …« Sie hätte ihnen Stunden zuhören können!

Aber ihr Hauptinteresse galt dem Gastgeber. Der Galerist Tristan Juist stand im Gespräch mit einem jüngeren Mann, dessen Freundin, die ihre Dreadlocks mit einem Wollschal zusammenhielt, und einer der älteren Damen, vielleicht der Mutter der Wollschalfrau. Er berührte die Dame kurz am Arm, als er einen Mann um die 60 erspähte, der, das dunkelblaue Sakko lässig über den Arm gelegt, in einem hellblau-weiß gestreiften Hemd steckte. Kategorie: Ich bin so reich, dass ich euch das nicht einmal zeigen muss. Juist dachte offenbar dasselbe. Er lächelte den Mann freundlich an, reichte ihm die Hand und flüsterte ihm pseudovertraulich etwas ins Ohr. Der Angesprochene nickte, dann gingen die beiden ein paar Schritte, während derer Juist weiter auf ihn ein redete. Der Mann allerdings hatte sich von der Kunst abgewandt und beobachtete die Künstlerin selbst. Der Galerist registrierte das. Paula konnte nicht umhin, seine Aufmerksamkeit für die Wünsche seiner potenziellen Kunden zu bewundern. Er klemmte sich den Mann unter den Arm, und führte ihn hinüber zu der Bulgarin und stellte die beiden einander vor. Anschließend wandte er sich an die Umstehenden, deutete auf die Bar, hinter der zwei blonde Helferinnen fleißig mit Einschenken beschäftigt waren. Die Männer folgten Juist, sodass der dickste Fisch den bulgarischen Köder für sich hatte.

Paula ging ein paar Schritte, bis sie wie zufällig neben Tristan Juist stand. »Das sieht nach einem erfolgreichen Abend aus«, begann sie.

Juist musterte sie. Irritiert. Sie sah nicht nach jemandem aus, der sich für Kunst interessierte. Aber er war zu höflich, um das anzusprechen. Und zu sehr Geschäftsmann, denn vielleicht könnte er sich täuschen. Wer wollte schon eine potenzielle Kundin verprellen? »Wir sind ganz zufrieden.«

»Trotzdem: Ganz schön wilde Sachen, die die Frau macht!« Sie versuchte, schockiert zu gucken, es schien zu klappen.

»Ja, das ist gewagt. Ich denke allerdings, die Zeit ist reif für so etwas.«

»Eine eher untypische Künstlerin für Ihre Galerie, nicht wahr?« Sie hatte das am Nachmittag noch in der Vorankündigung gelesen. »Ihr Vater hatte die Galerie eher auf die klassische Moderne ausgerichtet.«

Als Paula seinen Vater erwähnte, rieb sich Juist nervös die Hände.

»Sind Sie von der Presse?«

»Nein, ich bin von der Polizei.«

Verwirrt blickte Juist sie an, schaute zu den anderen Gästen, von denen sie niemand beachtete.

»Po…? Sie machen Witze.«

Paula zeigt ihm ihren Ausweis und lächelte ihn freundlich an. »Nein, ganz und gar nicht. Ich will Sie auch gar nicht lange behelligen. Es geht um den Max Ernst, der Ihnen vor einiger Zeit gestohlen wurde.«

»Immer noch diese Geschichte! Wir haben unsere Sicherheitsvorkehrungen seitdem optimiert. Das Bild ist auch längst wieder da. Wir haben es sogar schon weiterverkauft.»

»Ja, ja, das weiß ich alles. Es geht nur um ein paar ergänzende Informationen. Sie hatten damals einen Detektiv bei der Suche nach dem Bild hinzugezogen?«

»Die Versicherung war das!« Unruhig schaute Juist zu seinen Gästen, blickte sie dann wieder bemüht unbeteiligt an. »Da müssten Sie sich an die wenden.«

»Ach? Das waren gar nicht Sie? Und dieser Herr … Sandmann … war bei Ihnen?«

»Sandmann, ja! Komischer Mensch. Mir erschien er … ich weiß nicht. Unseriös. Tauchte hier eines Tages auf und bot uns an, das Bild wiederzubeschaffen.«

»Ist das unüblich?«

»Na ja, nicht direkt. Wenn ein Bild verschwindet, kommt es in ein Register und dort kann und soll jeder, der sich auskennt, schauen und Hinweise geben. Also auch ein Detektiv.«

»Aber?«

»Dieser Sandmann wirkte irgendwie nicht … Schon allein, dass er allein arbeitete, keine Referenzen besaß. Meist arbeiten Kunstermittler in Teams. Die Technik für die Expertisen ist nicht ganz billig.«

»So etwas kann man doch zukaufen?«

»Trotzdem: ein komischer Typ. Ich habe ihn weggeschickt und ihm empfohlen, sich an die Versicherung zu wenden.«

»Das hat Herr Sandmann dann auch getan, nehme ich an? Immerhin hat er Ihr Bild wiederbeschafft.«

»Die Versicherung zahlt für so etwas gut. Und sie gehen kein Risiko ein, denn Geld bekommt so jemand nur, wenn er liefert.«

»Hatten Sie viel mit ihm zu tun? Können Sie mir sagen, wie er an das Bild gekommen ist?«

»Nein, tut mir leid. Ich habe versucht, möglichst wenig mit diesem Menschen zu tun zu haben. Eine Mitarbeiterin hat sich darum gekümmert.«

»Könnten Sie mir den Namen dieser Mitarbeiterin nennen? Und vielleicht auch gleich den Namen Ihrer Versicherung?«

Paula notierte sich den Namen und Ansprechpartner bei der Versicherung. »Und die Mitarbeiterin?«

»Kasakowa, Arina.«

»Haben Sie auch eine Adresse von Frau Kasakowa?«

Juist schüttelte den Kopf. »Nein, seltsamerweise ist sie

verschwunden, nachdem der Ernst wieder aufgetaucht war.«

Paula wurde hellhörig. »Was heißt das: ›verschwunden‹? Hat sie gekündigt?«

»Sie ist einfach nicht mehr zur Arbeit erschienen. Ich habe versucht, sie zu erreichen, telefonisch, per E-Mail, ich war sogar bei ihrer Wohnung. Sie hat nie geantwortet.«

»Haben Sie sie als vermisst gemeldet?«

»Nein, hätte ich das tun sollen?«

»Eine Ihrer Mitarbeiterinnen verschwindet, kurz nachdem ein Bild wieder auftaucht, das unter bis heute ungeklärten Umständen aus Ihrer Galerie verschwunden ist. Da könnte man schon einmal neugierig werden.«

»Nun ja«, druckste der Galerist herum, »Sie sind Polizistin. Das ist Ihr Job. Ich leite nur eine Galerie. Es gibt immer wieder Mitarbeiter, die von einem auf den anderen Tag verschwinden. Außerdem«, er streckte sich in den Schultern, »haben Ihre Kollegen meine Mitarbeiter überprüft. Frau Kasakowa hatte mit dem Raub des Bildes nichts zu tun.«

Die Hauptkommissarin beließ es dabei. Ihre Gedanken waren schon bei Marius Sandmann und der Frage, ob es eine Verbindung zwischen dem Privatdetektiv und dem Verschwinden Arina Kasakowas gab.

*

»Sie wollten mich sprechen«, sagte die Stimme aus der Dunkelheit.

»Jonas Waal?«, fragte Marius und richtete den Strahl der Taschenlampe seines Smartphones auf den Mann. Der blinzelte kurz, bevor er zur Seite blickte, an Marius und dem

Licht vorbei. Er war etwa einen halben Kopf kleiner als der Detektiv. Was Marius für einen Mantel gehalten hatte, entpuppte sich bei näherer Betrachtung als eine dunkle Outdoorjacke. Ein Allerweltsmodell aus dem Kaufhaus, vermutete Sandmann, typisches Kleidungsstück für einen Detektiv. So unauffällig, dass es kaum jemandem auffiel. Die Schuhe zeigten ebenfalls keinerlei Extravaganz. Sie waren praktisch. Auch wenn Waal sich noch keinen Schritt bewegt hatte, war Marius überzeugt, dass die Sohlen kein Geräusch machen würden.

»Ja«, beantwortete der Mann die Frage des Detektivs. »Wollen wir nicht reingehen? Es ist nicht wirklich gemütlich hier draußen.«

»Sie haben sich den Platz ausgesucht.«

»Ich schau mich gerne um, bevor ich jemanden treffe. Berufskrankheit, ich nehme an, Sie kennen das?« Er wollte an Marius vorbeigehen. Der Detektiv drückte ihm die flache Hand auf die Brust. Waal blieb stehen. Marius knöpfte ihm die Jacke auf, durchsuchte die Taschen, nahm ein Portemonnaie heraus, klappte es auf und las den Namen auf dem Personalausweis. Anschließend steckte er das Portemonnaie zurück und setzte seine Arbeit fort. Der alte Detektiv hob leicht eine Augenbraue. »Sie durchsuchen mich?« Ohne zu antworten, tastete Marius ihm Hosenbeine und Ärmel ab. Dann richtete er sich wieder auf.

»Reine Vorsichtsmaßnahme! Kommen Sie!«

Marius ließ Waal an sich vorbeigehen, folgte ihm in den Flur und in sein Büro. Der alte Detektiv sah sich um, bevor er sich auf den Besucherstuhl setzte. Er musterte lange die Gitter vor den Fenstern. Als Erster entdeckte Waal die Kameras, die in den Ecken unter dem falschen Stuck verborgen waren, den Marius extra für diesen Zweck angebracht hatte. Anschließend sah der Alte seinen jungen Kollegen sehr lange an.

»Gutes Sicherheitssystem«, sagte er schließlich.

»Man kann nicht vorsichtig genug sein. So einfach, wie man hier auf den Hof kommt.«

Waal schwieg, musterte Marius weiter. Prüfte ihn. Marius stand auf, ging zur Küchenzeile, wo er die Kühlschranktür öffnete und sich ein Glas Saft einschenkte. »Möchten Sie auch?«, drehte er sich zu seinem Besucher um.

»Wenn Sie ein Bier haben, gerne!«

»Tut mir leid, kein Alkohol im Haus.«

»Trocken?«

»Abstinent. Schon seit ein paar Jahren.«

Wieder nickte Waal und es sah aus, als gliche er diese Information mit dem Bild ab, das er sich bisher von Marius gemacht hatte.

»Sie haben die Dinge gerne unter Kontrolle, was?«

»Berufskrankheit. Sie nicht?«

Waal zuckte mit den Achseln. »Spielt das eine Rolle?«

»Wir sind Detektive. Wir leben davon, Bescheid zu wissen.«

»Ich überwache weder meine Wohnung noch meine Nachbarn.«

Marius ging darauf nicht ein. »Sie haben vor einigen Jahren in einem bestimmten Fall ermittelt. Es ging um das Verschwinden eines kleinen Mädchens: Clara Maternus. Erinnern Sie sich?«

»Leider.«

»Sie haben sie nicht gefunden.«

»Nein.«

»Darf ich erfahren, welche Spuren Sie damals verfolgt haben?«

»Warum wollen Sie das wissen? Und warum sollte ich Ihnen das sagen, Sandmann?«

»Sagen wir einmal, der Fall ist in einer Ermittlung aufgetaucht, an der ich arbeite.«

»Was für eine Ermittlung?«

»Mord.«

»Mord ist Polizeisache. Lassen Sie die Finger davon.«

»Die Polizei geht davon aus, dass es ein Unfall war.«

»Glauben Sie mir, junger Mann, wenn ich eins in meinem Beruf gelernt habe, dann, dass die Polizei gerne unterschätzt wird, aber Mittel und Möglichkeiten hat, die uns nicht zur Verfügung stehen.« Er schaute kurz hoch zu der versteckten Kamera. »Zumindest so lange wir uns im Rahmen der Legalität bewegen. Wenn die Polizei sagt, dass es ein Unfall war, dann wird das wohl auch so gewesen sein.«

Marius schüttelte energisch den Kopf. »Es gibt deutliche Hinweise, dass es kein Unfall war.«

»Dann gehen Sie zur Polizei.«

»Die Polizei hat auch Clara Maternus nicht finden können. Sie haben sie trotzdem gesucht.«

»Und ebenfalls nicht gefunden, wie Sie schon richtig bemerkt haben.«

Marius beugte sich vor. »Bereuen Sie es, nach ihr gesucht zu haben?«

Waals Nasenflügel zuckten einen kleinen Moment. Er schnäuzte sich mit einem Stofftaschentuch, das er aus einer Seitentasche seiner Outdoorjacke zog, als wolle er diese Reaktion im Nachhinein gleichzeitig erklären und verschleiern.

»Warum?«, bohrte Marius weiter. »Warum bereuen Sie es?«

»Weil ich sie nicht gefunden habe! Ihre Eltern waren mit den Nerven fertig. Es gibt nichts Schlimmeres, als sein Kind auf eine solche Weise zu verlieren. Sie hätten wenigstens Gewissheit verdient gehabt. Wenigstens das! Egal, was ich gefunden hätte. Aber ich bin nicht an ihn rangekommen. Am liebsten hätte ich ihm einfach eine Tracht Prügel versetzt. Dann hätte ich ihn schon zum Reden gebracht!«

»Wen hätten Sie zum Reden gebracht?«

»Jakob, Claras Bruder!«

»Was hatte Jakob Maternus mit Claras Verschwinden zu tun?«

»Das wissen Sie nicht?« Überrascht schaute Waal ihn an. »Er war bei ihr, als sie verschwand.«

»Woher wissen Sie das?«

»Die Mutter hat sie zusammen weggehen sehen. Er ist allein zurückgekommen.«

»Was hat er dazu gesagt?«

»Nichts.«

»Nichts?«

»Nichts. Gar nichts. Niente. Nada. Keinen Ton. Buchstäblich keinen Ton. Der Junge hat einfach geschwiegen. Kam allein nach Hause, wusste angeblich nichts vom Verbleib seiner Schwester und mehr hat nie jemand aus ihm herausbekommen.«

»Er hat nie darüber gesprochen?«

»Mit seinen Eltern nicht, nicht mit der Polizei, nicht mit der komischen Psychologin und auch mit mir nicht, nein.«

»Vielleicht wusste er tatsächlich nichts? Kinder streiten sich, rennen weg, finden sich nicht wieder. So etwas kommt vor.«

»Hören Sie auf! Dem Jungen hat man das schlechte Gewissen auf hundert Meter angesehen! Man sieht doch, wenn jemand etwas zu verbergen hat.« Sandmann zuckte zusammen, griff nach dem Glas Saft und trank einen Schluck. Dabei ließ er Waal nicht aus den Augen. Die beiden Männer musterten sich. Was wusste der alte Detektiv über ihn?

»Man kann sich täuschen«, wandte er ein.

»Quatsch! Jakob Maternus wusste, was mit seiner Schwester passiert ist.«

»Warum hat er dann nicht dabei geholfen, sie zu finden?«

»Ist das so schwer zu kapieren? Er hat sie umgebracht! Das kleine Monster hat seine Schwester gekillt.«

»Er war acht damals!«

Waal zuckte mit den Achseln. »Heißt das was?«

Sie schwiegen eine Weile. Marius dachte darüber nach, ob das etwas hieß. Traute er dem achtjährigen Jakob Maternus zu, seine eigene Schwester ermordet zu haben? »Es muss eine andere Erklärung geben.«

»Es gibt keine. Jakob Maternus hat seine Schwester umgebracht. Das ist so klar wie das Amen in der Kirche.«

»Sie konnten es nicht beweisen.«

»Hätte man mich allein mit ihm reden lassen, hätte ich es beweisen können …«

»Sie würden ein Kind foltern?«

»Ich würde jeden foltern, der ein kleines Mädchen tötet.«

Sie drehten sich im Kreis, dachte Marius. Waal drehte sich im Kreis. Noch 20 Jahre später genügte die Erwähnung von Clara Maternus, um ihn in Rage zu bringen.

»Wissen Sie, dass Jakob Maternus tot ist?«

»Ihr Fall? Der angeblich Ermordete?«

Marius nickte bloß.

»Geschieht ihm recht.«

*

Fünf Ordner lagen aufeinander gestapelt auf Franka Schillings Schreibtisch. Die Hauspost musste sie am Morgen dort abgelegt haben. Die Kommissarin schaute sie wenig begeistert an, schlug den obersten auf und warf ihn Scharenberg auf seinen Schreibtisch. Er landete auf dessen Tastatur.

»Geht's noch?«, blaffte er sie an.

»Sorry!«, antwortete sie, setzte sich und schlug den zweiten Ordner auf, versuchte, sich für ein paar Minuten in den Protokollen und Dokumenten zu vertiefen. Scharenberg hatte seinen Stuhl ganz ans Fenster geschoben, sodass er die Füße auf den Schreibtisch legen konnte. Franka blickte auf ein Loch in seinen dicken, braunen Wollsocken und einen bleichen Fuß darin. Der Ordner lag aufgeklappt in seinem Schoß. Er las ihn konzentriert.

»Warum machen wir das eigentlich?«, unterbrach ihn Franka.

»Weil die Chefin sich etwas davon verspricht. Und weil es unser Job ist, uns mit ungeklärten Fällen zu beschäftigen.« Er schaute nur kurz zu ihr hinüber. Dann las er weiter in der Akte, machte sich mit einem Bleistift eine Notiz in seinem Block.

»Schon klar! Aber warum dieser Fall? Wie kommt sie jetzt ausgerechnet auf dieses Mädchen, das seit 20 Jahren verschwunden ist?«

»Vielleicht gibt es einen anderen Fall und sie sieht Parallelen.«

»Dann wüsste ich das«, beharrte Franka.

Jetzt blickte Wolfgang sie länger an. Dann schüttelte er den Kopf. »Kennst du unsere Chefin immer noch so wenig? Ausgerechnet du?«

Wütend knallte Franka ihren Ordner auf den Tisch, schaute auf die drei anderen, die da noch lagen, und griff sich den, in dem sie die Auflistung der Beweismittel vermutete. »Lass uns wenigstens schauen, ob die Spuren irgendeinen Anlass bieten, dass die Task Force Science«, sie betonte den Namen ihrer Abteilung überdeutlich, »aktiv werden muss.«

»Mach das«, brummte Scharenberg und widmete sich wieder seiner Akte. Schließlich nahm er ein Foto aus dem Ordner, stand auf und heftete es an die Filztafel, die an der einzigen freien Wand neben der Tür lehnte. Franka sah herüber. Das Mädchen auf dem Foto musste ungefähr sechs Jahre alt sein. Sie lachte, ihre Augen strahlten mit den strohblonden Haaren um die Wette. Sie musste Wolfgang nicht fragen, um zu wissen, dass es sich dabei um Clara Maternus handelte.

»Was soll das?«

»Eine kleine Motivationshilfe. Falls du dich mal wieder fragst, warum wir diesen Fall aufklären wollen.«

Franka sagte nichts mehr. Ihr ging es nicht darum, dass sie diesen Fall, das Verschwinden des kleinen Mädchens, nicht aufklären wollte. Sie wollte wissen, warum Paula ausgerechnet diesen Fall ausgewählt hatte. Kurz nachdem sie so komisch gewesen war.

Irgendwann hatte Franka das Lachen des kleinen Mädchens nicht mehr ausgehalten, hatte sich in den Wagen gesetzt und war nach Kalk ins Polizeipräsidium gefahren.

Hier stand sie jetzt in der Asservatenkammer und wartete. In einem der hinteren Räume hörte sie den verantwortlichen Beamten kramen. Es klang, als durchsuchte er eine Schublade. Sie wusste es besser. Irgendwo in einem alten Stahlregal lag ein Karton, wenn sie Glück hatte, mehr als ein Karton, mit den Beweismitteln aus dem Fall Clara Maternus. Sie würde das Material zur Analyse schicken, hoffend, dass es irgendein neues Verfahren gäbe, das ihnen weiterhelfen könnte. Irgendwas. Dann hätte sie alles getan, was in ihrer Macht stand, und würde sich mit der Frage beschäftigen, warum Paula ausgerechnet diesen Fall ausgesucht hatte.

Sie hörte das Quietschen der Gummisohlen, als der Mann durch den langen, schmalen Gang zwischen den Regalen zu ihr zurückkehrte. Zuerst dachte sie, er hätte sich geirrt. Zu fünf Ordnern musste es mehr geben als diesen kleinen Karton, den er in Händen hielt! Er legte ihn vor ihr auf die Theke, zog ein Formular aus der Ablage neben sich.

»Möchten Sie es mitnehmen?«, fragte er gelangweilt.

Franka öffnete den Karton und schaute hinein. Ein Bild lag darin. Auf den ersten Blick sah sie nur schwarze Kringel, mit Druck auf das Papier geworfen, ein Versuch zu übermalen, was darunter lag. Das war kaum noch zu erkennen, eine Art Drachen – oder vielleicht eine Eidechse –, gezeichnet von der ungelenken Hand eines Kindes. Der Drachen spie Feuer. Ein dutzend kleiner Männchen hielt die Arme über dem Kopf verschränkt, vermutlich vor Entsetzen.

Unter dem Bild lag das T-Shirt eines Mädchens. Sie nahm es hoch, murmelte leise »Hello Kitty«, betrachtete es von beiden Seiten, bevor sie es in den Karton zurücklegte. In einer Plastiktüte lagen eine Zahnbürste und ein paar Haare. Der Aufkleber auf der Tüte trug den Namen des Opfers und das Aktenzeichen des Falls. Mehr gab es nicht. Nur Spuren, die vielleicht einmal Kriminaltechniker in die Lage versetzen konnten, einen verwesten Kinderleichnam, der irgendwo auftauchte, als Clara Maternus zu identifizieren. Was aber sollte das Bild?

Sie packte alles wieder in den Karton. »Ja, ich nehm' das mit.«

»Dann bräuchte ich hier einmal Ihre Unterschrift.«

Sie kritzelte ihren Namen auf das Formular, das ihr der Archivar hinhielt. In den Schwüngen meinte sie, die schwarzen Kringel wiederzuerkennen.

Mit dem Karton unter dem Arm kehrte sie am Nachmittag ins Büro zurück. Wolfgang war nicht mehr da, ihr war es recht. Sie versuchte, Paula über ihr Handy zu erreichen. Ihre Freundin ging nicht dran. Blieb ihr genügend Zeit? Sie stellte den Karton auf ihrem Schreibtisch ab, musste dafür die Akten etwas beiseite schieben, und setzte sich anschließend auf Paulas Stuhl. Konzentriert lauschte sie auf Geräusche im Flur. Sie hörte das Klingeln, das das Öffnen der Aufzugstür begleitete, die schweren Schritte eines Mannes, die sich vom Aufzug in die andere Richtung des Flurs bewegten, schließlich eine Tür.

Noch einige Sekunden lauschte sie. Mit einer Bewegung der Maus holte sie Paulas PC aus dem Ruhemodus, tippte ihr Passwort in die Maske und schaute auf das Foto eines dunkelgrünen, fast schwarzen Waldes. Draußen ging die Aufzugstür erneut, schloss sich wieder, ohne dass Franka ein weiteres Geräusch gehört hätte.

Sie wartete.

Schritte?

Nein, da war nichts.

Sie klickte mehrere Ordner an und startete Paulas E-Mail-Programm. Keine Hinweise. Weder auf den Fall Maternus noch auf Paulas seltsames Verhalten. Was auch immer ihre Freundin umtrieb bei der Suche nach Clara Maternus, es fand sich nicht auf ihrem Dienst-PC. Es gab darauf nicht einmal einen Ordner für diesen Fall.

Schritte klangen vom Treppenhaus und wurden lauter. Rasch schloss Franka alle geöffneten Fenster auf Paulas Computer. Sie sah schon, wie die Türklinke heruntergedrückt wurde, als sie vom Stuhl ihrer Chefin aufsprang. Scharenberg trat ein, musterte sie mit leicht hochgezogener Augenbraue, wie sie da mitten im Raum stand, zwischen ihrem und Paulas Schreibtisch.

»Ich hab' nach vergleichbaren Fällen gesucht«, stammelte sie entschuldigend und verfluchte sich innerlich, dass sie dabei nicht souveräner klang. Wahrscheinlich hatte sie auch rote Flecken auf den Wangen. Wie immer, wenn sie log. Zum Kotzen!

»Es gibt keine«, erwiderte ihr Kollege und drängte sich an ihr vorbei an seinen Platz. »Zumindest in Köln gab es in den letzten Jahren nichts, was mit dem Fall Clara Maternus vergleichbar wäre.«

»Erstaunlich, findest du nicht? Immerhin hört man dauernd von Kindern, die verschwunden sind. Die Medien sind voll davon.«

Scharenberg zuckte mit den Achseln. Franka fragte sich, ob er bemerkt hatte, dass Paulas Bildschirmschoner nicht aktiv war. Ob er daraus irgendwelche Schlüsse zog. Zumindest sagte er nichts. Ihr nicht.

»Die Fallzahlen sind eigentlich seit Jahren konstant. Nur weil mehr über die Einzelfälle berichtet wird, glauben alle, dass heute viel mehr Kinder verschwinden als früher. Stimmt aber gar nicht.« Fast gleichzeitig blickten beide hinüber zu dem Foto von Clara Maternus. Sie lachte sie an. »Clara Maternus allerdings ist bis heute verschwunden.«

»Wenn es keine neuen, vergleichbaren Fälle gibt, wieso graben wir dann ausgerechnet diesen Fall aus?»

»Warum lässt dich das nicht los? Es ist doch egal, welchen Fall wir als Nächstes angehen. Ob diesen oder einen anderen, was spielt das für eine Rolle? Die Eltern werden wahrscheinlich froh sein, wenn wir ihnen Gewissheit geben.»

»Vielleicht auch nicht«, widersprach Franka. Sie lehnte jetzt an ihrem Schreibtisch, blätterte ziellos durch die Ordner. Dann blickte sie in den Karton aus der Asservatenkammer. »Jedenfalls brauchen wir irgendwelche neuen Ansätze, neue Spuren, neue Hinweise, Parallelen, um Fortschritte zu erzielen.« Sie zog die Haarprobe aus dem Karton. »Das ist alles, was wir haben. Ein paar Haare, deren DNA wir irgendwann vielleicht mit einer verwesten Kinderleiche abgleichen können. Blöderweise haben wir keine Idee, wo wir nach dieser Leiche suchen sollen.«

»Die Hauptkommissarin wird sich schon was dabei gedacht haben, als sie uns auf den Fall angesetzt hat.« Franka nahm die seltsame Zeichnung aus dem Karton und zeigte sie ihrem Kollegen.

»Hast du eine Idee, wer das gemacht hat?«, fragte sie.

Er schaute hinüber, schüttelte den Kopf. »Vielleicht das Mädchen? Vielleicht ist das eine Spur zu unserem Mörder? Irgendein Hinweis, der die Kollegen damals dazu brachte, das Bild aufzubewahren.«

»Warum in der Asservatenkammer und nicht in den Akten?«

»Keine Ahnung!« Demonstrativ tippte er auf seiner Tastatur herum, den Blick auf den Bildschirm gerichtet, Franka ignorierend.

»Dann sollen wir also jetzt mit einer Kinderzeichnung durch Köln laufen, um einen Mörder zu fassen. Einer, der wie ein Drache aussieht, oder eine Eidechse?«

Sie warf das Bild zurück in den Karton, verfehlte ihn und sah zu, wie es langsam zu Boden segelte. Warum dieser Fall? Oder eigentlich: Warum war Paula neuerdings wieder so verschlossen? Ohne ein weiteres Wort stürmte sie hinaus. Die Tür knallte. Das Bild wurde durch den Luftzug kurz hochgeweht und landete unter der Filztafel. Scharenberg stand auf, hob es auf und legte es zurück in den Karton.

*

Manchmal hatte es Vorteile, wenn man als Paar nicht zusammenlebte. Zum Beispiel konnte man sich die ganze Nacht mit Nachforschungen um die Ohren schlagen, ohne dass eine misstrauische Partnerin darauf aufmerksam wurde.

Als Hauptkommissarin Paula Wagner in Sülz eintraf, lag die Wache friedlich da. Draußen war es bereits stockfinster. Dadurch wirkte die Umgebung fast freundlicher als am Tag, wo das wenige Tageslicht seine spätwinterlich trübe Stimmung verbreitete. Die Flure der Wache lagen verlassen im kalten Licht der Neonröhren. Außer der Notbesetzung, der ›Nachtwache‹, wie sie es nannten, war niemand im Haus. Dennoch huschte sie so leise, wie sie konnte, über den langen Büroflur, schloss heimlichtuerisch die Tür auf und entspannte sich erst, als sie diese wieder verschlossen hatte. Sie sah die Akten und den Karton auf Frankas Schreibtisch, schenkte beidem keine Beachtung. Stattdessen startete sie ihren PC, gab ihr Passwort ein und begann ihre Recherche nach Arina Kasakowa. Im Internet fand sie einiges über den Werdegang der jungen russischen Kunsthistorikerin. Bis zu der Zeit, in der sie bei Juist arbeitete. Danach verschwand sie im Netz, so wie sie im Leben verschwunden war.

Niemand hatte Kasakowa vermisst gemeldet. Die Datenbank der Kölner Polizei hatte ihr nur die Vernehmungsprotokolle angezeigt, die im Rahmen der Untersuchung des Einbruchs in die Galerie Juist mit ihr geführt wurden. Paula las sie zweimal, konnte nichts finden, was ihr irgendeinen Hinweis bot. Worauf auch immer. Arina Kasakowa hatte den Diebstahl bemerkt, die Polizei gerufen, darauf geachtet, dass keine Spuren verwischt wurden und die Beamten irgendwann angepampt, weil sie ihr nicht gründlich genug gearbeitet hatten. Das sprach nicht dafür, dass sie an dem Raub beteiligt gewesen war. Falls doch, wäre sie extrem kaltschnäuzig.

Ohne große Hoffnung versuchte Paula ihr Glück in den internationalen Datenbanken.

Nichts.

Auch im Ausland hatte sich Arina Kasakowa nichts zuschulden kommen lassen, das einen Eintrag wert gewesen wäre. Sie ließ den Vornamen weg, tippte nur ›Kasakowa‹ in die Suchmaske.

Treffer.

Der Link leitete sie auf eine Seite weiter, deren kyrillische Buchstaben sie nicht lesen konnte. Sie setzte ein Lesezeichen. Irgendwo würde sich schon jemand finden, der Russisch lesen konnte. Nachdem sie die internen Datenbanken geschlossen hatte, gab sie ›Kasakowa‹ bei Google ein. Die Suchmaschine bot ihr gleich mehrere Dutzend Seiten mit Links an. Woher stammte Arina Kasakowa?

Sie suchte in ihren Notizen. Wolgograd. Sie tippte ›Kasakowa Wolgograd‹ in die Suchmaske.

Treffer.

Viele Treffer.

Sie klickte den Artikel einer deutschen Tageszeitung an. Das Erste, was ihr auffiel, war das Foto. Polizeiwagen, eine Menschenmenge, Schaulustige vermutlich, zurückgedrängt von mehreren Beamten und einem Absperrgitter. Auf dem Bürgersteig vor einem vierstöckigen Wohnhaus eine halb zugedeckte Frauenleiche inmitten einer viel zu groß wirkenden Blutlache. Der Bericht daneben, die erweiterte Meldung einer Nachrichtenagentur, informierte die Hauptkommissarin, dass das Opfer Jana Kasakowa hieß, eine Journalistin und Aktivistin, die vor ihrem Haus von Unbekannten erschossen worden war. Die Täter waren flüchtig. Sie ging zurück zu Google und suchte nach aktuelleren Berichten über den Fall. Diese zeigten ein Foto Jana Kasakowas. Sie verglich es mit einem Bild der gesuchten Arina. Schwestern, würde sie vermuten. Eine kurze Recherche bestätigte ihre Annahme. Arina war Janas jüngere Schwester. Jana wurde erschossen. Arina verschwand.

Die späteren Artikel brachten diesen Mord mit Jana Kasakowas Arbeit als Journalistin in Verbindung. Offenbar hatte sie gemeinsame Geschäfte der Stadtspitze und der Drogenmafia angeprangert. Beweisen allerdings ließen sich weder die Geschäfte noch die Verbindung zu Jana Kasakowas Tod. Die Täter waren bis heute nicht gefasst worden. Paula klickte sich zurück zu dem ersten Artikel. Noch einmal betrachtete sie das Foto, wunderte sich über die riesig wirkende Blutlache und betrachtete die Menge hinter dem Absperrgitter. Sie presste ihre Nase fast an den Bildschirm, um besser sehen zu können. Sie glaubte zunächst nicht, was sie da sah. Ein Polizist hatte die Arme ausgebreitet und hielt so einen Mann davon ab, das Absperrband zu überklettern. Einen Mann, den Paula nur zu gut kannte: Marius Sandmann.

6

Im Morgengrauen saß Jonas Waal in seiner Nippesser Wohnung an einem alten, billigen Schreibtisch und starrte auf die abgegriffene Schreibunterlage, einen in Folie eingeschweißten Kalender von 2004. Er hätte ihn erneuern müssen. Stattdessen rechnete er die Wochentage jedes Jahr neu aus und redete sich ein, das wäre ein gutes Gedächtnistraining.

Von dem Stapel, der auf dem Stuhl neben dem Tisch stand, nahm er die oberste Mappe und schlug sie auf. Seine Berichte lagen ganz oben, sah man von einem Bild Clara Maternus' ab, das er auf die Innenseite des Umschlags geklebt hatte, sodass das Mädchen ihn anlachte, während er die Papiere durchging. Unter den Berichten, die Reihenfolge kannte er auswendig, lagen die Gesprächsaufzeichnungen und Protokolle, die er damals nach den Befragungen der unterschiedlichsten Beteiligten angefertigt hatte: Claras Eltern, zahlreiche Nachbarn und Leute aus dem Viertel, die Journalisten, die über den Fall berichtet hatten. Sogar einer der Polizisten hatte mit ihm geredet. Und natürlich die Psychologin, die Jakob betreute. Auch Tonaufzeichnungen dieser Gespräche besaß er noch. In den ersten Jahren hatte er sie sich immer wieder angehört, auf Aussagen lauschend, denen er vorher keine Beachtung geschenkt hatte, später mit mehr Aufmerksamkeit für die Zwischentöne, für die Art, wie seine Gesprächspartner redeten, darauf hoffend daraus Schlüsse ziehen zu können.

Das Protokoll seines Gesprächs mit dem Jungen selbst fiel kurz aus. Es bestand aus ein paar Fragen, die er ihm gestellt hatte, und einer kurzen Beschreibung, wie Jakob ihn angeschwiegen hatte. Wie er ihn nur kurz angeschaut, sich mit Stift und Papier abgelenkt hatte, und des nervtötenden Spielzeugfliegers, den er mit der rechten Hand und begleitet von einem lauten Brummen durch die Luft fliegen ließ.

Neben seinen eigenen Aufzeichnungen besaß Waal Zeitungsartikel zu dem Fall, zahlreiche Bilder der Gegend, möglicher Tatorte, eine Liste mit Orten, an denen man einen kleinen Leichnam verschwinden lassen konnte. Nichts davon hatte ihm weitergeholfen.

Waal schaute auf die vergilbten Vorhänge, hinter denen er matt das Leuchten einer Straßenlaterne ausmachen konnte. Er hatte drinnen nur die Schreibtischlampe angeschaltet. So hielt er es meistens. Es genügte, Licht dort zu haben, wo man es brauchte. Dann las er die Liste, die Protokolle, die Artikel alle noch einmal. Zum wievielten Mal? Er wusste es nicht.

Als er fertig war, nahm er die zweite Mappe vom Stuhl und klappte diese auf. Sie enthielt deutlich weniger Material, einige Blätter, nur mit Notizen, meist von ihm selbst. Sie betrafen Jakobs Werdegang, nachdem Waal nicht mehr mit der Suche nach Clara Maternus beauftragt war. Offiziell war seine Arbeit beendet gewesen, als Claras Mutter ihn nach mehreren erfolglosen und frustrierenden Monaten um eine Abschlussrechnung gebeten hatte. Danach gab es für ihn keinen Grund mehr, Jakob weiter zu beschatten. Dennoch hatte er dessen Werdegang noch einige Jahre verfolgt, bis er ihn schließlich aus den Augen verloren hatte.

Waal schaute die beiden Papierstapel auf seinem Schreibtisch an und wählte aus, welche Informationen er Marius Sandmann zukommen lassen wollte. Der junge Detektiv hatte ihn darum gebeten. Waal sah keinen Grund, es ihm abzuschlagen. Allerdings glaubte er nicht, dass Sandmann viel herausfinden würde. Damals, als die Hinweise noch frisch waren, hatte er alle Spuren verfolgt. Jetzt waren sie kalt. Kalt und tot wie Clara und Jakob Maternus. Dennoch musste der junge Detektiv nicht alles wissen. Er, Jonas Waal, würde entscheiden, was er wissen durfte.

*

Der Lärm machte ihn rasend. Überall um ihn herum toste und tobte es. Schreie drangen von überall her auf ihn ein. Seine Zielperson stand inmitten des Chaos, scheinbar unbeeindruckt, die Arme hinter dem Rücken verschränkt, und beobachtete mit unerschütterlicher Ruhe das Geschehen.

Der Privatdetektiv bahnte sich seinen Weg durch die Menge, die die Frau in der Mitte des Hofes um mehr als zwei Köpfe überragte. Die Kinder beachteten ihn gar nicht. Sie waren völlig mit sich selbst beschäftigt und damit, unfasslich viel Krach zu machen.

»Uwe Koog, mein Name«, stellte er sich der Frau vor, »ich bin auf der Suche nach Katja Lenbach.« Die Frau, auf die sich gerade in diesem Augenblick zwei Mädchen warfen und sich an sie klammerten, antwortete ihm und drückte gleichzeitig beide Mädchen feste an sich. Zufrieden rannten die zwei davon. Eine streckte Marius die Zunge heraus.

»Katja finden Sie wahrscheinlich im Lehrerzimmer. Durch die Tür da hinten, den Gang entlang, der letzte Raum auf der rechten Seite.«

Marius folgte der Beschreibung, lief über den Flur, an dessen Wänden eine Unmenge Kinderzeichnungen hing. Er blieb stehen, um die Bilder zu betrachten. Sie waren nicht zu vergleichen mit dem, was Jakob Maternus gemalt hatte. Er überlegte, ob es noch Bilder aus Jakobs Kindheit gab. Waal hatte erzählt, dass Jakob damals bereits gemalt hatte. Er konnte sich nicht vorstellen, dass er die gleichen fröhlichen Motive in ähnlichen bunten Farben dargestellt hätte wie die Kinder hier. Als er die Tür des Lehrerzimmers erreicht hatte, klopfte er an den Türrahmen und wiederholte seine Frage. Ein Mann um die 50 saß in eine Zeitschrift vertieft auf einem Stuhl, die Beine auf dem langen Konferenztisch in der Mitte, und blickte hoch.

»Turnhalle«, sagte er nur und las weiter.

»Wo finde ich die?«

»Gang runter, Kellertreppe.«

Marius wandte sich um und lief den Flur hinunter. Im Zimmer rief der Lehrer: »Danke sagt heute auch keiner mehr.«

Als er klein war, war ihm die Turnhalle seiner Schule immer riesig vorgekommen. Jetzt wunderte er sich, wie klein diese Halle war. Katja Lenbach saß auf einer Holzkiste, um sie herum tanzten sechs Kinder. Sie hielten inne, als sie Marius an der Tür stehen sahen.

»Katja Lenbach?«, fragte er. Die Frau, sie musste um die 60 sein, auch wenn sie jünger wirkte, schaute ihn über ihren Brillenrand hinweg an. Das graue, fast weiße Haar trug sie zu einem Knoten zusammengebunden.

»Ja bitte?«

»Mein Name ist Uwe Koog«, er reichte ihr eine Visitenkarte, »ich bin Journalist und arbeite gerade an einem Buch.«

Interessiert las die Lehrerin die Karte. »Worum geht es in Ihrem Buch?«

»Ein schwieriges Thema: verschwundene Kinder.«

Lenbach schaute die Mädchen an, die in einem Halbkreis um sie herum standen. »Holt doch einmal die Bälle aus ihrem Versteck«, sagte sie, klatschte dabei in die Hände, »und dann baut ihr die hinten vor dem Tor auf«, sprach sie weiter und zeigte mit der Hand ans andere Ende der Halle. Die Mädchen rannten davon. Der Holzboden vibrierte leicht unter ihren lauten Schritten.

»Was führt Sie dann zu mir? Ich wüsste nicht, wie ich Ihnen weiterhelfen könnte«, wandte sie sich wieder dem Detektiv zu.

»Es geht um einen früheren Schüler von Ihnen. Seine Geschichte soll in dem Buch auftauchen: Jakob Maternus.«

Draußen schob sich eine Wolke vor die Sonne und verdunkelte Lenbachs Gesicht. »Jakob ist nicht verschwunden. Das war seine Schwester Clara.« Sie zog sich die ohnehin schon langen Ärmel weiter über die Handgelenke, als fröre sie dort.

»Ich weiß. Mir geht es darum, was ein solches Verschwinden bei den Hinterbliebenen auslöst.« Damit war er so nah bei der Wahrheit, wie er nur sein konnte.

Die Lehrerin blickte einige Sekunden ins Leere, als suchte sie nach ihren Erinnerungen und als überlegte sie weiter, ob sie sie mit einem anderen Menschen teilen wollte. Marius wartete. »Es war schrecklich«, sagte sie schließlich. »Leider kannte ich das Mädchen nicht sehr gut. Sie war die Schwester einer meiner Schüler. Ihre Eltern haben furchtbar gelitten.«

»Und Jakob? Wie hat er sich in der Zeit verhalten, als nach seiner Schwester gesucht wurde? War er anders? Hat es ihn verändert?«

»Jakob war nie ein einfaches Kind. Still. Verschlossen. Immer schon. Nachdem Clara weg war, wurde alles noch viel schlimmer mit ihm. Wir kamen gar nicht mehr an ihn heran. Keiner von uns. Es war wohl das Beste, als seine Mutter ihn schließlich auf ein Internat gab. Weg von hier. Weg von den furchtbaren Erinnerungen.«

»Hat er jemals darüber gesprochen, was mit seiner Schwester geschehen ist?«

»Er hat überhaupt nicht mehr gesprochen. Das war ja das Problem.«

»Ich habe gehört, er war in psychiatrischer Behandlung?«

»Davon weiß ich nichts. Aber es klingt vernünftig. Es klingt nach seiner Mutter.«

»Für seine Mutter muss es noch viel schlimmer gewesen sein.«

»Ein Kind zu verlieren …« Sie sprach den Satz nicht zu Ende. Das musste sie auch nicht. Was sie sagen wollte, lag in ihren Augen. Marius schaute hinüber zu den Mädchen, die die Bälle vor dem Tor in eine Reihe legten. »Und dann nicht mal Gewissheit zu haben …« Sie schüttelte den Kopf, nestelte mit den Fingern an einem imaginären Faden an ihren Turnschuhen. Als sie die Arme wieder hob, rutschten die Ärmel ein Stück nach oben und entblößten eine Brandnarbe, die mindestens den ganzen Unterarm zu bedecken schien.

»Wissen Sie, wie die Psychologin hieß, die Jakob betreut hat?«

»Nein, tut mir leid.« Sie überlegte einen Moment. »Sie können den Hausarzt der Familie fragen. Der ist noch im Ort.« Marius ließ sich den Namen des Arztes geben und eine Wegbeschreibung zu seiner Praxis. Er ging an den

Mädchen vorbei, die darüber stritten, ob die Bälle vor oder hinter der roten Linie liegen sollten.

*

Hannes Bergkamp hustete. Trocken und ein wenig aufgesetzt, wie Franka meinte.

»Was haben Sie?«

»Ich bin krankgeschrieben«, antwortete der Hauptkommissar.

»Schon recht lange, wie man hört«, ergänzte Scharenberg. Bergkamp zog ein Taschentuch aus der Hosentasche und tupfte sich damit die Stirn.

»Umso mehr bedanken wir uns, dass Sie sich die Zeit genommen haben, mit uns zu reden.« Franka lächelte aufmunternd. Sie wollte Bergkamp nicht verärgern, indem sie ihm sagte, dass sie seine dreimonatige Krankschreibung für Drückebergerei hielt, während andere Kollegen vor Überstunden kaum ihre Kinder sahen.

Bergkamp nickte ihr gnädig zu. Er saß auf einem Lehnstuhl am Fenster, die beiden Ermittler der Task Force Science ihm gegenüber auf einem durchgesessenen und viel zu tiefen Sofa. Franka behagte es nicht, zu Bergkamp aufschauen zu müssen. Aber es wäre unhöflich gewesen aufzustehen.

Sie schaute sich im Wohnzimmer des Hauptkommissars um, betrachtete die altmodische Schrankwand, Typ Gelsenkirchener Barock, das Landschaftsgemälde daneben, die Gardinen vor den Fenstern, die den Blick auf das triste Gebäude gegenüber ein wenig abmilderten, den gekachelten Couchtisch. Bergkamps Wohnung sah aus, als hätte er sie von seinen Eltern einrichten lassen.

»Wohnen Sie schon lange hier?«

»Ein paar Jahre jetzt.« Seit deiner Scheidung vermutlich, dachte Franka. »Meine Eltern haben hier früher gewohnt.«

»Sie sind wieder nach Hause gezogen?«, warf Scharenberg ein.

Bergkamps Hand umschloss die Armlehne seines Stuhls. Die Fingerkuppen traten weiß hervor.

»Über welchen Fall wollten Sie noch einmal gleich mit mir reden?«, wandte er sich an Franka.

»Clara Maternus, das Mädchen verschwand Mitte der 90er Jahre und wurde nie gefunden. Sie waren damals an den Ermittlungen beteiligt.« *Und du kennst Paula Wagner*, dachte Franka im Stillen. Das war der eigentlich Grund, warum sie von den Beamten, die damals in der SOKO Clara mitgewirkt hatten, Bergkamp ausgewählt hatte, Paulas ehemaligen Vorgesetzten.

»Ja, schreckliche Geschichte!«

»Verschwundene Kinder sind immer das Schlimmste«, unterstützte ihn Scharenberg. Bergkamp ignorierte sein Friedensangebot.

»Wir haben damals versucht, was wir konnten. Wäre der verdammte Regen nicht gewesen, hätten wir sie vielleicht gefunden.«

»Der Regen?«

»Am Abend, als sie vermisst gemeldet wurde, ging ein regelrechtes Unwetter über der Stadt nieder. Auch in den Tagen danach regnete es immer wieder heftig. Sie können sich vorstellen, was das für mögliche Spuren bedeutet hat?«

»Ich weiß. Wir haben die Akten gelesen.«

»Wir hatten Hunde angefordert. Aber die konnten nicht einmal die Spuren des Mädchens vor der eigenen Haustür finden.« Er beugte sich nach vorn. »Gibt es denn jetzt neue Hinweise?«

»Leider nicht. Unsere Abteilungsleiterin, Hauptkommissarin Wagner, will den Fall neu aufrollen.«

»Paula? Warum?«

»Ehrlich gesagt: Das wissen wir auch nicht so genau. Sie scheint ein Interesse am Schicksal des Mädchens zu haben.«

Bergkamp kratzte sich am Ohr. Eine kleine Wunde offenbarte Franka, dass er das öfter tat. »Wir haben damals wirklich nach Vorschrift gearbeitet. Es war nur dieses verdammte Wetter! Niemand hat geschludert, niemand hat geschlampt. Wir haben uns, verzeihen Sie den Ausdruck, alle den Arsch aufgerissen, um das Mädchen zu finden. Und den, der sie auf dem Gewissen hatte.«

»Gab es Verdächtige? Die Akten bleiben da sehr allgemein.« Der Hauptkommissar ignorierte Scharenbergs Frage, schaute stur zu Franka.

Die Kommissarin dachte darüber nach, was Bergkamp gesagt hatte. War Paula wieder auf einem Kreuzzug gegen die Polizei? Ging es darum, was der Hauptkommissar vermutete? Dass Paula versuchte, irgendeinen Fehler in der Ermittlung zu finden und jemandem damit eins reinzuwürgen? Bergkamp vielleicht?

»Ich bin mir sicher, dass Sie damals alles nur erdenklich Mögliche getan haben.« Die Akten ließen tatsächlich keinen anderen Schluss zu. Auch wenn das Ergebnis der Ermittlungen damals mager gewesen war, mangelndes Engagement konnte man niemandem vorwerfen. »Trotzdem gab es keine richtigen Verdächtigen, oder? Wie mein Kollege schon sagte: In den Unterlagen tauchen keine konkreten Anhaltspunkte auf.«

»Wir hatten nichts, gar nichts!« Wut und Enttäuschung waren Bergkamp auch 20 Jahre später noch anzuhören. »Wir haben fast jeden der üblichen Verdächtigen aufgesucht, mit ihnen gesprochen. Keiner kam als Täter infrage. Wir haben die halbe Nachbarschaft verhört – ohne Ergebnis. Und der Einzige, der uns etwas hätte sagen können, hat geschwiegen.«

»Wer war das?« Franka beugte sich leicht nach vorn, faltete die Hände ineinander.

»Ihr Bruder. Er war der Letzte, der sie gesehen hatte.«

Franka versuchte sich an Verhörprotokolle mit Claras Bruder zu erinnern. Sie wusste auf Anhieb, dass Claras Mutter ausgesagt hatte, sie hätte das Mädchen mit ihrem Bruder die Straße hinunterlaufen sehen. Eine Nachbarin hatte die beiden zehn Minuten nach der Mutter auf einer Parallelstraße beobachtet. Danach hatte niemand mehr Clara Maternus gesehen. Weder lebend noch tot. Außer dem Bruder.

Jetzt kamen ihr einige kleine Notizen ins Gedächtnis. Eine Bemerkung, dass der Junge im Verhör geschwiegen hatte. Trotz der eindringlichen Bitten der Ermittler und der Eltern. Jemand hatte handschriftlich ergänzt, dass man eine Psychologin um Rat fragen sollte. Ob das geschehen war, wusste Franka nicht.

»Wissen Sie, warum er nichts gesagt hat?«

Der Kommissar sah kurz aus dem Fenster. »Unter uns: Es gab nicht wenige, die vermutet haben, der Junge hätte seine Schwester selbst umgebracht. Sie hätten den sehen sollen! Ein unheimliches Kind!«

Scharenberg schnaubte protestierend. »Das ist doch absurd. Weil jemand unheimlich aussieht, ist er ein Mörder? Was ist das denn bitte für ein Weltbild?«

Bergkamp verschränkte die Arme vor der Brust. »Ich sage nur, was viele damals gedacht haben.«

»Wie alt war der Junge damals?«, versuchte Franka das Gespräch zu retten.

»Acht oder neun«, antwortete Bergkamp.

»Ein Achtjähriger, der eine Leiche so verschwinden lässt, dass die Polizei sie auch nach 20 Jahren nicht finden kann? Sie machen sich lächerlich.«

»Ich bin jetzt müde und muss mich ausruhen. Sie müssen gehen.«

»Ja richtig, Sie sind krank!« Scharenberg stand auf, rieb sich die Hände an der Hose. Franka verharrte noch einen Moment auf dem Sofa.

»Ich verstehe immer noch nicht, warum wir diesen Fall bearbeiten. Es gibt keine neuen Spuren, keinen vergleichbaren Fall, polizeilich war damals alles in Ordnung.«

»Ich will Ihnen nicht zu nahe treten. Kein Mensch weiß, was in Paulas Kopf vor sich geht. Ehrlich nicht. Also«, er hob entschuldigend die Hände, »vielleicht reden Sie einmal mit ihrem Kumpel, diesem Privatdetektiv.«

»Sandmann?«

»Ja! Vielleicht sollten Sie ihn gleich auf sie ansetzen.« Mit diesen Worten brachte Bergkamp sie zur Tür. Draußen lamentierte Scharenberg weiter über die Idee, einem Acht- oder Neunjährigen den Mord an seiner Schwester zuzutrauen. Franka hörte ihm nicht zu. Sie dachte an Marius Sandmann.

7

Der jungen Arzthelferin, die ihn in der Praxis empfing, erzählte Marius dieselbe Geschichte wie Katja Lenbach. Sie registrierte das teilnahmslos und meinte nur: »Warten müssen Sie trotzdem, bis der Herr Doktor für Sie Zeit hat.«

Der Detektiv überlegte, ob er die Zeit sinnvoller nutzen konnte. Er könnte später anrufen, es war ihm jedoch wichtig, den Arzt persönlich zu sehen. Alles, was er bisher vom Verschwinden Clara Maternus' wusste, wusste er vom Hörensagen. Er kannte, bis auf Jakob, keinen der Beteiligten persönlich, dessen Gemälde prägten sein Bild dieser ganzen Angelegenheit. Also nahm er neben zwei alten Frauen im Wartezimmer Platz. Doktor Vogt, der Arzt, ließ ihn nicht lange warten. Nach zehn Minuten hörte Marius den Namen »Koog« durch die Sprechanlage.

Zu seiner Überraschung begrüßte ihn ein gut 35-jähriger, schlanker Mann im weißen Kittel. »Tut mir leid, dass Sie warten mussten«, eröffnete der das Gespräch. »Ich kann Ihnen ansehen, wie überrascht Sie sind.«

»Ja!« Er wiederholte seine Geschichte, die er schon in der Schule erzählt hatte. »Man sagte mir, Sie könnten mit mir über die verschwundene Clara Maternus reden. Aber Sie sind ganz offensichtlich zu jung.«

»Mein Vater kann Ihnen da weiterhelfen. Ihm gehört diese Praxis, er ist nicht mehr ganz so oft da. Er ist mittlerweile über 60 und seitdem ich hier bin, lässt er es etwas ruhiger angehen.«

Der Detektiv nickte. »Kann ich Ihren Vater denn trotzdem erreichen?«

Vogt junior riss einen Zettel von einem Block, der vor ihm auf dem glänzend polierten Schreibtisch stand, zog einen Kugelschreiber aus der Kitteltasche und schrieb Marius eine Nummer auf. »Sie müssten Glück haben. Vermutlich angelt mein Vater gerade.«

»Um diese Jahreszeit?«

Der Sohn zuckte mit den Achseln. »Mir wäre das auch zu kalt. Ich habe es aufgegeben, ihn davon abhalten zu wollen. Wenn er das will, soll er das machen.« Ein Grinsen huschte über sein Gesicht. »Aus medizinischer Sicht spricht auch nichts dagegen, bei Temperaturen knapp über 0 Grad angeln zu gehen.«

»Geht Ihr Vater ans Telefon, wenn er angelt?«

»Er ist viel zu neugierig, um es nicht zu tun.«

*

Eigentlich hasste sie es, wenn man sie zum Kopierer schickte! Heute war es ihr recht. In Ruhe hatte sie die vier Seiten auseinandergeheftet und in den Einzug des Gerätes gelegt. Während das ihre Arbeit erledigte und die Blätter 20 Mal kopierte, schlich Sonja Werstenkiel in das Büro ihres Onkels. Sie musste dabei nicht einmal besonders leise sein. Der Kopierer machte so viel Krach, dass er ihre Schritte locker übertönte. Die gesamte Belegschaft der Agentur saß um den großen Konferenztisch am anderen Ende des Büros und lauschte den Worten ihres Chefs.

Sonja brauchte nicht lange, um zu finden, was sie suchte. Sie machte sich erst gar nicht die Mühe, Computer oder Telefonanlage zu überprüfen, sondern klappte das kleine dunkel lasierte Holzkästchen auf, in dem Egon Werstenkiel seine Visitenkarten sammelte. Mit flinken Fingern blätterte sie sie durch. Natürlich ordnete ihr Onkel die Karten alphabetisch, gelegentlich fand sie auf der Rückseite eine akkurat mit Füller geschriebene Notiz. Auf der Karte, die sie suchte, fand sie nichts dergleichen, brauchte sie aber auch nicht. Der Mistkerl hatte einen Privatdetektiv auf sie angesetzt, einen Marius Sandmann. Rasch fotografierte sie die Karte mit dem Handy ab und steckte sie wieder zurück. Bevor das letzte Blatt Papier aus dem Kopierer herauskam, stand sie bereits wieder neben ihm. Aus dem Konferenzsaal drang Gelächter.

*

Draußen auf der Straße setzte sich der Detektiv in den Wagen, um zu telefonieren. Wie der junge Arzt vorhergesagt hatte, ging sein Vater nach dem zweiten Klingeln ans Telefon. Selbstverständlich war er bereit, mit dem Journalisten Uwe Koog über die alte Geschichte zu reden. Er beschrieb dem Detektiv den Weg zu seinem Angelplatz. Marius stieg wieder aus dem Wagen und lief fast den gleichen Weg, den er nach seinem ersten Besuch in Jakobs Haus gegangen war. Erst jetzt fiel ihm auf, dass das eingezäunte Brachgelände bebaut werden sollte. Das Schild einer Bauentwicklungsfirma wies ihn darauf hin, dass hier das Wohnviertel Sonnenschein entstehen würde, das Bild auf dem Schild zeigte helle, freundliche Häuser, Kinder spielten in den Gärten, Mütter standen bei ihnen, während Väter aus Autos stiegen, die vor einer Garage parkten. Ein Feldweg führte an dem Gelände vorbei in Richtung des Waldstücks.

Marius folgte dem Weg und gelangte bald an eine Gabelung, von wo ein weiterer, schmaler Weg den Hang hinabführte, in eine alte Kiesgrube hinein. Der Boden war glitschig, Marius musste aufpassen, nicht auszurutschen. Durch die kahlen Äste konnte er einen kleinen See erkennen und einen einsamen Angler, der wie eine in Ölzeug eingehüllte Statue am Ufer stand. Für einen kurzen Augenblick dachte Marius an die Wächter-Figuren, die Jakob im Haus aufgebaut hatte. Erst als er neben dem Mann stand, drehte er leicht den Kopf zu ihm. Marius sah ein graues Auge, das ihn über eine große, scharf geschnittene Nase hinweg musterte. Weiße Bartstoppeln gaben dem Gesicht etwas Raues. Er wirkte ganz anders als sein Sohn und in seiner stoischen Ruhe meinte der Detektiv eine unterschwellige Bedrohung spüren zu können.

»Herr Koog?«

Marius nickte. Er verzichtete darauf, dem Arzt eine Hand hinzuhalten, denn dessen Hände hielten die Angel fest, deren Ende im Wasser lag. Mit einem Kopfnicken gestattete der Angler Marius, sich neben ihn zu stellen.

»Sie kommen wegen der kleinen Maternus? Wundert mich, dass sich nicht viel früher Leute für diesen Fall interessiert haben. Alle reden von dieser Maddy. Sie erinnern sich? Das Mädchen aus England, das in Portugal verschwunden ist.«

Marius hatte von diesem Fall gehört, ihm jedoch nie allzu viel Aufmerksamkeit geschenkt.

»Die Eltern suchen immer noch nach dem Kind. Jahre später. Schrecklich.« Der Alte schüttelte mitleidig den Kopf.

»Claras Eltern haben ebenfalls nicht aufgegeben, oder?«

Es dauerte eine Weile, bis der Angler antwortete. Schweigend blickten die beiden Männer auf den See hinaus. Marius fragte sich, was ein Angler wohl darin sah. Er sah nur eine trübe Wasserfläche. Dann einen Ort, an dem man ein Kind verschwinden lassen konnte. Der Arzt schien Marius Gedanken zu erraten.

»Sie haben Taucher in den See geschickt. Dreimal. Vergeblich.«

»Kannten Sie die Familie gut?«

»Da es damals hier keinen Kinderarzt gab, war ich der einzige Arzt im Ort. Sie waren Patienten.« Pause. »Und Nachbarn.«

»Wie waren die Maternus als Familie?«

Der Arzt zuckte mit den Achseln, der Schwimmer auf der Wasseroberfläche hüpfte kurz auf. »Eine ganz normale Familie. Wie es sie hier zahlreich gab. Nette junge Leute mit netten Kindern. Es gab keine Anzeichen für dieses Unglück, wenn Sie das meinen.«

Die gab es nie, dachte der Detektiv. Zumindest erkannte man sie vorher nicht. »Manche Leute glauben, der Junge hätte das getan, Claras Bruder. Hätte man so etwas nicht vorher merken müssen?«

»Auf mich wirkte der Junge immer normal. Ein wenig still vielleicht, aber nicht so, dass man sich Gedanken machen musste. Vielen war er jedoch unheimlich. Gerade nachdem seine Schwester verschwunden war. Armer Kerl, wenn Sie mich fragen.«

»Also glauben Sie nicht, dass Jakob Maternus seiner Schwester etwas angetan hat?«

»Das habe ich nicht gesagt. Er war der Letzte, der seine Schwester lebend gesehen hat. Und er hat nie darüber sprechen können.«

»Stattdessen hat er angefangen zu malen, nicht wahr?«

»Ja. Wildes, düsteres Zeug. Die Bilder hat nie jemand verstanden.«

»Kannten Sie sie?«

»Seine Mutter hat mir einige gezeigt. Sie wollte wissen, was ich davon halte.«

»Und: Was hielten Sie davon?«

Wieder zuckte er mit den Achseln. Wieder tanzte der Schwimmer. Eine einsame Krähe schrie irgendwo in den kahlen Ästen kurz auf und verstummte dann wieder.

»Ich habe ihr empfohlen, eine Psychologin zurate zu ziehen.«

»Sie haben die Psychologin ausgesucht?«

Der Arzt schüttelte den Kopf. »Seine Mutter hat sie ausgesucht. Eine Freundin der Familie.«

»Wissen Sie den Namen?« Ein kurzes Kopfnicken.

Marius ließ sich den Namen geben, notierte ihn. Der Angler musterte ihn kritisch, als er sah, dass Marius dafür sein Smartphone nutzte.

»Was sind Sie noch einmal von Beruf?«, fragte er.

»Journalist«, log Marius wie beiläufig und tippte weiter. Seine Sinne waren plötzlich hellwach und lauerten darauf, was der Alte noch sagen würde.

»Sie machen sich wenig Notizen für einen Journalisten.«

»Ich hab ein gutes Gedächtnis.«

»Nicht für Namen, wie mir scheint.«

»Es sieht nicht gut aus, wenn ein Name in einem Artikel falsch geschrieben wird. Deswegen notiere ich ihn mir lieber.«

»Sie haben mich nicht gefragt, wie der Name richtig geschrieben wird.«

Marius hielt dem Angler das Smartphone vor die Nase. »Stimmt das so?«

»Kann schon sein«, antwortete der, widmete sich wieder seiner Angel und dem See, den Taucher dreimal nach Clara Maternus abgesucht hatten.

»Eine letzte Frage noch: Was glauben Sie persönlich, ist damals passiert?«

Statt zu antworten, begann der Arzt an der Kurbel der Angel zu drehen. Am anderen Ende regte sich Widerstand. Mensch und Technik ließen dem Tier keine Chance. Gnadenlos surrte die Angel, deren Schnur sich Meter um Meter einrollte und schließlich ihre Beute dem See entriss. Ein schmaler, zierlicher Fisch zappelte am Haken. Seine Schuppen glänzten silbrig. Der Arzt griff nach ihm, zog ihn vom Haken ab und warf ihn fast achtlos in einen Eimer. Platschend landete der Fisch darin. Marius konnte ihn zappeln hören, hörte wie Flossen und Körper gegen die Plastikwände des Eimers schlugen, spürte förmlich, wie der Fisch langsam erstickte, als die Schläge gegen die Wand immer schwächer und zaghafter wurden. Dann herrschte Ruhe.

»Ich bin Arzt«, sagte der Mann schließlich. »Ich glaube nicht.« Es war das Letzte, das der Privatdetektiv von ihm hörte. Als er den Weg aus der Kiesgrube hinaus ging und sich oben noch einmal umdrehte, sah er, wie der alte Vogt ihm nachblickte. Marius winkte. Der Angler drehte sich weg.

*

Paula Wagner betrachtete die seltsame Lithographie an der Wand. Es sah aus, als hätte der Künstler einfach nur einen schier unendlichen Haufen Striche auf das Papier gebracht, die sich vielleicht als eine Geheimschrift lesen ließen.

»Uecker! Ein Schnäppchen!«, rief der Mann hinter dem Schreibtisch.

Paula wandte sich ihm zu. Robert Wolters war einige Jahre jünger als sie, sein Anzug ließ darauf schließen, dass er wesentlich mehr verdiente als die Hauptkommissarin. Kunst zu versichern, schien ein gutes Geschäft zu sein. Auf einem Sideboard gegenüber des Uecker-Bildes stand ein Foto in einem goldenen Rahmen. Es zeigte eine attraktive Frau mit zwei Kindern. Wolters folgte Paulas Blick. Sie sah ihn an und dachte, dass er auf Frau und Kinder mindestens genauso stolz war wie auf die Lithographie auf der anderen Seite des Raumes, und sie vermutete, dass er allen ungefähr die gleichen Gefühle entgegenbrachte.

»Sie wollten mit mir über einen älteren Fall sprechen, sagten Sie? Es versteht sich natürlich von selbst, dass wir immer gerne mit der Polizei zusammenarbeiten.« Er lächelte. Falsch, dachte Paula.

»Ist es für Sie nicht oft schwierig, wenn die Polizei sich einschaltet? Vermutlich haben Sie ja viel mit Artnapping zu tun, und da stört eine Polizeiermittlung doch eher, oder?«

Zufrieden sah Paula, wie Wolters unwohl im Stuhl hin- und herrutschte. »Nun ja, wenn wir für ein Bild eine Lösegeldforderung erhalten, was, wie Sie schon wissen, öfter vorkommt, ist Diskretion natürlich wichtig.«

»Das dachte ich mir!«

»Aber ich möchte doch festhalten, dass das eher Notwendigkeit ist, weniger innere Überzeugung. Wir sehen in der Polizei einen wichtigen Partner.«

»Schön«, antwortete Paula, »dann sind Sie sicher bereit, mir zu helfen.« Sie beugte sich leicht nach vorn. »Ich kann Sie auch beruhigen, es geht um einen abgeschlossenen Fall. Vor etwa drei Jahren wurde aus der Galerie Juist ein Bild von Max Ernst entwendet. Im vergangenen Frühjahr ist es wieder aufgetaucht.«

Wolters nickte. »Ja, ja, ich erinnere mich an den Fall. Spektakuläre Geschichte!«

»Inwiefern?«

»Unter uns? Wir hatten das Bild eigentlich schon abgeschrieben. Oft dauert es Jahre, bis so ein Bild wieder auftaucht. Um ehrlich zu sein: Man kann eigentlich nicht viel tun.«

»Entweder es meldet sich jemand, um es zurückzugeben, oder es bleibt verschwunden?«

»So ungefähr, ja. Wir können nicht nach jedem Gemälde fahnden und wie Sie ja wissen, war in diesen Fall auch die Kölner Polizei involviert. Ohne Erfolg!«, schob er nach.

Paula ging darauf nicht weiter ein. »Wie lief das damals ab, als das Bild wieder auftauchte?«

»Nun, die Diebe oder der Dieb hat sich mit uns in Verbindung gesetzt. Dann kam es zu einer Übergabe. Geld gegen Bild.« Er zuckte mit den Achseln. »Sehen Sie: Für uns ist das ein Geschäft. Bleibt das Bild verschwunden, bezahlen wir dem Geschädigten irgendwann den Versicherungswert. Bei einem Bild von Max Ernst sind das schon mal ein paar Millionen Euro. Bei einer Übergabe kommen wir billiger weg.«

»Erstaunlich, dass Kunstdiebstahl bei solchen Bedingungen noch nicht zum Volkssport geworden ist.« Wolters schürzte die Lippen und presste sie fest zusammen. »Wie muss ich mir das vorstellen: Haben solche Kunstdiebe Ihre Durchwahl und klingeln bei Ihnen?«

»Nein, es gibt Experten für solche Fälle. In diesem Fall haben wir auf einen derartigen Experten zurückgegriffen.«

»Einen *Experten*?« Paula war neu, dass Marius Sandmann Experte für Kunstdiebstähle war. Vermutlich wollte Wolters ihn und damit sich selbst in ein besseres Licht rücken. »So etwas gibt es?«

»Ja, natürlich. Es gibt Leute, die sind darauf spezialisiert, verschwundene Kunstwerke wiederzufinden. Wäre die Polizei besser ausgestattet, würde sie das sicher auch übernehmen. Wir wären sogar froh, in einer Kunststadt wie Köln eine solche Abteilung ansprechen zu können. Nur gibt es die hier nicht. Also wenden wir uns im Notfall an einen freiberuflichen Experten.«

»Darf ich wissen, wie der Experte hieß?«

»Sandmann, Marius Sandmann. Er ist ein alter Studienfreund von mir und, das muss ich sagen, eine ausgesprochene Spürnase, wenn es um Bilder geht.«

»Sie haben öfter mit ihm gearbeitet?«

»Er war seitdem bei einigen kleineren Fällen dabei, ja. Wir haben nicht immer einen Max Ernst auf der Suchliste.«

Paula überlegte einen Augenblick. Sie war wie selbstverständlich davon ausgegangen, dass Marius' Veränderung ihre Ursache unmittelbar nach ihrer letzten Begegnung haben musste. »Gab es dabei irgendeinen kniffligen Fall? Besondere Schwierigkeiten? Jemand, der irgendwie extrem gefährlich war?«

Wolters lachte. »Nein, das waren Kleinigkeiten. Oft Familienstreitigkeiten. Ein Neffe klaut ein Bild, um es zu Geld zu machen, eine Nichte fühlt sich benachteiligt und rächt sich mit einem Diebstahl. So etwas in der Art. Sandmanns letzter schwieriger Fall war tatsächlich der Ernst.«

»Warum war er schwierig?«

»Nun, er hat das Bild in Russland aufgespürt und ich vermute, …,« er richtete sich in seinem Stuhl auf, beugte sich dann fast verschwörerisch nach vorne, als erzählte er seinen Kindern eine spannende Abenteuergeschichte, »dass die Russenmafia da irgendwie mit drin hing.«

Paula dachte an das Pressefoto aus Wolgograd. Das Bild, das im Vordergrund Jana Kasakowas Leiche und im Hintergrund Marius Sandmann zeigte.

»War er in Gefahr?«

»Das kann ich Ihnen nicht sagen. Aber ich nehme an, dass der Fall nicht ungefährlich war.«

»Erinnern Sie sich daran, wie die Bildübergabe vonstatten ging? Waren Sie dabei?«

»Nein, das nicht. Herr Sandmann hat das allein über die Bühne gebracht. Das ist nicht unüblich. Wir wollen ja nicht das Risiko eingehen und den Entführer verschrecken. Also: je weniger Leute, desto besser.«

»Ich verstehe. Er war also allein bei diesem Treffen?«

»Davon gehe ich aus, ja.«

»Und anschließend hat er Ihnen das Bild zurückgebracht?«

Wolters nickte. »Und wir haben ihm eine halbe Million Euro aufs Konto überwiesen. Immer noch ein Schnäppchen: eine halbe Million Provision für den Vermittler, eine halbe Million für den Entführer.« Oder eine Million, wenn beide identisch waren, ging es Paula durch den misstrauischen Polizistinnenkopf.

»Wirkte Marius Sandmann irgendwie anders nach dieser Übergabe?«

Wolters warf einen langen Blick auf die Uecker-Lithographie, als stünde in deren Geheimschrift die Antwort. »Er war recht kurz angebunden. Daran erinnere ich mich. Ausweichend. Meist sind die Vermittler nach solchen Übergaben aufgekratzt. Ich nehme an, das hat mit dem Adrenalin zu tun. Marius hingegen wirkte eher … verängstigt. Er konnte das Bild nicht schnell genug loswerden. Seltsam. Ich habe da nie drüber nachgedacht.« Er schaute

Paula treuherzig an. Wahrscheinlich denkst du nie viel über die Gefühle anderer Menschen nach, argwöhnte sie.

*

Verena Talbot sah Marius Sandmann den Weg von der Kiesgrube hinauflaufen. Sie war überrascht, ihn hier zu sehen. Hatte sie ihn unterschätzt?

Zur Sicherheit klappte sie die Sichtblende an der Windschutzscheibe herunter, beugte sich hinunter in den Fußraum des Beifahrersitzes ihres neuen BMW Z4. Der Privatdetektiv kannte den Wagen nicht. Sie würde er unter der Baseballkappe wohl auch kaum erkennen. Aus den Augenwinkeln sah sie, wie er am Wagen vorbeilief. Würde sie die Autotür aufmachen, bekäme er sie gegen den muskulösen Oberschenkel. Sie ließ die Tür natürlich zu, richtete sich wieder auf und beobachtete im Rückspiegel, wie er hinter ihr die Straße überquerte und in Richtung des Maternus-Hauses verschwand.

War er doch auf der richtigen Spur? Konnte er ihr in die Quere kommen? Es gefiel ihr jedenfalls nicht, dass er hier war. Auf den Straßen ihrer Kindheit herumschnüffelte.

*

»Sie wissen, dass ich mit Ihnen darüber nicht reden darf?« Die Psychologin Simone Aichhorn schaute den Privatdetektiv kühl an. Er hatte ihr die Visitenkarte, die ihn als Uwe Koog vorstellte, über den Tisch gereicht, die sie immer noch in ihren schlanken Fingern hielt. So langsam fragte er sich, ob es an der Zeit wäre, die Identität zu wechseln. Irgendwann drohte die Gefahr, dass die Fälschung aufflog. Vielleicht sollte er sich etwas Neues einfallen lassen. »Außerdem sind Sie nicht der, für den Sie sich ausgeben«, stellte sie sachlich fest, den Blick immer noch auf ihn gerichtet.

Der Detektiv faltete die Hände im Schoß, beugte sich leicht nach vorn und lächelte. »Wie kommen Sie darauf?«

»Das sagt mir mein Bauchgefühl. Sie wirken wie jemand, der tiefer in diese Geschichte verstrickt ist, als er zugeben möchte.« Einen kleinen Moment zögerte sie. »Vielleicht sogar sich selbst gegenüber.«

»Aha.«

Sie nickte nur.

»Sie können gerne meine Redaktion anrufen und sich nach mir erkundigen.« Ein Bluff, bei dem ihm nie ganz wohl war, auch wenn die meisten Leute nicht anriefen. Er hätte sich denken können, dass Aichhorn anders tickte. Ein bisschen bewunderte er sie dafür.

»Dann geben Sie mir mal die Nummer«, antwortete sie.

Für solche Momente sollte er jemanden in der Hinterhand haben, der seine Geschichte bestätigte. Nur hätte er nicht gewusst, wen er um diesen Gefallen bitten sollte. Paula Wagner? Verena?

Die Augen der Aichhorn ruhten stur auf ihm. Große, wache graue Augen. Grau war ihre Farbe. Augen, Haare, Pullover, selbst das Silberarmband, das sie um das rechte Handgelenk trug, wirkte wie mattes, helles Grau. Nur die rot geschminkten Lippen stachen daraus hervor. Ein Zeichen, das sich hinter dem Grau und der Kühle möglicherweise mehr verbarg? Hätte Marius sich in seinen schwarzen Jeans, dem schwarzen Pulli, den schwarzen Schuhen, der schwarzen Brille und den kurzgeschorenen Haaren für einen Moment mit der Psychologin verglichen, hätte er festgestellt, dass es ihm gelungen war, eine derartige Andeutung aus seinem Erscheinungsbild zu tilgen.

»Also?«

Ihre Stimme klang nicht im geringsten verärgert oder ungeduldig, eher warm und weich. Wenn Stimmen Farben hätten, wäre diese Stimme nicht grau, sondern vermutlich bordeauxrot. Marius fragte sich, ob Jakob wohl Stimmen gemalt hatte und welche Farben er ihnen gegeben hätte. Mehr aber fragte er sich, was er nun tun sollte.

»Um die Wahrheit zu sagen: Jakob Maternus ist in dem Haus, in dem ich wohne, verbrannt. Er ist tot.« Flucht nach vorn. Er hasste das, überließ er die Entscheidung, wie es nun weiterging, damit doch der Psychologin.

Sie schwieg einen Augenblick, ließ die Botschaft wirken. »Und was hat das mit Ihnen zu tun?«

»Ich habe ihn hereingelassen. Ich habe die Kellertür geöffnet, damit er sich dort einrichten kann. Draußen erschien es mir zu kalt für einen Menschen.«

»Fühlen Sie sich schuldig an seinem Tod?«

»Nicht direkt!« Das entsprach nicht ganz der Wahrheit. Ganz leicht zog sie die Augenbraue in die Höhe. »Ich bin viel mehr überzeugt, dass er ermordet wurde.«

»Wie kommen Sie darauf?«

»Er trug immer eine Mappe mit Bildern bei sich, auf die er aufgepasst hat wie auf ein Heiligtum. Diese Mappe ist verschwunden. Die Polizei hat sie nicht gefunden. Sie vermutet, dass er sie irgendwo verloren hat.«

»Jakob Maternus war kein Mensch, der Dinge verliert.«

»Er hat seine Familie verloren.« Und sein Leben, dachte Marius den Satz weiter.

»Das ist richtig. Genau deswegen klammerte er sich an solche Dinge. An seine Bilder.«

»Sie kennen seine Bilder?«

»Ich habe ein paar gesehen. Damals waren es die Bilder eines Achtjährigen. Eines schwer traumatisierten Achtjährigen.«

»Was haben Sie in den Bildern gelesen?«

»Dass er schwer traumatisiert war.«

»Glauben Sie nicht, dass er versucht hat, irgendetwas über sein Erleben zu berichten?«

»Das würde voraussetzen, dass er etwas erlebt hat. Zum Ersten…«

»Es gibt Leute, die glauben, dass er für den Tod seiner Schwester verantwortlich ist.«

»So wie Sie für seinen?«

»Ich bin nicht sein Mörder.«

»Aber Sie fühlen sich so.«

»Ich …«

»Was?«

Fast hätte er ›Ich weiß, wie es sich anfühlt, ein Mörder zu sein‹ gesagt. »Wir sind vom Weg abgekommen, glaube ich. Wissen Sie, was Jakob damals erlebt hat? Hat er mit Ihnen darüber gesprochen? Konnten Sie seine Bilder deuten?«

Sie lachte kurz trocken auf. »Die Bilder erzählen Ihnen vielleicht, was in Jakobs Kopf vor sich gegangen ist. Nur ist das nicht unbedingt das, was er wirklich erlebt hat.«

»Lässt es denn keine Rückschlüsse darauf zu?«

»Kaum.«

»Die Bilder lügen?«

»Vielleicht.«

Sie schwiegen eine Weile. Marius hatte fest daran geglaubt, dass die Bilder der Schlüssel zu Jakobs Geheimnis waren, zu dem, was ihm damals und vielleicht später noch widerfahren war. Und dass sie Marius damit zu Jakobs Mörder führen würden.

»Tut mir leid, dass ich Sie enttäuscht habe. Sie haben sich mehr versprochen, oder?«

Er nickte, noch in Gedanken.

»Sehen Sie, wie ein Kind mit einer traumatischen Erfahrung umgeht, ist naturgemäß individuell verschieden. Jakob hat sich verschlossen. Er hat, was er erlebt hat, in sich begraben. Ich kann Ihnen nicht einmal mit Sicherheit sagen, ob er wirklich etwas Schreckliches erlebt hat. Wir können es vermuten. Mehr nicht. Gesagt hat er jedenfalls nichts darüber. Auch nicht mir.«

»Und die Bilder?«

»Was der Junge damals vielleicht erlebt hat, kann man zwar begraben, aber es muss dennoch irgendwohin, es muss verarbeitet werden. Die Bilder sind sein Weg dazu gewesen.« Marius setzte zu einer Frage an, Aichhorn hob den Zeigefinger. »Sie können Flucht sein, Thematisierung, sie können das Geschehen darstellen, verändern, beschönigen, verschlimmern, ergänzen – da kann alles Mögliche drinstecken. Vor allem können Sie sicher sein, dass er nicht einfach den Mörder seiner Schwester gemalt hat und Sie nur dieses Bild und den passenden Menschen dazu finden müssen.«

»Trotzdem hat sein Mörder Jakobs Bilder an sich genommen«, beharrte der Detektiv auf seiner Theorie.

»Wenn das stimmt, dann hat er zumindest in einzelnen Elementen der Bilder etwas erkannt, wovon er glaubt, dass es ihn verraten könnte. Es ist allerdings zweifelhaft, ob Sie oder ich als Außenstehende dieses Element erkennen können.«

Das erste Mal seit einer Viertelstunde grinste Marius Sandmann. »Sehen Sie, deswegen brauche ich mehr Informationen über Jakobs Leben, über das Verschwinden seiner Schwester, über seine psychischen Probleme. Dinge, die ich mit dem, was ich auf den Bildern gesehen habe, verknüpfen kann.«

Wieder schaute ihn Simone Aichhorn lange schweigend an. »Sie geben nicht auf?«

»Nein.«

»Vielleicht sollten Sie Ihren Fokus von Jakob wegbewegen«, schlug sie vor.

»Wohin sollte ich ihn Ihrer Meinung nach richten?«

»Auf Jakobs Mörder. Im Grunde glauben Sie, dass Jakobs Mörder für das Verschwinden Claras verantwortlich ist. Dabei könnte es jemand ganz anderes gewesen sein.«

»Clara ist die große Bruchstelle in Jakobs Leben. Und natürlich haben Sie recht: Ich weiß immer noch zu wenig über Jakobs Leben nach dem Verschwinden seiner Schwester. Vielleicht können Sie mir mehr darüber erzählen?«

»Ich habe ihn nur wenige Wochen begleitet. Danach wollte seine Mutter nicht mehr, dass er kommt.«

»Sie hat seine Therapie abgebrochen?«

»Das sagte ich gerade, ja.«

»Hat sie gesagt, warum sie nicht mehr wollte, dass Jakob zu Ihnen kommt?«

»Sie war wohl der Ansicht, es brächte den Jungen nicht weiter. Und die Familie auch nicht.«

»Hätte es ihn weitergebracht?«

»Ich denke schon.«

»Sie glauben, Sie hätten ihn zum Reden bringen können?«

»Ich hätte nicht darauf gewettet. Wir haben Fortschritte gemacht. Kleine Schritte nur, mit einem Kind braucht man noch mehr Geduld als mit einem Erwachsenen.« Sie schaute ihn etwas zu betont an, wie Marius fand, nahm die Visitenkarte, die er ihr gereicht hatte und drehte sie um. Dann nahm sie einen Stift zur Hand. »Meine Zeit ist für heute leider um. Ich habe gleich einen Termin. Sie können mir ja einmal Ihre Nummer dalassen, Ihre richtige Nummer. Dann erzähle ich Ihnen gerne mehr über Jakob Maternus.«

Der Detektiv diktierte der Psychologin die Nummer seines Smartphones, sah zu, wie sie die Zahlen in einer schwungvollen, selbstbewussten Handschrift auf der Rückseite seiner falschen Identität notierte.

Er stand etwas unschlüssig an der Tür. Sie saß am Computer und suchte anscheinend etwas in einer Datei. »Eine Frage noch«, begann er. Sie schaute ihn an. »Jakob Maternus war vor 20 Jahren bei Ihnen. Dennoch wissen Sie sehr genau über den Jungen Bescheid.«

»Er war ein besonderer Fall. Das mag zynisch klingen: Man hat nicht oft achtjährige Jungen vor sich sitzen, deren Schwester spurlos verschwunden ist und die offenbar ein Geheimnis mit sich herumtragen.« Sie lächelte. »Und ich liebe Geheimnisse.«

»Sie werden vermutlich andauernd mit Geheimnissen konfrontiert in Ihrem Beruf. Warum also dieses Interesse an Jakob Maternus?«

»Wer sagt, dass ich mich für Jakob Maternus interessiere?« Wieder lächtelte sie Marius an.

Nachdem der Privatdetektiv verschwunden war, blieb Simone Aichhorn einige Sekunden still an ihrem Schreibtisch sitzen. Sie konnte blind hinter sich greifen, um die Akte zu dem Fall Jakob Maternus hervorzuholen. Viel enthielt sie nicht. Nur einige Bilder des Achtjährigen und einige Fotos von Bildern, die er später gemalt hatte.

8

Franka Schilling sah ihre schlimmsten Befürchtungen aus der Tür kommen. Scharenberg parkte gerade den Wagen vor der psychologischen Praxis Simone Aichhorns, als Privatdetektiv Marius Sandmann aus der Tür trat. Die Kommissarin blickte ihm nach, sah, wie er sich prüfend umschaute, bevor er in Richtung Aachener Straße verschwand. Was hatte er hier zu suchen gehabt? Sie glaubte nicht an Zufälle. Wolfgang kramte noch seine Sachen zusammen, da schellte Franka bereits an der Praxistür. Simon Aichhorn stand oben in der ersten Etage und erwartete sie.

Franka nahm mit einem Schritt zwei Stufen, hielt ihren Dienstausweis bereits in der Hand und zeigte ihn der Therapeutin.

»Franka Schilling, Kriminalkommissarin! Wir haben heute Morgen miteinander telefoniert.«

Die Psychologin nickte kurz. »Ich weiß. Wollen Sie nicht reinkommen?«

Sie hörten, wie unten die Tür ein zweites Mal aufgedrückt wurde und anschließend Scharenbergs schnaufenden Atem, als er die Treppe hochkam. Deutlich langsamer als Franka. Das Voranstürmen seiner Kollegin hatte ihn nicht im Geringsten aus der Ruhe gebracht.

»Hier ist eben ein Mann gewesen. War der bei Ihnen?«

Aichhorn runzelte ganz leicht die Stirn. Franka ließ nicht locker. »Ein Privatdetektiv, Marius Sandmann. Ist er aus demselben Grund wie wir hier gewesen? Ermittelt er im Fall Clara Maternus?«

»Er hat nach Jakob Maternus gefragt, ja. Wieso?«

Franka machte auf dem Absatz kehrt, kam Scharenberg auf halber Treppe entgegen, und stürmte noch schneller, als sie hinaufgelaufen war, wieder hinab. »Mach du das hier«, rief sie dem älteren Kollegen im Vorbeilaufen zu.

Zurück auf der Straße zückte sie ihr Handy und wählte Paulas Nummer. Die antwortete nicht. Sie rannte wieder ins Haus – die Türe war noch nicht zugefallen – und brüllte »Autoschlüssel« durchs Treppenhaus.

»Wie soll ich dann nach Hause kommen?«, schrie ihr Kollege zurück.

»Mit dem Bus! Gib schon her!« Scharenberg warf den Schlüssel hinab, Franka verfehlte ihn. Er fiel in den Keller. Die Polizistin fluchte, rannte herunter und dann mit dem klimpernden Schlüsselbund in der Hand raus auf die Straße. Simone Aichhorn und Scharenberg hörten den Wagen davonjagen.

»Sind Sie sicher, dass Sie von der Polizei sind?«, fragte die Psychologin, aufrichtig erstaunt.

*

Im Stakkato hämmerten die Regentropfen gegen die Fensterscheiben. Marius hörte sie nur, er sah sie nicht, denn er hatte alle Vorhänge zugezogen. Auch das Licht hatte er bis auf eine kleine Stehlampe in der Ecke des früheren Wohnzimmers ausgeschaltet. Er lag auf der Hantelbank und stemmte Gewichte, nachdem er zuvor am Seil sein Aufwärmtraining absolviert hatte. Sein Atem ging gleichmäßig, während er die Langhantel in ruhigem Tempo hob und senkte.

Seine Gedanken waren bei den Gesprächen des Nachmittags. Bei der Lehrerin mit dem verbrannten Arm. Er hatte sie überprüft, nachdem er nach Hause gekommen war, aber nicht in Erfahrung bringen können, woher die Brandwunden stammten. Er dachte an den alten Arzt, der angelnd an dem See gestanden hatte, den man nach Clara Maternus' Leiche abgesucht hatte. Vor allem dachte er an die Psychologin, die von einem Mord gesprochen hatte, wo Marius nur ein Verschwinden erwähnt hatte, und die viel geredet hatte, um ihn von seinen Plänen abzubringen.

In das Klopfen des Regens mischte sich ein anderes Klopfen. Jemand hämmerte mit einer Faust gegen die Scheibe. Marius legte eilig die Hantel ab, huschte hinüber zur Stehlampe und löschte sie. Im Dunkeln stand er neben dem Fenster und lauschte.

»Sandmann«, hörte er eine Stimme rufen. »Ich weiß, dass Sie zu Hause sind.« Waal.

Er zog sich ein T-Shirt über, holte zur Sicherheit die Pistole aus dem Schlafzimmer, steckte sie in den Hosenbund und ging zur Wohnungstür, wo der alte Detektiv ihn bereits erwartete.

»Was wollen Sie?«, fragte ihn Marius.

»Ich will wissen, ob Sie mit unserem Fall weitergekommen sind.« Waal versuchte, an Marius vorbeizugehen. Vergeblich.

»Nicht wirklich«, log er. »Waren Sie heute schon einmal hier?«

Waal schaute aufrichtig überrascht. »Nein, warum sollte ich?«

»Frag ich Sie.«

Der alte Detektiv drehte sich um. »Sie sollten mal Ihre Paranoia behandeln lassen.«

»Ich habe nicht gesagt, dass Sie mich verfolgen. Ich habe nur gefragt, ob Sie heute schon einmal hier waren.«

Waal antwortete nicht. Marius stand in der Tür, bis die Haustür hinter dem Alten zugefallen war. Danach setzte er sein Training fort, dachte nicht mehr an Simone Aichhorn, sondern an Jan Waal. Und daran, dass seine Post wild durcheinandergewürfelt im Briefkasten gelegen hatte, als er nach Hause gekommen war. Obwohl er sie, nachdem er sie morgens durchgesehen hatte, als sauberen Stapel zurückgelegt hatte.

*

Es hatte ihn fast beruhigt, dass seine Internetrecherche weder zu Hanna noch zu Bernd Maternus irgendetwas brachte, was ihm weiterhalf. Keine Facebook-Seite. Keine beruflichen Einträge. Keine Adresse. Alles, was er hatte, waren die Berichte und Aufrufe aus der Zeit von Claras Verschwinden. Es wirkte, als wären wenige Jahre später auch Claras Eltern verschollen. Er war sich nicht sicher, ob er ihnen begegnen wollte, Eltern, die ihr kaum sechsjähriges Kind verloren hatten. Auf der anderen Seite musste er mit ihnen sprechen, wenn er mehr über Jakob erfahren wollte. Um endlich einen Hinweis zu finden, wer Jakob Maternus auf dem Gewissen hatte.

Er rief ihre Nachbarin an, schlüpfte in die Rolle des jungen Familienvaters, die er ihr gegenüber gespielt hatte. »Was ist denn aus den Maternus geworden?«, fragte er. Sie antwortete zunächst mit Schweigen. Im Hintergrund hörte er einen Fernseher.

»Um ehrlich zu sein: Ich weiß es gar nicht. Die haben sich sehr zurückgezogen. Am Anfang haben sie noch in der Nachbarschaft um Hilfe gebeten, haben die Türen abgeklappert, ob nicht doch irgendjemand Clara gesehen hätte. Immer und immer wieder.«

Und irgendwann, dachte der Detektiv, war es den Nachbarn zu viel geworden, wollten sie nicht immer aufs Neue mit dem Schrecken und dem Leid der Eheleute konfrontiert werden. Sicherlich hatte niemand etwas gesagt. So etwas tat man nicht. Man wurde einfach ein bisschen weniger hilfsbereit, abweisender. Bis Ruhe herrschte.

»Aber dann …?«

»Na ja, man hat sie schließlich nur noch selten gesehen. Sie haben sich zurückgezogen. Nicht mal auf dem Pfarrfest sind sie noch erschienen. Dabei hat gerade sie sich doch immer so da engagiert!«

Marius schwieg. Und wartete.

»Irgendwann war er dann weg. Wenige Wochen später sie.«

»Wohin sie gegangen sind, wissen Sie nicht?«

»Nein, tut mir leid. Das weiß hier keiner. Der Junge ist auf irgendeinem Internat gewesen, glaube ich. Aber die Eltern?«

*

»Ich habe auf dich gewartet.«

Hauptkommissarin Paula Wagner drehte sich um und blickte ihrer Freundin in die Augen, die selbst im Dunkeln grün zu leuchten schienen. Vielleicht war das auch nur eine Reflexion des Lichts, das im Hausflur brannte. Frankas blonde Haare standen nicht wie üblich ab, sondern lagen flach und feucht am Kopf. Es sah seltsam aus. Ungewohnt.

»Du bist nicht ans Handy gegangen.«

Schuldbewusst zog Paula ihr Telefon aus der Tasche und blickte darauf. Dabei wusste sie, dass Franka in den vergangenen drei Stunden siebenmal versucht hatte, sie anzurufen, während sie durch den Stadtwald gelaufen war, um die Stelle zu finden, an der diese mysteriöse Bildübergabe stattgefunden hatte, von der der Versicherungsmann Wolters ihr erzählt hatte. ›Irgendwo in der Nähe des Adenauer Weihers‹ hatte er gesagt. Mehr nicht.

»Ich hat's lautlos gestellt. Tut mir leid.« Sie lächelte müde. »Möchtest du mit hochkommen?«

Franka nickte und schmiegte sich an Paula. Die Hauptkommissarin wollte sie wegschieben, nahm sie dann in den Arm und hielt sie. »Gehen wir rein. Es ist kalt.« Sie schloss auf. Gemeinsam nahmen sie den Fahrstuhl nach oben in ihre Wohnung im 7. Stock. Franka küsste sie. Wie jedes Mal rauschte Paula fast augenblicklich das Blut durch den Kopf, als sie den Kuss erwiderte. Erst als die Fahrstuhlklingel ihnen anzeigte, dass sie ihr Ziel erreicht hatten, lösten sie sich wieder voneinander.

»In einem Fahrstuhl haben wir uns das erste Mal geküsst. Weißt du das noch?«

Wie konnte Paula das vergessen? Sie war danach so verstört gewesen, dass sie fast einen Autounfall gebaut hätte. Weil sie zu langsam gefahren war! Sie! Mehr noch: Sie hatte sich noch in dem Fahrstuhl in Franka verliebt.

Arm in Arm verschwanden sie in der Wohnung.

Paula schlief tief und fest neben Franka. Die lag wach. Hatte sie ihre Freundin nicht auf ihre Begegnung mit Marius Sandmann ansprechen wollen? Hatte sie nicht hören wollen, was es damit auf sich hatte, dass sie in einem Fall ermittelten, in den auch der Privatdetektiv verwickelt war? Hatte sie keine Erklärung dafür haben wollen? Hätte sie nicht am allerliebsten gehört, dass alles nur ein Missverständnis war? Ein dummer Zufall? Dass Paulas Verschwiegenheit, die ignorierten Anrufe, die schlechte Stimmung nichts damit zu tun hatten, dass Marius Sandmann wieder aufgetaucht war?

In den Stunden, die sie auf Paula gewartet hatte, war ihre Wut in dem kalten Nieselregen aufgeweicht. Ja, genau das war es. Sie war weich geworden. Und sentimental. Sie liebte Paula. Vielleicht musste sie die Sache mit dem Sandmann allein klären.

*

»Lehmann mein Name, Feuerwehr Köln, Brandschutz. Die Frau Vandenberg hätte ich gerne gesprochen.« Es wäre unmöglich gewesen, heute mit einer neuen Identität in der Schule aufzutauchen. Deswegen versuchte Sandmann sein Glück am Telefon.

»Die Frau Direktorin ist gerade im Unterricht, tut mir leid. Vielleicht kann ich Ihnen weiterhelfen?«, antwortete ihm die Sekretärin von Jakobs früherer Schule.

»Versuchen wir es doch einfach mal«, entgegnete er. Er lächelte dabei seine Küchenzeile an. Irgendwann einmal hatte er gehört, dass der Gesprächspartner am Telefon so ein Lächeln spüren würde. »Es geht um das Thema Brandschutz. Wir haben leider eine Meldung bekommen, wonach bei Ihnen da Mängel bestehen. Sie wissen, dass das gerade in einer Grundschule nicht vorkommen darf?«

Von jovial zu einem Bedrohungsszenario in zwei Sätzen. Rabiat, aber wirkungsvoll.

»Ich weiß gar nicht, was Sie meinen! Bei uns ist doch alles in Ordnung. Wir wissen wirklich nicht … Wer hat denn diese Meldung gemacht?«

»Das kann ich Ihnen leider nicht sagen. Bitte haben Sie dafür Verständnis. Ich bin mir auch sicher, dass Sie sich stets bemühen, alle Vorschriften zu beachten…«

»Wir nehmen das sehr ernst hier! Brandschutz ist ein wichtiges Thema. Hier geht es immerhin um Kinder!«

»Genau deswegen reagieren wir ja so prompt, wenn wir einen Hinweis wie diesen erhalten.«

»Bestimmt war es irgendein Elternteil, oder? Ich weiß ehrlich nicht, ob man das immer ernst nehmen kann. Manche sind doch heute sehr überfürsorglich.« Ein kleiner Hauch Erleichterung schlich sich in die Stimme der Sekretärin. Marius würde ihr diese Erleichterung wieder nehmen müssen.

»So einfach ist es leider nicht. Die Meldung war dringlich. Ich kann das nur betonen. Trotzdem würden wir die Angelegenheit gerne erst einmal telefonisch klären. Bevor wir mit einem Brandschutzbeauftragten vor Ort erscheinen, der dann für noch mehr Aufsehen sorgt und die Schule eventuell schließen muss.«

»Schließen?« Er konnte das Entsetzen in der Stimme hören, vermied es aber, zufrieden zu lächeln.

»Vielleicht können wir einfach erst einmal über den Sachverhalt reden? Mit etwas Glück klärt sich dann schon alles.«

»Ja, vielleicht … vielleicht sollten Sie dann wirklich mit Frau Vandenberg …«

»Es ist schon in Ordnung. Ich glaube, Frau Vandenberg wird mir in der Sache nicht mehr helfen können als Sie. Wir haben eine Meldung erhalten, wonach es bei Ihnen vor einiger Zeit gebrannt haben soll. Die Zeugin sprach von einer bestimmten Lehrerin, bei der es gebrannt haben soll, eine gewisse Frau Lenbach.«

»Bei der Lenbach? Also das wüsste ich!«

»Nun, unsere Zeugin ...«

»Das war bestimmt die Frau...«

»Das spielt keine Rolle. Unsere Zeugin sprach von einer Brandwunde und behauptete, Frau Lenbach habe sich diese im Unterricht zugezogen.«

»Ach! Das ist alles ein großes Missverständnis! Ja, ja, ich kann Ihnen das erklären! Warten Sie! Die Brandwunde hat die Lenbach schon seit Ewigkeiten! Die stammt noch aus ihrer Kindheit. Erinnern Sie sich an das Attentat von Volkhoven? In den 60er Jahren hat ein Mann dort eine Grundschule überfallen und mit einem Flammenwerfer Lehrer und Kinder angegriffen. Das war schrecklich! Jedenfalls: Die Lenbach war eins der Kinder.«

»Und ist dann selbst Grundschullehrerin geworden?«

»Genau deswegen. Das hat sie mir einmal erzählt. Manche Leute sind so. Sie redet nicht gerne darüber.«

»Das kann ich verstehen. Wir werden das überprüfen und uns gegebenenfalls noch einmal bei Ihnen melden.«

»Tun Sie das! Sie werden sehen, dass ich Ihnen die Wahrheit erzählt habe.«

Es kostete den Privatdetektiv einige Mühe, zumindest Hanna Maternus aufzuspüren. Das Einwohnermeldeamt in Köln wusste entgegen der sonstigen Gepflogenheiten nichts über ihren Verbleib. Erst Tessas Bemerkung, Jakob sei aus Koblenz, brachte ihn auf die richtige Spur. Im Jahr 2000 hatte dort eine Hanna Maternus einen Wohnsitz angemeldet. Für 25 Euro erhielt Marius vom Koblenzer Einwohnermeldeamt die Auskunft, dass Hanna Maternus in die Nähe von Koblenz gezogen war, wo sie heute als Hanna Mohr lebte. Offenbar hatte nie jemand in den letzten 20 Jahren nach ihr gesucht. Keine Nachbarn, keine Freunde.

Der Privatdetektiv rechnete nicht damit, dass Hanna ihm am Telefon Fragen beantworten würde oder sich auf ein Treffen mit ihm einließ. Wer so viel Wert darauf legte, sein altes Leben hinter sich zu lassen, der würde alles tun, um sein Wiederauftauchen zu vermeiden. Deshalb hatte der Detektiv sich in den Vito gesetzt und war auf gut Glück nach Koblenz gefahren. In einer kleinen Seitenstraße außerhalb der Stadt hatte er den Wagen vor einer Villa im Landhausstil geparkt und wartete, bis ein VW Golf Cabrio in die Einfahrt einbog. Eine Frau Ende vierzig stieg aus, zwei Mädchen, beide knapp über zehn Jahre, folgten ihr. Die Frau lotste die beiden in Richtung des Hauses. Sie wirkte elegant, nicht einmal die Plastiktüten einer großen Supermarktkette, die sie schleppte, änderten daran etwas. Elegant, schlank, die hellblond gefärbten Haare sorgfältig frisiert. Eine Frau, die sich perfekt unter Kontrolle hatte. Der Privatdetektiv fragte sich, ob er die richtige Hanna Maternus gefunden hatte.

Als Marius an der Tür klingelte und sie öffnete, blickte ihm ein fast schon pedantisch geschminktes Gesicht entgegen. Dennoch: Aus der Nähe wirkte alles wie eine dünne Fassade, die Haare, der Hosenanzug, das Make-up. In Hanna Mohrs Augen konnte der Privatdetektiv etwas erkennen, was ihm nur zu vertraut erschien: eine tief vergrabene Trauer und eine nie verschwundene Angst.

»Hanna Maternus?«, überfiel sie der Detektiv. Bevor sie ihm die Tür vor der Nase zuschlagen konnte, schob er den Fuß dazwischen.

»Was wollen Sie?«

»Ihr Sohn ist tot.« Wenn er erwartet hatte, dass die Überraschung ihre Fassade bröckeln lassen würde, hatte er sich getäuscht.

»Ich weiß nicht, von wem Sie reden.«

»Von Ihrem Sohn Jakob. Er ist gestorben. Ermordet.«

»Es tut mir leid, ich habe keinen Sohn.«

»Sie hatten einen.« Erneut versuchte sie, die Tür zu schließen, drückte sie gegen seinen Fuß. Er ließ nicht locker.

»Sind Sie von der Polizei?« Ihre Augen blickten ihn von oben nach unten an. »Nein, sind Sie nicht.«

»Die Polizei interessiert sich nicht für Jakobs Tod. Ein Obdachloser, der sich selbst verbrannt hat. Für die ist es ein Unfall.«

»Und für Sie?« Ein leichtes Kratzen in der Stimme.

»Ich habe die Bilder gesehen. Die Bilder, die Jakob gemalt hat.«

Für einen kurzen Augenblick schloss Hanna Mohr die Augen. »Was wollen Sie von mir?«

»Ich will wissen, wer Jakob umgebracht hat. Denn ich glaube, dass der Täter mehr über Claras Verschwinden weiß.«

Er hatte gehofft, dass diese Vermutung die Frau zum Reden bringen könnte. Er hatte sich getäuscht. Sie presste die eine Faust gegen die Tür, als wollte sie verhindern, dass Marius sie weiter öffnete, und hielt die andere Hand schützend vor ihre Brust.

»Ich weiß wirklich nicht, wovon Sie sprechen.«

»Von Ihrer Tochter Clara, die vor 20 Jahren spurlos verschwunden ist und von Ihrem Sohn Jakob, den Sie ins Internat abgeschoben haben.« Im Hintergrund hörte er die beiden Mädchen lärmen. Sie drehte sich um. »Geht nach oben!«, fauchte sie in den Flur, die Kinder verstummten augenblicklich und rannten fort.

Als sie sich wieder umdrehte, schien sie zu einer Entscheidung gekommen zu sein. »Hören Sie, sicherlich ist es gut gemeint, was Sie tun, das mit Jakob. Aber …« Sie zögerte. Schuldbewusst, dachte Marius. »Ich habe das alles vor Jahren hinter mir gelassen. Ich habe damit abgeschlossen und mir hier etwas Neues aufgebaut. Ich will mit alldem nichts mehr zu tun haben. Können Sie das nicht verstehen?« Sie spannte die Schultern an. »Und akzeptieren?«

»Vielleicht kann mir Ihr Mann … Ihr Ex-Mann …«

»Bernd ist tot.«

»Er ist tot?«

»Er hat sich umgebracht. Zwei Jahre nach der ganzen Sache.« Der Gehängte, dachte Marius. Die Bilder erzählten ihm also doch etwas. »Bernd hat immer so getan, als hätte er alles im Griff, als könnte er damit umgehen … mit … ihr«, sie konnte weiterhin Claras Namen nicht aussprechen. »Mit dem Jungen. Im Grunde war er noch schwächer als ich.«

»Und Jakob?«

»Ich konnte ihn nicht mehr ertragen«, brach es aus ihr heraus. »Dieses ewige Schweigen, dieses Schuldbewusstsein, diese Unaufrichtigkeit. Er hat seine Schwester umgebracht! Unser Kind! Ich habe es nicht mehr ausgehalten, ihn jeden Tag zu sehen! Als dann auch noch Bernd … Ich bin einfach gegangen, verstehen Sie? Jakob war weg, Bernd tot. Ich habe die Tür abgeschlossen und bin gegangen.« Von der dünnen Fassade war nichts mehr zu sehen. Der Detektiv zog den Fuß aus der Tür. »Bitte gehen Sie!«, sagte sie noch, dann schloss sie die Tür.

9

Es war bereits dunkel, als Marius vor dem Haus der Familie Maternus parkte. Durch den Kellereingang betrat er es und ging hinauf in den ersten Stock. Im Schein der Handytaschenlampe betrachtete er das Bild des Gehängten auf der Schlafzimmertür. Der Strick um den Hals sah aus wie ein Schiffstau, dick, der Hals um das Tau herum war mit blauen und roten Schwellungen dargestellt, der Mund offen, der Detektiv konnte die Zähne des Ermordeten sehen. Am verstörendsten in seinem Gesicht allerdings waren die Augen, beide weit aufgerissen, das linke bereits tot und gebrochen. Jakob hatte die Pupille weggelassen, das rechte hingegen schien den Betrachter anzustarren. Das grelle Licht der Taschenlampe verstärkte das Entsetzen, das in diesem Auge lag, die Qual, die dahinter verborgen war. Marius ertrug es nicht lange, dem Blick dieses Auges standzuhalten. Er folgte mit dem Strahl der Lampe dem Strick bis oben an die Decke. Zu der Frauenhand, die einen goldenen Ehering trug und das Tau hielt.

Als der Detektiv das Haus verließ und die Treppe aus dem Keller hochlief, hörte er das Geräusch eines startenden Wagens direkt vor dem Haus. Ein schwarzer BMW Z4 bog um die Ecke, ohne zu blinken. Verfolgte ihn jemand oder war es Zufall, dass der Wagen hier geparkt hatte? Marius lief zum Vito. Er startete den Motor und folgte dem BMW.

Am Ende der langen Straße aus dem Wohngebiet hinaus sah er ihn vor einer roten Ampel warten. Wenn er sich beeilte, konnte er den Z4 dort abfangen. Als er bis auf

50 Meter herangekommen war, stand die Ampel immer noch auf Rot. Plötzlich gab der BMW Gas und bog, das Rotlicht missachtend, ab. Deutlicher hätte der Fahrer ihm nicht zeigen können, dass er eine Begegnung fürchtete. Marius folgte dem Beispiel des Roadsters. Zum Glück war die dunkle Hauptstraße, die ins Zentrum führte, um diese Zeit kaum befahren. Nur war der BMW deutlich zu schnell für den Vito. Auf der geraden Strecke würde er keine Chance haben.

Fast hätte er aufgegeben, als ein rotes Aufblitzen ihm neue Hoffnung gab. Geistesgegenwärtig bremste Marius den Lieferwagen auf die erlaubten 70km/h ab. Hinter einer Kurve winkte ein Polizeibeamter den BMW mit einer Kelle heraus. Der Detektiv drosselte das Tempo und rollte langsam an dem Wagen vorbei, dessen Fahrerin den Kopf gesenkt hielt, um nach ihren Papieren zu suchen. Er erkannte sie trotzdem.

Eine halbe Stunde nach Marius Sandmann traf auch Verena Talbot vor ihrer Wohnung ein. Sie parkte den BMW fast direkt vor dem Haus. Marius hatte den Vito in einer Seitenstraße abgestellt, um sicherzugehen, dass sie ihn nicht bemerkte.

Den Detektiv sah sie erst, als sie die drei Stufen zur Haustür hochstieg. Er lehnte in der Ecke des Hauseingangs, in der Dunkelheit erst im letzten Moment zu erkennen. Sie zuckte zusammen.

»Hast du mich erschrocken!«, rief sie und hielt sich eine Hand vor die Brust, die andere mit dem Schlüsselbund so, als wollte sie im nächsten Moment damit auf ihn losgehen.

»Wie schnell warst du?«, fragte er und machte einen Schritt aus der Dunkelheit hinaus.

»Wovon redest du?«

»Ich hatte heute genügend Leute, die sich dumm gestellt haben. Also sag schon!«

»Hättest du das nicht wenigstens charmant sagen können? ›Dummheit steht dir nicht‹ oder so?«

»Seit wann legst du wieder Wert darauf, dass ich charmant zu dir bin?«

»Auch wieder wahr!« Sie drängte sich an ihm vorbei und schloss die Haustür auf. Marius folgte ihr ins Treppenhaus. Ihre Absätze klapperten auf dem alten Originalkachelboden des Altbaus, den Marius beim letzten Besuch schon bewundert hatte.

»Wohnst du eigentlich immer noch in der Schrottmaisonette auf der Vogelsanger Straße?«

Marius erwiderte nichts darauf, folgte ihr die Treppe hinauf, stellte fest, dass Verena Talbots Beine so perfekt waren wie eh und je.

»Na, dann komm halt rein«, sagte sie, legte im Flur den Mantel ab, den sie lässig auf einen Eames-Chair gleiten ließ, der in der Ecke nur darauf zu warten schien. Marius behielt seine Jacke an.

»Ich habe nicht vor, lange zu bleiben.«

»Find ich gut!« Sie postierte sich an das Bureau Plat, an dem Marius vor ein paar Tagen die Unterlagen zu Tessa studiert hatte. Eine Hand mit den Fingerspitzen auf der alten Holzplatte, die andere, scheinbar lässig in die Hüfte gestützt. »Und wenn du es unbedingt wissen willst: 95 km/h.«

»Ich hätte auf mehr getippt.«

»95 hätten gereicht, um dich abzuhängen.«

»95 schafft meine Karre auch noch.«

»Ja, aber du wärest nicht so schnell gefahren.« Sie schüttete sich Wasser in ein Glas, bot ihm ebenfalls eins an.

Marius nickte. Sie schob das Glas an den Rand des Tisches, ohne einen Schritt auf ihn zuzugehen.

Marius nahm das Glas, trank. »Was hast du überhaupt beim Haus der Maternus zu suchen gehabt? Verfolgst du mich?«

»Glaubst du, du bist der einzige, der herausgefunden hat, was es mit Jakob auf sich hatte? Ich habe dort recherchiert. Dann habe ich deinen Wagen vor dem Haus gesehen und bin kurz stehen geblieben. Das war alles.«

»Du recherchierst im Fall Maternus? Seit wann interessierst du dich für Obdachlose und Mädchen, die vor 20 Jahren verschwunden sind? Wo sind da Aktualität und Glamour?«

Ihre Augenlider zuckten ganz kurz bei Marius' letztem Satz. »Es geht nicht immer nur darum«, sagte sie, ungewohnt leise.

»Bei dir schon. Vielleicht auch noch um deine Karriere und deinen Ruhm.«

»Dafür, dass du zweimal mit mir zusammen warst, kennst du mich wirklich verdammt schlecht.« Sie hielt das Glas in der Hand und für einen Augenblick fürchtete Marius, sie würde es ihm direkt ins Gesicht schleudern. Er war aufrichtig überrascht. »Ich kannte Clara«, sagte sie schließlich.

»Du warst einige Jahre älter als sie.«

»Ich war ihr Babysitter.«

»An dem Tag, an dem sie verschwand?«

Sie schüttelte leicht den Kopf. »Nein, ich hätte erst am Wochenende auf sie aufpassen sollen.«

»Dann musst du auch Jakob gekannt haben.«

»Jakob hat eigentlich immer in seinem Zimmer gesessen, wenn ich da war. Er war nicht so der umgängliche Typ. Du hättest ihn bestimmt gemocht.«

»Also hattest du mehr mit Clara zu tun?«

»Eigentlich hatte ich nur mit Clara zu tun, Jakob habe ich fast nie gesehen.«

»Wie war sie?«

»In allem das Gegenteil von ihm. Hübsch, hinreißend, nett, offen. Hast du mal ein Foto von ihr gesehen? Auf den Fotos sieht sie aus wie ein Kind aus dem Bilderbuch. In Wirklichkeit war sie noch viel toller. Jeder hat sie geliebt.«

»Außer Jakob?«

Sie zuckte mit den Achseln. »Ich weiß nicht, was Jakob für seine Schwester empfunden hat. Wie gesagt: Ich kannte ihn nicht.«

»Niemand schien ihn gekannt zu haben.«

»Er war immer schon schwierig. Sehr schwierig.«

»Glaubst du, er ist für den Tod seiner Schwester verantwortlich?«

»Auf die ein oder andere Art: Ja.« Sie blickte ihn fest an, als sie das sagte.

»Als du ihn dann auf der Straße erkannt hast, hast du versucht, Kontakt mit ihm aufzunehmen?«

»Irgendwie kam da alles wieder hoch. Ich habe eine schwierige Zeit hinter mir.« Sie schaute kurz aus dem Fenster, rieb sich die Schultern, als würde sie frösteln, dabei war der Raum mindestens vier Grad zu warm beheizt. »Da trifft einen so etwas mehr. Es hat mich ziemlich geschockt, als Clara damals verschwunden ist. Ich hatte gedacht, wenn ich Jakob zum Reden bringe, erfahre ich vielleicht, was damals passiert ist.«

»Darum die ganze ›Leben in Köln‹-Fassade?«

»Ich sagte doch: Ich habe eine schwierige Zeit hinter mir.«

»Aber du bist mit Jakob nicht weitergekommen, oder? Hast du ihn deswegen zu mir geschickt?«

»Um Himmels willen! Wie kommst du darauf?«

»Ich reime mir gerade ein paar Dinge zusammen. Oder glaubst du, dass es Zufall war, dass er ausgerechnet bei mir im Hof gelandet ist?«

»Warum nicht? So etwas kommt vor. Auch wenn deine Detektiv-Paranoia das für unwahrscheinlich hält.«

Der Detektiv schüttelte den Kopf. Aber Verena schwieg. Sie erzählte Marius nicht, dass er mehr als einmal an ihr und Jakob Maternus vorbeigelaufen war, als sie auf den Stufen der St. Joseph Kirche an der Venloer Straße gesessen hatten, Jakobs Lieblingsplatz, wenn er nicht mit dieser Tessa herumzog. Dass sie ihr Gesicht vor ihm verborgen hatte, weil sie beim ersten Mal noch fürchtete, er würde sie erkennen. Dass sie Jakob, dem das nicht entgangen war, erzählt hatte, dass Marius ein Privatdetektiv wäre, der nach ihr suchte. Schon gar nicht wollte sie ihm erzählen, wie neugierig Jakob sich nach ihm erkundigt hatte.

*

Nach dem Training am Vorabend hatte sich Marius um 6 Uhr auf ein leichtes Work-out beschränkt, danach einen Smoothie zum Frühstück getrunken und anschließend die Fakten seines Falles zusammengetragen. Ihm wurde klar, wie wenig Handfestes er hatte. Vielleicht brachte ihn das anstehende Skype-Gespräch weiter?

Er suchte den Namen, den ihm sein Gesprächspartner gestern per E-Mail geschickt hatte, in der Suchmaske des Programms, fand und wählte ihn.

Kurz zuvor hatte sich Marius die Internetseite der Schule angeschaut, eine idyllische Anlage aus dem frühen 20. Jahrhundert mitten im Bayerischen Wald. Auf den ersten Blick erinnerte sie mit den Granitaufbauten und dem Fachwerk in den oberen Stockwerken an ein Haus aus einem Märchen. Strahlende Kinder liefen auf den Wegen zwischen den Gebäuden umher oder saßen auf Mäuerchen in Bücher oder Aufgabenhefte vertieft. Eine Internetsuche nach Bildern der Schule zeigte auch andere Facetten, winterliche Tristesse, leere Schulhöfe, Kinder mit verkniffenen Gesichtern.

Heinrich Biehl, Direktor des bayerischen Internats, meldete sich rasch. Marius war überrascht, einen alten Mann mit schlohweißen Haaren auf dem Bildschirm vor sich zu sehen, dessen ultramodernes Headset so gar nicht zu dem karierten Hemd und dem grünen Tweedsakko passen wollte, die er trug. Auch die kräftigen weißen Koteletten musste er sich irgendwann wachsen gelassen haben, als er jung war. Marius schätzte den Mann auf 70, wusste jedoch, dass das nicht sein konnte.

»Sie wirken überrascht, junger Mann?«, begrüßte Biehl den Detektiv.

»Ich habe Sie mir anders vorgestellt, gebe ich zu.«

»Das höre ich öfter, wenn ich skype«, lachte er. »Die meisten Leute erwarten im Internet nicht so einen alten Sack wie mich.«

»Ihre Schüler lieben Sie vermutlich?« Ein wenig Eisbrechen, bevor Marius seine Fragen stellte.

»Ach, wissen Sie, die müssen mich nicht lieben. Ich hoffe, sie lernen was bei mir. Der Rest ist mir in meinem Alter auch egal.«

»Sie erinnern sich noch an Jakob Maternus?« Marius hatte nach dem Gespräch mit der Psychologin vor einigen Tagen eine E-Mail an das Geschäftszimmer des Internats geschrieben und nach Lehrern gefragt, die noch etwas über

Jakob wissen könnten. Keine halbe Stunde später hatte ihm Biehl geantwortet und den Termin vorgeschlagen.

»Maternus vergisst man nicht.«

»Aus guten oder schlechten Gründen?«

»Um ehrlich zu sein: aus schlechten Gründen. Er war kein guter Schüler. Ich weiß, dass man so etwas nicht sagen soll, aber er war auch kein guter Mensch. Unbeliebt bei den Mitschülern, aggressiv den Lehrern wie den Gleichaltrigen gegenüber, verschlossen, bösartig …«

»Er hatte eine schwierige Zeit hinter sich«, wandte Marius ein.

»Kann ja sein. Deswegen bohrt man seinem Mitschüler trotzdem keine Gabel in den Oberschenkel, weil man sein Gulasch haben will.«

»Wie alt war Jakob, als er bei Ihnen war?«

»Er kam mit elf Jahren zu uns. In die sechste Klasse. Und blieb, bis er fünfzehn oder sechzehn war.«

»Hat er die Schule gewechselt?«

»Er ist abgehauen. Es war nicht das erste Mal.«

»Haben Sie ihn suchen lassen?«

»Wir haben die Mutter informiert. Und die Polizei. Irgendwann ist selbst eine Schule wie unsere mit ihrer Pädagogik am Ende.«

»Wie oft ist er vorher schon abgehauen?«

»Fünf oder sechs Mal. Mindestens!«

»Er scheint sich nicht wohl gefühlt zu haben bei Ihnen.«

»Wir sind ein Internat, keine Kuschelgruppe. Hier muss man sich einfügen. Jakob Maternus konnte das nicht. Er hat ziemlich schnell klargemacht, dass er hier wegwollte und das hat er dann auch gemacht.«

Marius vermutete, dass die Nähe und Enge in einem

Internat für einen Jungen, der glaubte, sich zurückziehen zu müssen, unerträglich gewesen sein musste.

»Wohin ist er geflohen, wissen Sie das?«

»Das erste und das zweite Mal ist er zu seiner Mutter gereist. Als Elfjähriger! Durch die halbe Republik! Das muss man sich mal vorstellen!«

Marius musste nicht fragen, wie Jakobs Mutter auf die Ankunft ihres Sohnes reagiert hatte. Er konnte es sich ausmalen. »Ich vermute, seine Mutter hat ihn umgehend zurückgeschickt.«

»Sie hat ihren zweiten Ehemann und den Jungen in einen Wagen gesetzt und die beiden hierhin geschickt.« Es wunderte den Privatdetektiv ebenso wenig, dass sie es nicht selbst getan hatte. Für sie hatte Jakob aufgehört zu existieren. ›Ich habe keinen Sohn.‹

»Die Ausbrüche danach, wohin gingen die?«

»Ausbrüche?« Der Alte schüttelte den Kopf. »Das ist kein Gefängnis hier.« Er schaute wütend und empört in die Kamera seines Computers.

»Okay, wohin ist er abgehauen?«

»Das dritte Mal hat die Polizei ihn in München am Bahnhof aufgegriffen.«

»Wie lange war er weg?«

»Zwei Monate.«

»Haben Sie eine Ahnung, wo er diese zwei Monate gewesen ist?«

Biehl schüttelte den Kopf. Das Bild verzerrte seine Koteletten dabei, die zu einem weißen Nebel verschwammen. »Nein, er hat es uns nicht gesagt und wir haben es irgendwann aufgegeben, ihn danach zu fragen. Es kann ihm da nicht gefallen haben. Danach wurde er nie mehr in München aufgegriffen, sondern in Frankfurt und Berlin.«

»Wie alt war er da?«

»Das muss im folgenden Sommer gewesen sein, mit zwölf also.«

Marius fragte sich, ob er wirklich wissen wollte, was ein schwer traumatisierter 12-Jähriger, der allein in einer fremden Großstadt untergetaucht war, dort erlebt haben musste, um nie wieder dorthin zurückkehren zu wollen.

»Nachdem er das letzte Mal geflohen ist, haben Sie nichts mehr von ihm gehört?«

»Nein. Dieses Mal kam er nicht mehr zurück. Das ist jetzt etwa zwölf Jahre her. Wir haben das übliche Prozedere ablaufen lassen, wie gesagt, die Polizei und die Mutter informiert. Mehr konnten wir nicht machen.« Er kratzte sich kurz über dem Auge. »Irgendwann muss es ja auch mal gut sein!«, schob er entschieden nach.

»Hat Jakob im Internat gemalt?«

»Wie ein Verrückter! Auf alles, was ihm in die Finger kam. Wir mussten die Wand an seinem Bett ein dutzend Mal überstreichen, weil er sie vollgeschmiert hatte.«

»Vollgeschmiert?«

»Man malt doch nicht auf die Wände in seinem eigenen Zimmer«, entrüstete sich der Direktor. »Das geht doch nicht! Und was er gemalt hat, furchtbare Sachen! Brutal! Gewalttätig! Die anderen Kinder hatten regelrecht Angst vor seinen Bildern. Sie mieden ihn, wo sie nur konnten.«

Vielleicht hatte Jakob das beabsichtigt? Er dachte daran, was Simone Aichhorn gesagt hatte. Die Bilder erzählten nicht, was geschehen war, sondern was in Jakob vorging. Waren die Bilder Jakobs Weg gewesen, sich andere Menschen vom Leib zu halten? Abschreckung? Er erinnerte sich an seine erste Begegnung mit dem Axtmann. Vielleicht gab es auch jemand Bestimmten, den Jakob fernhalten wollte? Den Mörder seiner Schwester?

Er fragte Schulleiter Biehl noch, ob das Internat Bilder von Jakob besaß. Der Direktor versprach, das zu prüfen und erklärte sich sogar bereit, sie ihm zu schicken. Vermutlich war er froh, sie los zu sein. Er blickte hinaus in den Hof, wo er an der Wand immer noch Reste von Jakobs Porträt seiner selbst sehen konnte. Es war kein gutes Gefühl, Bilder von Jakob Maternus in der Nähe zu haben.

Trotzdem druckte er die Fotos aus, die er mit dem Smartphone von dem Motiv des Gehängten aufgenommen hatte. Er betrachtete sie kurz, dann legte er sie rasch in eine graue Mappe aus Karton. Blickfest. Ein kurzes Telefonat, dann fuhr er los.

Simone Aichhorn traf ihn nicht in ihrer Praxis, sondern in einem kleinen Café in der Kölner Innenstadt, einem der gesichtslosen, nichtssagenden Cafés in einer Einkaufspassage am Neumarkt. Ihm war das ganz recht gewesen, so konnte er in der Stadtbibliothek, wenige Schritte vom Neumarkt entfernt, die Geschichte der Schulsekretärin überprüfen. Ein ehemaliges Opfer des Attentats von Volkhoven hatte vor einigen Jahren ein Buch geschrieben und Interviews mit den Überlebenden geführt. Die heutige Grundschullehrerin Katharina Lenbach gehörte zu den Interviewten. Marius hatte das Gespräch mit ihr nur kurz überflogen. Die Bestätigung war alles, was er brauchte.

Marius überquerte den Neumarkt. Teenager drängelten sich am Eingang eines irischen Modehauses. Die Psychologin saß an einem kleinen Tisch am Rand des Cafés, die Wand im Rücken, jeden Vorübergehenden im Blick.

Marius legte die Mappe auf den kleinen Tisch mit der Marmorplatte und setzte sich zu ihr.

»Sie wollten mir etwas zeigen«, kam sie ohne langes Vorgeplänkel zur Sache. Marius öffnete die Mappe und schob ihr die beiden Fotos hin. Der Gehängte und die Hand, die den Strick hielt.

»Was halten Sie davon?«

»Ich nehme an, das hat Jakob gemalt?«

Der Detektiv nickte.

»Wen stellt das dar? Oder: Wen, glauben Sie, stellt das dar?«

»Seinen Vater. Er hat sich das Leben genommen.«

»Und was wollen Sie jetzt von mir?«

»Sie sagten, man könnte in diesen Bildern nichts über die Wahrheit herausfinden …«

Sie musterte ihn. »Jetzt wollen Sie mir beweisen, dass ich unrecht habe? Dass man sehr wohl etwas in den Bildern erfahren kann? Ich wusste gar nicht, dass Sie ein so rechthaberischer Mensch sind.« Sie lehnte sich zurück. »Interessant!«

»Es geht nicht um mich.«

»Ach?«

Er ignorierte die spöttische Frage. »Es geht um das andere Bild, die Hand.« Er schob das Bild der Hand in ihre Richtung. Sie nahm es und betrachtete es lange. Dann legte sie es zurück auf den Tisch.

»Und? Was soll mir dieses Bild sagen?«

»Das würde ich gerne von Ihnen wissen. Es ist eine Frauenhand, sie trägt einen Ehering. Wenn wir für einen Augenblick davon ausgehen, dass Jakob die Hand seiner Mutter gemalt hat: Was könnte das bedeuten?«

»Im Zweifelsfall: nichts. Vielleicht, dass er seiner Mutter die Schuld gibt für den Tod seines Vaters. Wenn es sein Vater ist«, schob sie hinterher.

»Ich habe die Mutter gestern besucht.«

»Sie sind wirklich hartnäckig. Ich vermute, sie war nicht erfreut, Sie zu sehen?«

»Nicht wirklich. Sie wirkte…«, er suchte nach dem passenden Wort, »unwirklich, falsch. Also nicht in dem Sinne, dass sie unaufrichtig war. Sie spielte eine Rolle. Die Rolle der fürsorglichen Mutter und perfekten Ehefrau. Ohne irgendeine besondere Vergangenheit.«

»Spielen wir nicht alle eine Rolle? Jeder geht mit seiner Vergangenheit anders um.«

Er hoffte, dass sie sein Zucken nicht bemerkt hatte. »Mehr oder weniger sicherlich. Nachdem ich das Bild gesehen habe, hatte ich einen anderen Gedanken und ich würde gerne wissen, ob ich damit richtig liege oder ob das völlig abwegig ist.«

»Seit wann beschäftigt es Sie, ob jemand Ihre Gedanken für abwegig hält?« Er meinte, ein spöttisches Lächeln um ihre Mundwinkel zu sehen.

»Vielleicht können Sie mir einfach eine fachliche Einschätzung geben?«

Sie schüttelte den Kopf. »Nein, das kann ich nicht. Ich habe die Eltern vor ungefähr 19 Jahren das letzte Mal gesehen. Was heute in Hanna Maternus vor sich geht, darüber kann ich nichts sagen.«

»Es geht nicht um heute. Es geht um damals.«

Sie seufzte. »Können wir rausgehen? Ich muss unbedingt eine rauchen.«

Marius zuckte mit den Achseln. Er wollte ihre Einschätzung. Er wäre überall mit ihr hingegangen. Sie zahlten. Getrennt. Darauf bestand sie. Erst draußen, unter dem überdachten Laubengang, setzten sie ihr Gespräch fort. Die Psychologin rauchte, beobachtete die Teenager, während sie ihm zuhörte.

»Ich frage mich«, begann er vorsichtig, »ob wir es gar nicht mit dem Verschwinden eines Mädchens zu tun haben.«

Sie inhalierte tief, schaute ihn an. Er bemerkte, dass ihr Interesse geweckt war. »Sondern…?«

»Sondern mit einer Familientragödie.«

»Ein Kind zu verlieren, ist immer eine Tragödie.«

»Das meinte ich nicht.«

»Ich vermute, Hanna hat Ihnen erzählt, dass sie Jakob verdächtigt hat?«, fragte die Psychologin.

»Sie wirkte felsenfest davon überzeugt.«

»Das war sie damals schon.«

»Deswegen hat sie Jakob ins Internat geschickt. Sie ertrug seine Gegenwart nicht mehr.«

»So etwas habe ich mir schon gedacht.« Simone Aichhorn nahm einen tiefen Zug aus der Zigarette.

»Also wollte sie von Ihnen damals, dass Jakob …«

»… mir erzählte, was er mit Clara gemacht hatte. Nur: Er hat auch mit mir nicht gesprochen. Und ich glaube nicht, dass er seine Schwester auf dem Gewissen hat. Er wusste etwas, ganz ohne Frage. Das macht ihn jedoch nicht schuldig.«

»Beim letzten Mal klangen Sie weniger überzeugt.«

»Glauben Sie mir: Er war's nicht.«

Marius fragte sich, wieso Simone Aichhorn jetzt plötzlich so auf Jakobs Unschuld beharrte.

»War es seine Mutter?«, fragte er sie.

»Das ist Ihre Theorie?« Überrascht schaute sie ihn an. Als sie die Zigarette wieder zum Mund nahm, fiel Asche auf ihren grauen Mantel. »Sie glauben, dass Hanna Maternus ihre Tochter umgebracht hat und sie anschließend hat verschwinden lassen?«

»Der Gedanke ging mir durch den Kopf.« Marius hatte damit gerechnet, dass Simone Aichhorn diese Idee sofort von sich weisen würde. Aber sie dachte lange darüber nach, ehe sie antwortete.

»Ich halte es für unwahrscheinlich. Nicht dass es ihr nicht zuzutrauen wäre. Jeder kann zum Mörder werden.« Marius schaute weg, beobachtete zwei alte Damen, die im Inneren des Cafés über ihre Törtchen gebeugt saßen und aßen. »Aber es passt nicht. Wenn sie geglaubt hätte, dass Jakob mehr wusste, hätte sie ihn auch umgebracht, oder?«

»Vielleicht hatte sie Angst, dass es auffällt, wenn kurz nacheinander zwei Kinder derselben Familie sterben oder verschwinden.«

»Möglich ...«

»Trotzdem kann ich es nicht beweisen.«

»Das Bild«, sie deutete mit der Kippe auf die Mappe in Marius' Hand, »beweist jedenfalls auch nichts.«

Der Vito stand auf dem obersten Deck des Karstadt-Parkhauses, wenige Meter vom Neumarkt entfernt. Die grauen Wolken hingen so tief, dass die Spitzen der Domtürme, die nur wenige hundert Meter entfernt in den Himmel ragten, fast völlig in ihnen verschwanden. Um sie herum breitete sich die Tristesse herzlos aus dem Boden gestampfter Zweckbauten aus. Nieselregen setzte sich auf Marius' Brillengläsern ab und ließ den Anblick verschwimmen. Er zog die Brille ab und wischte sie am Pullover trocken. Dann zog er sich die Kapuze über den Kopf.

Vor dem Vito parkte ein Mini Cooper und machte ein Wegfahren unmöglich. Aber Marius kam gar nicht bis zu seinem Wagen. Hinter der Ecke des Treppenhauses traten drei Männer hervor. Marius erkannte Bobby Schmitz und zwei seiner Pokerfreunde, sah die schwarzen Handschuhe mit den kräftigen Fingern, die der schmächtige Mann und seine Begleiter trugen. Quarzhandschuhe, dachte er noch, dann traf ihn der erste Schlag. Die Handschuhe verstärkten seine Wirkung um ein Vielfaches. Er taumelte, spürte einen regelrechten Trommelwirbel weiterer Schläge auf seinen Kopf einprasseln, spürte, wie die Benommenheit den Schmerz verdrängte, sank auf die Knie und sackte schließlich zusammen.

»Ganz liebe Grüße von Sonja Werstenkiel, kümmer' dich um deinen eigenen Scheiß!«, flüsterte jemand in sein Ohr, das Rauschen darin übertönend. Dann ließen sie ihn liegen. Die Eisentür zum Treppenhaus donnerte in seinem Kopf, als sie hinter den drei Männern zufiel. Die ganze Aktion hatte keine zwei Minuten gedauert.

10

Er wusste nicht, wie lange er benommen auf dem Parkdeck gelegen hatte. Wach wurde er, als ein Auto an ihm vorbeifuhr und in die Abfahrt einbog. Der Fahrer musste ihn gesehen haben. Geholfen hatte er ihm nicht. Langsam richtete er sich auf. Sein Kopf dröhnte, Blut lief ihm aus dem Mund. Er rieb es mit dem Jackenärmel weg. Seine Brille lag zertrümmert neben ihm. Im Auto musste noch eine Ersatzbrille liegen. Ohne würde er kein Auto fahren können. Wieso dachte er gerade daran, ob er Auto fahren könne? Er war zusammengeschlagen worden, blutete, sein Kopf schmerzte, als hätte man ihn gegen eine Betonwand geschlagen.

Er stand auf, wankte leicht und ging mit unsicheren Schritten hinüber zum Wagen. Im Handschuhfach lag Verbandszeug. Sein Kopf schien nicht richtig zu funktionieren, dachte er.

Brille. Verbandszeug. Auto.

Er schleppte sich auf den Beifahrersitz, betrachtete sein Gesicht im Rückspiegel. Es sah weniger schlimm aus, als er befürchtet hatte. Eine Platzwunde am Hinterkopf, eine an der Schläfe, das linke Auge blutunterlaufen und schwarz umrandet, die Lippe aufgeplatzt. Es sollte eine Warnung sein, keine Hinrichtung. Das würden sie sich für später aufheben. Hatte er den kleinen Bobby Schmitz unterschätzt?

Marius schlang sich das Verbandszeug wie einen Turban um den Kopf, presste das eine Ende zwischen die Lippen, um die Blutung dort zu stoppen. Dann nahm er die Zweitbrille aus dem Seitenfach und rutschte hinüber auf den Fahrersitz. Ein Streifenwagen fuhr mit Blaulicht und ohne Sirene auf das Parkdeck, kreiste und fuhr wieder hinunter. Immerhin hatte jemand die Polizei verständigt. Er wartete noch ein paar Minuten, dann startete er den Wagen und setzte ihn langsam aus der Parklücke. Ihm war schwindlig, die Kurve, die er beim Ausparken nahm, machte es nicht besser, die Abfahrt aus dem Parkhaus definitiv schlimmer. Auf der Richmodstraße musste er den Wagen kurz anhalten, warten, bis sich die Welt um ihn herum nicht mehr drehte. Er schloss die Augen und meinte, das Blut vor ihnen fließen sehen zu können.

Jemand klopfte an die Windschutzscheibe. Er riss die Augen auf, unsicher, ob er eingeschlafen war. Es dauerte einen Moment, ehe er das Gesicht durch das nasse Glas erkennen konnte. Die roten Haare hielt sie unter der Kapuze eines verwaschenen, grünen Parkas versteckt. Schutz vor dem Regen. Was machte sie hier?

Tessa riss die Beifahrertür auf und starrte den Detektiv an. »Was ist mit dir passiert?«, fragte sie und kletterte auf den Beifahrersitz.

Er überlegte, ob er sie rausschmeißen sollte. Sie beugte sich zu ihm herüber, hielt seinen Kopf mit zwei Fingern vorsichtig in Position und betrachtete seine Schläfe. »Du blutest.«

»Ich weiß. Man hat mich zusammengeschlagen, oben im Parkhaus.«

»Du solltest das behandeln lassen.«

»Das wird schon.«

»Bestimmt!«, bemerkte sie ironisch. »Fahr los, ich kenn' mich mit so was aus.« Er warf ihr einen skeptischen Blick zu. »Was glaubst du, wie oft ich schon Leute verarztet habe? Mit Schlimmerem als das!«

Vorsichtig lenkte Marius den Wagen in den Verkehr, rammte fast einen Mercedes, der hinter ihm aus dem Parkhaus geschossen kam und ihn schnitt. Der Mercedes-Fahrer hupte. Es dröhnte in seinem Schädel. Die Straße schwankte leicht, als er wieder losfuhr. Tessa beäugte ihn kritisch. »Außerdem brauchst du jemanden, der auf dich aufpasst. Du bist total groggy.«

Damit hatte sie recht. Also fügte sich der Detektiv in sein Schicksal und lenkte den Wagen zurück nach Ehrenfeld.

»Kannst froh sein, dass ich grad in der Nähe war«, sagte sie.

»Was hast du überhaupt da gemacht?«

Sie kramte eine Packung Kochschinken und Toastbrot aus den Jackentaschen. »Abendessen geklaut. Beim Karstadt unten sparen sie am Wachpersonal.«

Auf der Magnusstraße griff Tessa an das Lenkrad, korrigierte mit sanftem Druck seine schlingernden Bewegungen, und ließ es nicht mehr los, bis sie auf der Vogelsanger Straße einen Parkplatz gefunden hatten.

Beide schwiegen, bis Tessa dem Detektiv im Badezimmer vorsichtig den Turban vom Kopf wickelte. Die Obdachlose verarztete ihn und Marius musste zugeben, dass sie sich darauf verstand. Eine Viertelstunde später saßen sie in seinem Büro, jeder eine Flasche Wasser in der Hand.

»Du solltest dich hinlegen«, sagte sie. »Ich kann auf dich aufpassen, wenn du magst.« Sie lächelte ihr schiefes Grinsen, entblößte ihre Zahnlücke. Tatsächlich war er müde. Er fühlte sich immer noch ein wenig benommen.

Trotzdem legte er ihr die Hand auf den Oberschenkel. Sie lachte. »Andere Männer sind immer fertig, wenn sie auf die Fresse kriegen. Bei dir glaube ich fast, dass du dann erst richtig aufdrehst.« Er beugte sich zu ihr. Sie roch nach Alkohol, Schweiß, Schmutz und Desinfektionsmitteln. Sie hatte darauf bestanden, seins zu benutzen, bevor sie ihn verarztet hatte. Ihm ging ein Lied durch den Kopf, das er einmal gehört hatte. Er wusste nicht mehr, von wem es war. Nur die erste Zeile war ihm im Gedächtnis geblieben:

I hurt myself today to feel if I still feel …

Sie küssten sich. Er dachte an die Akte, die er bei Verena gelesen hatte, die Brände, die Tessa gelegt hatte. Es hielt ihn nicht ab.

Der Detektiv schlief. Er lag auf dem Rücken, atmete ruhig und gleichmäßig. Tessa beobachtete ihn aufmerksam. So als würde sie ein merkwürdiges Tier studieren, um seine Reaktionen, sein Verhalten kennenzulernen. Aber Sandmann reagierte auf gar nichts mehr. Er lag nackt auf seinem Bett, die Augen geschlossen, den Mund leicht geöffnet. Um seinen Kopf trug er einen frischen Verband, die Unterlippe war halb von einem weiteren, mit Pflaster verklebten verdeckt. Sie bewunderte einen Moment aufrichtig die Muskeln, die kräftigen Oberarme. Mit dem Zeigefinger berührte sie sanft die kleine Bisswunde an seiner Schulter, fuhr dann langsam hinüber zu den Kratzern auf seiner Brust. Er reagierte weder auf das eine noch das andere. Selbst als sie ihre Finger langsam in die Kratzer bohrte, folgte keine Reaktion. Die Erschöpfung hatte am Ende gesiegt.

Sie schaute sich um, stand dann auf und ertastete mit den Fingern die Spalte zwischen Matratze und Bett, fand nichts von Interesse. Anschließend hob sie ihr Kopfkissen an, ebenfalls nichts. Vorsichtig schob sie ihre Hand unter sein Kopfkissen. Sie spürte etwas, umschloss das Metall mit ihren Fingern und zog die Waffe ein paar Zentimeter hervor, betrachtete sie eine Weile, und nahm sie an sich. Dann schlüpfte sie aus dem Bett und in ihre Kleidung. Mit der Waffe in der Hand durchsuchte sie die gesamte Wohnung. Beim letzten Mal hatte sie nichts gefunden. Dieses Mal musste sie gründlicher vorgehen. Sie musste wissen, was Marius über Jakobs Tod herausgefunden hatte!

Marius kam zu sich, weil er im Erdgeschoss ein leichtes Rascheln zu hören meinte. Dann wurde eine Schublade aufgezogen. Sofort war er hellwach. Er schaute neben sich. Das Bett war leer, Tessa war verschwunden. Mit der Hand tastete er nach der Waffe. Auch sie war weg. Er sprang auf, zog eine Jogginghose über und schlich die Stufen hinunter ins Wohnzimmer.

Plötzlich klirrte Glas. Tessa fluchte. Polternd landete irgendetwas auf dem Küchenboden. Der Detektiv bemühte sich nun nicht mehr, leise zu sein, sprintete durch den Gerätepark des Wohnzimmers und blieb in der Tür zum Büro wie angewurzelt stehen. Tessa stand im Dunkeln vor seinem Schreibtisch, die Schubladen waren aufgezogen. Ein schwacher Lichtschein leuchtete hinter dem Schreibtisch hervor. Sie drehte sich zu ihm um, richtete die Pistole auf ihn. Eine Flamme züngelte nur wenige Zentimeter neben ihr am Schreibtisch hoch. Es sah aus, als hätte sie die Schublade in Brand gesetzt. Hinter dem Lauf der Waffe konnte er ihr schmales Gesicht fast nicht mehr erkennen. Die Flammen warfen ein unruhiges Licht darauf, die Mündung der Glock war der ruhende Pol. Er hielt die Dinge im Gleichgewicht, einem zerstörerischen Gleichgewicht.

»Ich …«, begann sie.

»Nimm die Waffe runter, Tessa!«

»Ich …«, setzte sie ein zweites Mal an.

Der Detektiv ging vorsichtig einen Schritt nach vorn. Sie reagierte gar nicht darauf. Er hob die Hände, eine friedliche Geste, beruhigend. Und näher an der Glock.

»Die Waffe, Tessa!«

Sie drehte sie leicht in der Hand, um sie betrachten zu können, als fiele sie ihr jetzt erst auf. Die Flammen schlugen mittlerweile hoch über die Schreibtischkante. Wenn sie da stehen bliebe, würde sie verbrennen.

Zwei große Schritte und Marius war bei ihr. Sie hatte nicht einmal die Zeit, die Waffe wieder auf ihn zu richten. Er packte ihr Handgelenk und entwand ihr mit der rechten Hand die Glock. Dann stieß er sie beiseite. Sie ließ es geschehen, lehnte sich wie erschöpft gegen die Wand.

»Ich … war das nicht«, sagte sie schließlich. Marius trat gegen die Schublade, Schmerz jagte in seinen Fuß. Fast meinte er, versehentlich die Pistole abgedrückt zu haben. Dann sah er das Blut, das langsam unter seiner Fußsohle hervorquoll, und die Scherbe auf dem Fußboden. Auf den Papieren in der Schublade lag eine zerbrochene Flasche, Marius sah die Flammen, wie sie sich an der Benzinspur von der aufgezogenen Schublade bis zur Schreibtischkante entlang fraßen. Ein Molotow-Cocktail. Das hätte sie einfacher machen können, wunderte er sich. Er ließ die Waffe fallen, zog die Jogginghose aus und schlug damit auf die Flammen ein.

»Hol Wasser!«, brüllte er. Nach einer gefühlten Ewigkeit löste sich Tessa von der Wand und rannte ins Bad. Die Flammen verbrannten seine Haare auf den Unterarmen, es stank. Tessa eilte mit einem halbgefüllten Putzeimer herbei, Marius entriss ihn ihr, schüttete ihn in die Schublade hinein, dann schlug er erneut mit der inzwischen schwarz verkohlten Hose auf die letzten Flammen ein, bis der Brand gelöscht war.

Erschöpft sank er an der Wand nieder, nahm die Pistole an sich und richtete sie auf Tessa.

»Soll ich dich wieder verarzten?«, sagte sie bloß und deutete auf seinen blutenden Fuß. Erst jetzt erinnerte sich Marius wieder an die Schmerzen. Er nickte. Müde. Sie lief los und holte das Verbandszeug aus dem Bad. Die Waffe hielt er auf sie gerichtet, während sie seinen Fuß desinfizierte und verband.

»Du hast Glück gehabt«, sagte sie. »Das ist kein tiefer Schnitt.« Die Glock ignorierte sie.

»Warum hast du das getan?«, fragte er, als sie das blutige Tuch, mit der sie die Blutung gestillt hatte, beiseite legte und sich neben ihn auf den Boden setzte, erschöpft, aufgedreht, fertig wie er.

Sie schüttelte den Kopf und deutete auf das Fenster. Das Glas war zerbrochen. »Ich war das nicht. Es kam von draußen«, sagte sie. Marius sprang auf, schrie vor Schmerz auf, als er auftrat, und humpelte ans Fenster. Im Hof war niemand zu sehen. »Jemand hat die Scheibe eingeschlagen und dann flog als Nächstes diese Flasche rein.« Jetzt erst bemerkte der Detektiv das kaputte Fenster.

Er drehte sich zu ihr um. »Hast du jemanden gesehen?«

»Es war stockfinster.«

Er nickte, zweifelte, ob er Tessa, deren eigene Mutter

sie Feuerteufel genannt hatte, glauben konnte. Doch die Glasscherben auf dem Boden schienen ihre Unschuld zu beweisen.

*

Hauptkommissarin Paula Wagner blickte in das Auge der Videokamera, die neben der Haustür angebracht war, ein mattgrauer Glaskegel, der teurer wirkte als Tür und Klingelschild zusammen. Der Summer ertönte, Paula drückte die Tür auf und nahm die Treppe in den zweiten Stock. Ein Mann von etwa 35 Jahren erwartete sie in der Tür. Sein schütteres Haar hatte er kurz geschoren, um die Halbglatze etwas weniger auffällig wirken zu lassen. Er musterte sie unbeteiligt, betrachtete ihren Ausweis kurz und bat sie hinein.

»Folgen Sie mir«, sagte er, ohne sie wirklich anzusehen, und führte sie in einen kleinen Besprechungsraum. In dessen Mitte stand ein weißer Konferenztisch, sechs Stühle drumherum. Vor zwei Stühlen hatte jemand Wasserflaschen und Gläser aufgebaut, ein Aktenordner lag neben einem der Gläser. Boris Galjenko deutete mit einer offenen Geste auf den anderen Stuhl, setzte sich und nahm den Ordner in die Hand.

»Sie kommen wegen der leidigen Juist-Geschichte?«

»Es geht nur um ein paar Details, die mit einer anderen Ermittlung zusammenhängen.«

Boris Galjenko, Inhaber der Firma Schütz-Security, nickte.

»Gibt es neue Entwicklungen in dem Fall? Soweit ich weiß, wurden die Diebe nie gefasst und das Bild zurückgekauft, oder?« Paula bestätigte Galjenko seine Fragen kurz. »Auch wenn es natürlich nie gut aussieht, wenn ein

Objekt, das wir bewachen, ausgeraubt wird, ich wüsste nicht, was wir damals falsch gemacht haben.«

»Sie können ja nicht die ganze Zeit vor dem Gebäude parken und Wache schieben. Trotzdem würde mich interessieren, ob es irgendwelche Ereignisse in dieser Zeit gab, die Sie bemerkenswert fanden.«

Galjenko schlug die Akte auf, als wollte er darin nach Antworten suchen. Paula wusste, dass er das nicht tat. Er dachte nach. Sie ließ ihm Zeit.

»Nein, nicht dass ich wüsste. Es war eigentlich alles wie immer.«

»Gab es Mitarbeiter, die kurz vorher neu in Ihre Firma gekommen sind oder kurz danach gekündigt haben?« Eine heikle Frage, das wusste Paula.

»Sie meinen, jemand, der uns benutzt hat, um sich das Bild unter den Nagel zu reißen?«

»So etwas kommt vor, oder?«

Ihr Gesprächspartner zuckte mit den Achseln. »Bei uns bewerben sich immer wieder Leute, für die ich meine Hand nicht ins Feuer legen würde. Der Punkt ist: Ich stelle die nicht ein.« Er schaute Paula das erste Mal direkt ins Gesicht.

»Könnte ich trotzdem eine Liste Ihrer Mitarbeiter bekommen, die kurz vorher gekommen oder wenige Zeit später gegangen sind?«

Galjenko seufzte, stand auf und rief jemandem im Flur zu, ihm eine Mitarbeiterliste zu drucken. Kurze Zeit später kam ein Koloss von Mann in den Raum, in seinen Pranken zwei Blätter Papier. »Danke, Alex«, sagte Galjenko, nahm die Blätter und reichte sie Paula.

»Unsere Mitarbeiter seit 2010. Inklusive Einstellungsdatum und Kündigung.«

»Sie sind gut organisiert.«

»Wir mussten die Liste damals schon für Ihre Kollegen machen. Es war einfach, sie dann weiterzupflegen. Sinnvolle Sache«, sagte er. »Alex macht so etwas sehr gründlich. Irgendwann kommt eh wieder jemand von der Polizei und stellt die gleichen Fragen wie seine Kollegen.«

Sie studierte die Liste. Die meisten Mitarbeiter, die kurz vor dem Einbruch in die Galerie eingestellt wurden, arbeiteten noch bei Schütz. »Sie haben wenig Fluktuation.«

»Schütz ist ein guter Arbeitgeber.«

»Erinnern Sie sich an den Detektiv, der vor etwa anderthalb Jahren nach dem Bild gesucht hat? Er müsste auch bei Ihnen gewesen sein.«

Galjenko kratzte sich mit der Hand seinen Dreitagebart. »Ich selber habe nur kurz mit ihm gesprochen.« Er legte die Hand nun auf den Ordner, klopfte mit dem Zeigefinger darauf. »Wenn die Polizei kommt und Fragen stellt, kooperieren wir. Das ist selbstverständlich. Aber ich bin keiner Privatperson gegenüber auskunftspflichtig.«

»Wenn ich das richtig in Erinnerung habe, kam er von einem Ihrer Auftraggeber. Er war im Namen von Juists Versicherung unterwegs, für die Sie auch arbeiten, oder sehe ich das falsch?«

»Er wirkte nicht wie jemand, der im Auftrag einer Versicherung tätig war.«

»Wie meinen Sie das?«

»Hören Sie, ich habe nicht viel mit diesem Mann geredet. Ich hatte damals andere Sachen um die Ohren.«

»Einer Ihrer Mitarbeiter hat mit ihm gesprochen?«

»Ja, Bruno war das. Er hat ihn empfangen. Wir haben hinterher noch drüber gelacht, weil wir dachten, er käme auf eine Stellenausschreibung. Stattdessen kramte er den alten Fall Juist wieder heraus.«

»Wie ich …« Paula grinste Galjenko an. Der verzog kurz die Mundwinkel. »Diesen Bruno würde ich übrigens gerne sprechen.«

Galjenko schaute kurz auf den Boden.

»Gibt es da ein Problem?«, fragte sie.

»Nun ja, Bruno ist nicht mehr bei uns.«

»Seit wann?«

»Seit ungefähr 12 Monaten.«

Paula schluckte. »Das war ungefähr zu der Zeit, als der Max Ernst wieder bei Juist auftauchte.«

Galjenko sagte nichts, entdeckte jedoch scheinbar ein ausgeprägtes Interesse an seinen Fingernägeln.

»Wo finde ich diesen Bruno?«

Ihr Gesprächspartner schien irgendetwas Interessantes an seinen Schuhspitzen entdeckt zu haben und hielt den Kopf gesenkt. Paula legte das Kinn leicht nach vorn, den Kopf schief, als versuchte sie ein kleines, bei einer Dummheit erwischtes Kind aus der Reserve zu locken. »Herr Galjenko?«, fragte sie. »Wo erreiche ich diesen Bruno?«

»Ich weiß es nicht.«

»Sie müssen doch eine Adresse haben?!«

»Er ist nach Russland zurückgegangen. Ich vermute nach Solodovka. Das ist ein kleiner Ort in der Nähe von Wolgograd. Bruno stammte von dort.«

Wolgograd. Immer wieder Wolgograd. Der Ort, an dem die Journalistin Jana Kasakowa erschossen wurde und Marius Sandmann auf einem Foto vom Tatort zu sehen war.

»Also kurz nach der Rückgabe des Ernst hat dieser Bruno – wie heißt er überhaupt weiter? – gekündigt?«

»Weiß«, antwortete Galjenko, »Bruno Weiß.«

»Haben Sie sich gestritten? Oder warum hat er gekündigt?«

Galjenkos Interesse galt nun dem Blick aus dem Fenster. Paula war versucht, sich umzudrehen und zu schauen, was es dort Spannendes zu sehen gab, so angestrengt blickte der Mann hinaus.

»Er hat nicht direkt gekündigt«, murmelte er schließlich.

»Was bitte?« Das wurden langsam zu viele Menschen, die rund um Marius Sandmann verschwunden waren. Erst Anna Kasakowa, dann der Mord an ihrer Schwester Jana, und jetzt Bruno Weiß. »Ist er einfach verschwunden?«

»Von einem Tag auf den anderen. Am Morgen fand ich eine E-Mail von ihm in meinem Postfach. Er müsste nach Hause, einige Dinge regeln. Es täte ihm leid, dass das alles so kurzfristig passierte, er würde sich melden. Sein ausstehendes Gehalt für den Monat sollte ich ihm wie immer überweisen, danach müsste ich nichts mehr zahlen.« Er schaute sie kurz an, bemerkte das Erstaunen in ihren Augen. »So etwas kommt öfter vor in unserer Branche. Security ist für viele oft nur irgendein Übergangsjob.«

Paula ging darauf nicht ein. »Haben Sie die E-Mail noch und können Sie mir die ebenfalls ausdrucken?« Sie hoffte, dass ihre Stimme für Galjenko nicht so tonlos klang wie für sie. Der nickte nur und rief nach Alex.

Wenige Augenblicke später reichte er ihr den gewünschten Ausdruck. Paula las die Mail. »War das sein üblicher Mail-Account?«

Galjenko nickte. »Sonst wäre ich misstrauisch geworden.«

»So haben Sie Ihren Landsmann ziehen lassen und sich

nichts weiter dabei gedacht, dass der sich bis heute nicht wieder bei Ihnen gemeldet hat?«

»Es gab viel zu tun.«

*

Im Wohnzimmer wartete der Detektiv darauf, dass es hell würde. Die Irritation über diesen Raum, der eingerichtet war, als wäre die Zeit in ihm stehen geblieben, und an dessen Wänden Jakobs wüste Zeichnungen daran erinnerten, welches Ereignis die Zeit zum Stehen gebracht hatte, war einer seltsamen Vertrautheit gewichen. Umso mehr registrierte Marius, dass sich etwas verändert hatte. War es die Luft, die Stimmung? Bei seinen letzten Besuchen hatte das Haus so gerochen, wie es die Jahre zuvor vermutlich ebenfalls gerochen hatte. Nach Staub, langsam vermodernden Stoffen und ausgebleichtem Papier. Nach zu wenig Sauerstoff. Abgestanden.

Er schnüffelte und bildete sich ein, einen Hauch von Aftershave zu riechen. Mit neu erwachtem Interesse sah er sich in dem Zimmer um. Wo würde jemand hingehen, der dieses Haus das erste Mal betrat – so wie er vor wenigen Tagen? Zu den Bildern an den Wänden, entschied er, und zu den Schnitzereien an den Möbeln. Er ging hinüber zu den Kugelschreiberzeichnungen, schaute auf den Boden, suchte nach Veränderungen im Teppich, Abdrücken, irgendetwas, das ein möglicher weiterer Besucher hinterlassen haben könnte. Nichts. Ebenso wenig vor dem Schrank mit den Schnitzereien.

Er wollte sich schon auf den Weg nach oben machen, als sein Blick auf die Kante des Schrankdeckels fiel. Das Licht der aufgehenden Sonne, die in dünnen Strahlen durch die Ritzen der Rollos vor den Fenstern fiel, strahlte den Staub an, der in einer feinen Schicht den oberen Teil des Schranks bedeckte, kaum einen Millimeter hoch. Zwei Stellen blieben dunkel.

Marius griff mit den Händen neben diese Stellen und zog sich hoch, sodass er die Oberseite des Schrankes betrachten konnte. Zwischen seinen Händen sah er zwei Handabdrücke im Staub. Er ließ sich auf den Boden zurücksinken. Der Schrank verrutschte leicht, die Gläser darin klirrten. Der Privatdetektiv wagte kaum zu atmen, als er schließlich wieder stand. Er hätte besser die Waffe mitgenommen, dachte er, als er sich auf den Weg machte, um das Haus nach weiteren Spuren des anderen Eindringlings abzusuchen.

Er begann im Erdgeschoss, weder in der Küche noch im Flur oder der Toilette fand er etwas. Vorsichtig drückte er die Klinke der Haustür von innen herunter. Sie war verschlossen. Er ging die Treppe hinab in den Keller, durchsuchte die Räume unten, fand keine weiteren Spuren eines Eindringlings. Es blieben nur der Hauch von Aftershave und die Fingerabdrücke auf dem Schrank.

Mittlerweile war es im Haus hell genug, um die Bilder genauer zu betrachten. Deshalb kletterte er die zerstörte Treppe in den ersten Stock hoch. Oben am Rand der Stufen verharrte er lauschend. Er überprüfte das Elternschlafzimmer und das Bad. Niemand. Dann öffnete er die Tür zu Jakobs Zimmer. Als einziges im Haus war es völlig unmöbliert. Als wäre nur er vor Jahren hier ausgezogen.

Die Wände allerdings waren mit einer Sorgfalt ausgemalt, die die anderen Räume übertraf. Wieder dachte Marius an Hieronymus Bosch. Dämonen, Teufel, Feuer, Waffen, Gewalt, düstere, durch Rauch verdunkelte und tiefschwarze Himmel, grelle orange Flammen, blutüberflutete Böden, drumherum eine Art Waldlandschaft. Wieder bestand alles noch aus etwas anderem. Die Dämonen aus kleineren Dämonen, aus Drachen oder Teufeln, aus kleinen Schwertern oder Steinen, die wiederum selbst aus anderen Monstrositäten zusammengesetzt waren. Alle waren in Bewegung, stürzten sich aufeinander, zerfleischten und töteten sich gegenseitig, wandten sich im gleichen Augenblick dem Betrachter zu, als wollten sie ihn in ihre blutige Orgie des Gemetzels mit hineinzerren. Und natürlich die Tiere: Katze, Eidechse, Wildschwein, Adler. Mal Täter, mal Opfer. Die anderen Zimmer waren ein Albtraum. Das hier war die Apokalypse.

Marius stand mittendrin und blickte von einer Wand zur anderen, hoch an die Decke, in der die schwarzen Rauchwolken bedrohliche Gesichter zeichneten, die sich auf ihn stürzten, und hinab auf den Fußboden, ursprünglich helles, freundliches Laminat, in dessen blutroter Färbung Marius Jakobs unvermeidliche Schnitzereien erkennen konnte. Er fotografierte die vier Wände und alle Details, die ihm aufschlussreich erschienen. Als er näher an die Wände herantrat, erkannte er, dass sich Jakob gleich mehrfach selbst in den Dämonen, den Drachen, den Teufeln dargestellt hatte. Er saß in den Bäumen, blieb in den menschlichen Figuren erkennbar, die zum Opfer der Dämonen wurden. In anderen erkannte er Jakobs Eltern. Nur Claras Gesicht suchte er vergeblich. Auch die Prinzessin trug es nicht. Sie besaß überhaupt kein Gesicht. Nur Dutzende Arten zu sterben. Vom Stein erschlagen, verbrannt, erhängt, von einem Dämon erwürgt, einem Drachen zerfleischt – nicht wenige davon trugen Jakobs Züge. Dieses Zimmer war Jakob Maternus' Hölle gewesen. Die Strafe für den Tod seiner Schwester. Zu gerne würde er es Simone Aichhorn zeigen. Vor Gericht mochte dieser Raum als Beweis nicht taugen. Aber er ließ keinen Zweifel daran, wen Jakob Maternus für den Tod seiner Schwester verantwortlich machte: sich selbst.

Zurück im Büro rief er Simone Aichhorn an. Sie ging nicht ans Telefon, rief ihn 20 Minuten später zurück.

»Ich würde Ihnen gerne etwas zeigen«, sagte er.

Sie schwieg einen Augenblick, etwas zu lange, wie er fand. Lange genug jedenfalls, dass er sich nach dem Telefonat noch einmal eingehender mit Simone Aichhorn beschäftigte. Anschließend fuhr er noch einmal ins Haus zurück und fand in den Bildern im Schlafzimmer, was er suchte.

11

Sonja Werstenkiel hatte die Kamera und die Mikros in ihrer Wohnung entfernt, nachdem sie dem Detektiv ihr Schlägerkommando vorbeigeschickt hatte. Marius verzichtete darauf, sie wegen des Überfalls zur Rede zu stellen. Es würde sowieso nichts bringen. Er würde seine Überwachung fortsetzen, sie überführen. Fertig. Denn der kleine Sender unter Bobby Schmitz' Mini arbeitete nach wie vor zuverlässig und informierte Marius Sandmann, dass er nur circa 100 Meter von der PR-Agentur Werstenkiel entfernt parkte.

Dem Detektiv blieb genug Zeit, bis er sich mit Simone Aichhorn traf. Er desinfizierte die Wunden am Kopf und vor allem am Fuß gründlich, dann ging er zum Vito. Wenn er den Schmerz beim Auftreten akzeptierte, konnte er fast normal gehen. Auch beim Gasgeben ließ er sich aushalten.

Er fuhr hinunter nach Marienburg und sah noch, wie Sonja und Bobby mit Paketen unter dem Arm das Haus Egon Werstenkiels verließen. Er fotografierte sie. Beide stiegen in den Mini. Ein paar weitere Bilder. Marius ließ die Kamera sinken und schüttelte den Kopf. Wie dreist und wie dumm das Mädchen war! Er ließ den Mini fahren. Eine Verfolgungsjagd war zu riskant. Schmitz kannte seinen Wagen und selbst, wenn er ihn nicht für den Allerhellsten hielt, musste er sein Glück nicht überreizen. Der Sender würde ihm schon alles sagen, was er wissen wollte, und er konnte ausreichend Abstand halten. Also folgte er dem kleinen roten Punkt auf dem

Empfangsgerät, den Gürtel hoch bis zurück nach Ehrenfeld, wo Schmitz den Mini auf den Parkplatz einer Self-Storage-Firma lenkte.

Von der Straße aus beobachtete er, wie die zwei jungen Leute mit den Paketen unter dem Arm im Gebäude verschwanden. Marius parkte auf dem Seitenstreifen und folgte ihnen. Innen war alles ruhig, der Vorraum war unbesetzt, in der ersten Etage hörte der Detektiv, wie eine Tür aufgesperrt wurde, und aus dem Treppenhaus sah er, wie die beiden die Pakete hineintrugen. Auch hier ein paar Fotos. Zum Glück ließ sich die Kamera am Smartphone stumm schalten. Bevor die beiden wieder aus dem Raum hinaustraten, eilte er die Treppe hinunter und versteckte sich in dem verlassenen Vorraum, bis Sonja und Bobby das Gebäude verließen und er den Mini vom Parkplatz fahren hörte. Dann kehrte er zurück in die erste Etage. Der lange Gang mit den roten Metalltüren erinnerte ihn an ein Gefängnis. Er fotografierte die Tür zu Bobbys und Sonjas Lager, dokumentierte die Raumnummer. Kurz untersuchte er die Tür. Sie war nicht so leicht zu knacken wie Sonjas Wohnungstür. Warum sollte er sich die Mühe machen? Er hatte die Fotos, die er per E-Mail an Werstenkiel schickte. Sollte der sich um alles Weitere bemühen.

Die Psychologin blickte auf die Fotos in Marius' Handy, wischte mit dem Zeigefinger über den Bildschirm und schaute sich das nächste Bild an.

»Wo haben Sie die gemacht?«, fragte sie, als sie Marius das Telefon zurückgab.

»Spielt das eine Rolle?«

»Vielleicht.«

»Was halten Sie von den Bildern?«

Sie zuckte mit den Achseln. »Sie sind beeindruckend. Aber sie sind trotzdem auf einem Holzweg.«

Marius wischte nun seinerseits mit dem Zeigefinger über die Bilder und zeigte ihr das Foto, das er zuletzt aufgenommen hatte, eine akkurat gekleidete Frau, Hand in Hand mit Jakobs Vater. »Das sind Sie, nicht wahr?«

Sie nahm das Handy, betrachtete das Bild lange. Länger als sie Jakobs andere Gemälde studiert hatte. »Was wollen Sie mir jetzt sagen?«

»Sie waren keine Freundin von Hanna Maternus. Sie waren eine Bekannte ihres Mannes.«

»Ja und?«

»Wie nah standen Sie sich?«

»Worauf wollen Sie hinaus?« Ihre Finger umklammerten sein Smartphone, die andere Hand zitterte leicht. Der Ärmel ihres dünnen grauen Leinenblazers wackelte mit. Es sah aus wie eine Mauer, die von einem Erdbeben erschüttert wurde. Marius wollte sie zum Einsturz bringen.

»Sie hatten ein Verhältnis mit Bernd Maternus.«

Sie presste die Lippen zusammen.

»Zu der gleichen Zeit, als Clara Maternus verschwand und sie Jakob behandeln sollten.«

Eine Träne blinkte unter dem linken Auge der Therapeutin.

»Er war so verdammt einsam.« Sie wischte die Träne beiseite. »Wir kannten uns noch von der Schule. Ich war verliebt in ihn. In der 6. Klasse. Dann haben wir uns aus den Augen verloren, bis ich nach meinem Studium zurückgekehrt bin und meine Praxis aufgemacht habe.«

»Da war Bernd bereits verheiratet.«

»… und hatte zwei Kinder. Deswegen habe ich nichts mit ihm angefangen. Aber Hanna hatte irgendwie einen

Narren an mir gefressen. Dauernd lud sie mich zu sich nach Hause ein, sah so etwas wie eine beste Freundin in mir. Sie wollte alles über mein Studium wissen, meine Arbeit …«

»Sie hat selber nicht studiert, oder?«

»Sie ist schwanger geworden mit Jakob. Da hat sie das Studium abgebrochen und nie beendet.«

»Ging die Initiative von Bernd aus? Von Jakobs Vater?«

»Erst einmal ging da gar nichts von irgendwem aus. Als Clara verschwand, hat er sich das erste Mal bei mir gemeldet. Da …« Sie zögerte, strich sich kurz mit den Fingern über die knallroten Lippen. »Da ist es passiert. Der Mann war fertig, ich hatte ihn einfach nur im Arm gehalten.« Sie schaute ihn kurz an. »Ich weiß, dass das schlecht war. Unprofessionell. Falsch. Unmoralisch. Was immer Sie mir vorwerfen wollen: Sie haben recht damit.«

»Wie hat Jakob es herausgefunden?«

»Ich weiß es nicht.« Sie weinte nun richtig. Marius reichte ihr ein Taschentuch. »Der Junge war …«, einige Sekunden schwieg sie, suchte nach dem richtigen Wort, der Detektiv bedrängte sie nicht. »Er war unheimlich. Lauernd. Es war, als hätte niemand Geheimnisse vor ihm.«

»Und Hanna? Hat er es ihr gesagt?«

»Das glaube ich nicht. Er hat ja überhaupt nichts gesagt.«

»Vielleicht hat sie seine Bilder richtig gedeutet? War da etwas, das Sie hätte verraten können?«

»Ich weiß es nicht, ich weiß es wirklich nicht. Sie rief nur eines Tages an, dass Jakob nicht mehr kommen würde. Das war das Letzte, was ich von den beiden gehört habe. Bis zu Bernds Tod.«

Marius blickte sie an. Konnte er ihr glauben? »Wusste Clara von Ihrem Verhältnis?«

»Nein, das glaube ich nicht.«

Sie hat mich also angelogen, dachte er. Sie hatte bereits eine Affäre mit Bernd Maternus, als Clara noch lebte.

*

Paula Wagner blickte über den Adenauer Weiher hinweg in den Wald hinein. Nur einige wenige morgendliche Spaziergänger waren unterwegs. Sie hatte ihren Wagen mit einem Hinweis auf ihre Dienststelle am Wegrand geparkt. Weiter konnte sie nicht in den Park hineinfahren, den die Kölner so großspurig »Stadtwald« nannten und den sie einfach nicht ernst nehmen konnte. Sie war in einem richtigen Wald groß geworden. Unten in Franken, wohin sie seit Jahren nicht zurückgekehrt war. Ihr Vater lebte noch dort. Manchmal, ein oder zweimal im Jahr, rief sie ihn an. Meist schwiegen sie dann eine halbe Stunde, bis einer von ihnen grußlos auflegte.

Dieses Mal würde sie planvoller vorgehen als bei ihrem ersten Besuch im Stadtwald. Irgendwo südlich der Junkersdorfer Straße, in der Nähe des Adenauer Weihers habe die Übergabe stattgefunden, hatte Wolters erzählt. Mehr hatte der Detektiv ihm damals nicht gesagt, was dem Mann von der Versicherung nur recht gewesen sein konnte. Je weniger er wusste, umso weniger Verantwortung musste er übernehmen, wenn etwas schief ging. Paula hatte sich Karten und Satellitenbilder der Gegend angeschaut und sich gefragt, wo sie, wäre sie jemand, der ein Kunstwerk entführt hatte, um Lösegeld zu erpressen, ein geraubtes Bild übergeben würde.

An der Nordseite des Weihers lag der Club Astoria, ein ehemaliges Offizierskasino der belgischen Armee. Dessen Parkplatz hatte sie zunächst in Erwägung gezogen. Der nahe Fahrweg und die freie Sicht, die sich von den Wiesen hinter dem Stadion auf den Parkplatz boten, sprachen allerdings gegen ihn.

Irgendwo abseits hätte sie sich mit Marius getroffen, ungestört, spätabends, nicht zu weit von einer festen Straße entfernt, als dass nicht doch eine vielleicht notwendige Flucht möglich blieb. Im Idealfall in mindestens zwei Richtungen. Sie hatte sich einige Stellen, die ihr geeignet erschienen, Orte, die sie gewählt hätte, auf einem Ausdruck eines Satellitenbildes markiert.

Die Hauptkommissarin verließ die Wege und schlug sich ins Gebüsch. Sie hatte ihre Markierungen mit Nummern versehen. Ihre erste Wahl fiel durch. Wenige Meter entfernt führte ein Pfad durch den Wald, doch um zu einem der möglichen Fluchtwege zu gelangen, musste man einen kleinen Abhang hinauflaufen. Eine unnötige Schwierigkeit, die sie abgehalten hätte, den Ort zu wählen.

Zur Sicherheit stocherte sie mit einem Stock, den sie bei sich trug, in den Blättern und im Erdreich herum, um vielleicht irgendetwas zu finden, was wenigstens im Ansatz eine Spur sein könnte. Sie wusste, dass ihre Chancen dafür miserabel standen. Auf der anderen Seite konnte sie auf ihre Erfahrungen aus ihrer Kindheit zurückgreifen. Sie würde Veränderungen sehen, die niemand sonst wahrnahm, Dinge, die nicht an ihrem Platz waren, Äste zum Beispiel, Erde, die ausgetreten aussah. Irgendetwas, das noch nach einem Jahr auf den Ort hinwies, an dem die Bildübergabe stattgefunden hatte, bei der Marius Sandmann das Max Ernst-Gemälde erhalten hatte.

Zum Abschluss ließ sie den Ort noch einmal auf sich wirken. Ein paar Tauben gurrten in einem Baum. Sollten die anderen Plätze ebenso wenige Hinweise liefern, würde sie hierhin noch einmal zurückkommen.

An ihrer zweiten Stelle, nah am Ufer des Adenauer Weihers, verharrte sie länger. Der Boden war von Blättern befreit worden. Allerdings fand sie persönlich diesen Ort zu gut einsehbar. Ein zufälliger, später Spaziergänger, jemand, der auf der nahen Wiese grillte und sich am Waldrand erleichtern wollte, drohten, unfreiwillig Zeugen zu werden. Die Vorteile der guten Fluchtmöglichkeiten wogen das Risiko, gesehen und später erkannt zu werden, nicht auf.

Sie ging weiter. Viele andere hätten sich schwer getan auf dem unebenen Boden, die knirschenden, glitschigen Blätter unter den Füßen, kahle, dünne, fast nicht zu sehende Äste in Augenhöhe, die schmerzhaft ins Gesicht schnellen konnten. Paula jedoch ging, als wäre sie auf einer geteerten Straße unterwegs. Am Rand einer winzigen Lichtung blieb sie stehen. Der Boden fiel hier in eine Kuhle ab. Möglicherweise ein alter Bombenkrater aus dem Zweiten Weltkrieg? Eine gute Deckung, wenn man sich verstecken wollte. Auf der anderen Seite bot der Kraterrand einen hervorragenden Platz, um die Umgebung zu beobachten. Ein idealer Platz. Sie stocherte mit dem Stock im Boden herum, wühlte sich durch tote Blätter, die Augen auf den Boden gerichtet. Unter einigen lose herumliegenden Ästen bemerkte sie mit dem Stock eine kleine Wölbung aus locker aufgeschüttetem Erdreich. Daneben war der Boden so fest wie überall woanders. Vielleicht sogar ein wenig fester. Als hätte jemand mit einem Spaten darauf herumgeklopft. Hier hatte jemand Erde ausgehoben, ein Loch gegraben, es wieder zugeschüttet und sorgfältig mit Blättern und Ästen getarnt. Sie schob mehr Laub beiseite, hob mit erstaunlicher Kraft zwei Äste hoch, die ihr im Weg lagen. Es musste ein sehr starker Mann gewesen sein, der die Äste hierher gebracht hatte.

Sie versuchte, mit dem Stock das Erdreich zu lockern, musste bald einsehen, dass das aussichtslos war. Notdürftig deckte sie alles wieder mit Laub zu. Nicht dass ausgerechnet jetzt jemand vorbeikam und ihre Grabung entdeckte. Auch wenn sie keine Ahnung hatte, was dort vergraben war und ob es überhaupt mit Marius Sandmann und der Übergabe des Bildes von Max Ernst zusammenhing, sie wollte es als Erste herausfinden. Ihr Instinkt sagte ihr sowieso, dass sie Unerfreuliches dort aus dem Erdreich heben würde. Und dass es mit Sandmann zu tun hatte. Als sie mit ihrer notdürftigen Tarnung fertig war, die Blätter halbwegs die Stelle verdeckten, verließ sie den Platz und eilte zum Wagen zurück.

*

Der Privatdetektiv stand vor der Tür des einzigen Zimmers, das er noch nicht betreten hatte. Seine Hand lag auf der Türklinke, er zögerte. Es war der Raum, den er am meisten fürchtete. Mehr noch als Jakobs Zimmer. Er war überzeugt, dass das Zimmer seiner Schwester ihm noch mehr abverlangen würde. Fast erwartete er, hinter der Tür läge die Leiche des seit 20 Jahren verschwundenen Mädchens. Noch einmal atmete er tief ein, dann drückte er die leicht gerundete Klinke, die als einzige im ganzen Haus einen matten Glanz bewahrt hatte, herunter und schob die Tür vorsichtig auf.

Das Fenster lag zur Morgensonne hin. Rot-gelb gemusterte Vorhänge mit bunten, aufgedruckten Figuren aus

Kinderbüchern hingen davor. Sie wölbten sich, ein sanfter Luftzug wehte durch den Raum, der sich erst wieder legte, als der Detektiv die Tür hinter sich schloss. Überall im Haus roch es muffig, hier jedoch sorgte das gekippte Fenster für Frischluft. Marius vermutete, dass Jakob das Fenster diesen Spalt breit geöffnet hatte. Es roch nach Lavendel.

In allen Ecken des Raumes konnte er Duftsäckchen liegen sehen, drei in jeder Ecke. Er nahm eins hoch und hielt es sich vor die Nase. Wollte damit jemand den Verwesungsgeruch einer Leiche überdecken? Der Detektiv schaute in und unter das Bett, öffnete den Schrank des Mädchens, konnte keine Leiche finden. Auch die Wände und Böden schienen keinen Hohlraum zu verbergen, in dem man eine verweste Kinderleiche lagern könnte.

Das Verstörendste an diesem Zimmer war seine Gewöhnlichkeit. Es wirkte, als könnte Clara jeden Augenblick zur Tür hereinspringen. So ausgiebig Marius suchte, er fand keinerlei Spuren von Jakobs Malereien. Nirgends. Er stand in einem Kinderzimmer aus der Mitte der 90er Jahre. Ein kleines Bett aus Weichholz, Schrank und Schreibtisch aus dem gleichen hellen, freundlich wirkenden Material, Teppichboden und Tapeten in Farben und Mustern auf die Vorhänge abgestimmt. In der Ecke hinter der Tür Plastikboxen von IKEA, mit Spielzeug vollgestopft. Am hinteren Rand des Schreibtischs Erstlesebücher für 6-jährige Mädchen, ein Kinder-Laptop davor in Lila und Pink. Auf die Holzflächen von Schreibtisch, Bett und Schrank waren Blumen, Schmetterlinge, Feen und Prinzessinnen geklebt. Nicht von Jakob, davon war Marius überzeugt. Die Aufkleber, teilweise glitzernd, teilweise in 3D-Effekten, hafteten schon Jahre an den Möbeln.

Dies hier war die Gegenwelt zu Jakobs wüsten Malereien, zu seinen Teufeln und Dämonen. Das Paradies, dachte Marius spontan. Das Paradies eines kleinen Mädchens. Gleichzeitig seine Gedenkstätte. War es Jakobs Art, Abbitte zu leisten? Eine Art Wiedergutmachung, der Versuch, die Schwester, die er getötet hatte, in diesem Zimmer lebendig zu halten? Nur: Warum war Jakob dann getötet worden? Warum waren seine Bilder verschwunden? Wusste sein Mörder von diesem Haus? Konnte es ihn verraten? Oder war Marius, wie Simone Aichhorn behauptete, auf einer völlig falschen Spur? Gab es gar keinen Zusammenhang zwischen Jakobs Tod und dem Verschwinden seiner Schwester? War alles nur ein tragischer Zufall, ein kaputtes Leben mit einem ebenso sinnlosen, grausamen Tod? Er machte einige Fotos mit dem Smartphone, dann verließ er Clara Maternus' Zimmer. Im Flur fiel ihm plötzlich die Klappe zum Dachboden auf. Sie stand offen.

12

In ihrem Honda sitzend, suchte Paula Wagner über ihr Smartphone nach dem nächstgelegenen Baumarkt. Sie brauchte keine fünf Minuten, um über den Militärring und die Widdersdorfer Straße hinzugelangen. Ohne den vor sich hinschleichenden blauen Toyota auf dem ersten Stück hätte sie es in drei geschafft, dachte sie grimmig.

Immerhin gelangte sie in der Zeit zu ihrem Ausgangspunkt zurück, sodass die Hauptkommissarin nach nicht einmal einer halben Stunde mit einem Klappspaten erneut vor ihrem Aushub im Wald stand.

Sie zog sich Einweghandschuhe über, die sie im Auto liegen hatte, und begann zu graben. Es dauerte trotz der Kälte Schweiß treibende anderthalb weitere Stunden, ehe unter ihrem Spatenstich etwas knackte. Vorsichtig entfernte sie letzte Reste dunkelbrauner Erde, bis sie den Ärmel einer schwarzen Lederjacke freigelegt hatte. Sie drückte ihn. Darunter steckte ein Ellenknochen, der unter dem Spatenstich gebrochen war.

Für einen Moment hielt sie inne. Den linken Fuß auf dem Spaten aufgestützt, betrachtete sie den Ärmel. Könnte es vielleicht doch einfach nur eine Jacke sein? Sie wusste, dass das nicht stimmte.

Jetzt spätestens hätte sie die Kollegen von der Spurensicherung anrufen und aus ihren privaten Ermittlungen eine offizielle Untersuchung machen müssen. Stattdessen setzte sie sich auf einen Baumstumpf und schaute eine Viertelstunde stumm, unbeweglich und nachdenklich auf den

Arm im Waldboden. Ihre Hände zogen an ihren Lippen. Sie kniff sie, das half ihr beim Denken. Schließlich wählte sie aus zwei schlechten Alternativen, offizielle Untersuchung oder Leiche einfach wieder eingraben, die dritte. Sie stand auf, nahm den Spaten wieder in die Hand und grub vorsichtig weiter, um Oberkörper und Schädel des Skeletts freizulegen. Hautfetzen klebten zum Teil noch an den Knochen. Immer wieder schaute sie sich um, ob keine Spaziergänger in der Nähe waren, die sie sehen konnten. Zum Glück war der Wald um diese Jahreszeit ruhig. Sie hockte sich hin und untersuchte die Lederjacke des Leichnams. Sie wies mehrere Einschusslöcher auf. Sieben zählte die Hauptkommissarin. Das war keine professionelle Hinrichtung, kein Mord unter Kriminellen gewesen. Dann hätte sie eine Einschusswunde im Schädel und eine weitere vielleicht noch im Nacken gesehen. Wenn der Schuss die Wirbelsäule getroffen oder zumindest gestreift hätte. Vielleicht hätte der Täter noch eine dritte Kugel in die Brust gejagt, wenn die Situation unübersichtlich gewesen wäre, sich das Opfer gewehrt hätte. Sieben Schüsse in den Körper waren ein Zeichen, dass bei diesem Mord viel Wut, fast schon Raserei im Spiel gewesen waren. Wut, Angst oder Verzweiflung.

Sie hob die Lederjacke mit der linken Hand an, um mit rechts in der Innentasche zu wühlen. Wie sie erwartet hatte, waren die Taschen des Toten leer. Eine Weile betrachtete sie die Lederjacke. Ein gewöhnliches Modell, wie es vermutlich in jeder Herrenabteilung eines Kaufhauses auf der ganzen Welt zu kaufen war. Dann widmete sie sich wieder der Grabung. Um den Schädel herum buddelte sie vorsichtiger. Hinter sich hörte sie plötzlich ein Geräusch. Sie hielt inne. Wartend. Lauschend. Schritte, ein Rascheln, als würde ein Tier durch das Unterholz rennen. Sie ging ganz tief in die Hocke und hoffte, in der Kuhle nicht wahrgenommen zu werden. Vorsichtig lugte sie über deren Rand. Ein Hund schaute ihr fast direkt ins Gesicht und lief neugierig auf sie zu. Er witterte den Leichnam. Paula wedelte mit dem Arm, um ihn davon zu jagen. Erst ein Pfiff erlöste sie. Der Hund wandte sich um und rannte in Richtung Weg davon. Durch die kahlen Bäume konnte sie einen grauhaarigen Spaziergänger in roter Funktionsjacke erkennen, dem sich der Labrador anschloss. Sie verharrte einige Minuten angespannt in ihrer hockenden Position, dann erst wandte sie sich wieder den Knochen hinter sich zu.

Als sie den Schädel nach einer Viertelstunde freigelegt hatte, machte sie eine Pause. Ledrige Hautreste klebten an wenigen Stellen des Knochens. Waren das die Überreste von Bruno Weiß? Sie grub mit den Fingern um den Schädel herum, bis sie seinen Nacken erreicht hatte, klappte die Lederjacke um, sodass sie das Schild darin sehen konnte. Kyrillische Buchstaben. Russisch. Bruno Weiß stammte aus Russland. Es passte also, auch wenn es kein Beweis war. Hatte er das Bild von Max Ernst gestohlen? Er arbeitete bei der Sicherheitsfirma, die die Galerie überwachte, und auch wenn der Diebstahl wie ein klassischer Einbruch ausgesehen hatte, sprach manches dafür, dass die Diebe um den Wert des Gemäldes und die Sicherheitsvorkehrungen der Galerie Juist gewusst hatten.

Sie lauschte, hörte das Rauschen der nahen Straße, ein paar Vögel, die der Kälte trotzten, mehr nicht. Mit der Taschenlampe ihres Smartphones leuchtete sie zwischen die Rippenknochen des Skeletts, grub mit den Fingern vorsichtig im losen Erdreich darunter. Der Druck von oben hatte den Brustkorb eingedrückt. Das Innenfutter der Lederjacke wirkte wie zerfressen, das Leder aber war heil geblieben. Nach einer Weile fand sie, wonach sie suchte. Der Verwesungsprozess hatte die Kugeln, die den Mann getötet hatten, freigegeben, die Lederjacke hatte sie davor bewahrt, im Erdreich zu verschwinden. Vorsichtig griff sie mit Daumen und Zeigefinger nach einer der Patronen und zog sie heraus. Sie betrachtete das kleine Geschoss, dann steckte sie es vorsichtig in die Jackentasche, worin sie zur Sicherheit eine weitere Kugel packte.

*

Instinktiv tat Marius Sandmann das Richtige, nachdem er die offene Klappe in den Speicher gesehen hatte. Er wirbelte herum, einen möglichen Angreifer hinter sich vermutend, in der kleinen Ecke zwischen der Tür zu Claras Zimmer, dem Treppenabsatz und der Wand.

Der Eindringling war ihm den entscheidenden Schritt voraus. Der Privatdetektiv hatte sich noch nicht halb herumgedreht, da traf ihn ein Schlag an der Schläfe. Ein dumpfer, metallischer Schmerze breitete sich hinter seiner Stirn aus, die Wucht des Schlages ließ ihn zurück taumeln, er verlor das Gleichgewicht, stolperte fast über die eigenen Füße. Die Wunde von den Schlägen auf dem Parkdeck platzte auf, Blut lief ihm in die Augen. Es gelang ihm gerade noch, sich an der Wand abzustützen. Er versuchte zur Besinnung zu kommen, sich zu wehren, da traf ihn der zweite Schlag auf der anderen Seite der Stirn und schleuderte ihn mit dem Kopf gegen die Wand. Es fühlte sich an, als zerplatzte sein Schädel. Seine Knie wurden weich, fast sank er zu Boden, presste die Hand mit all seiner Kraft gegen die Wand, um stehen zu bleiben, um eine Möglichkeit zu haben, den Angreifer abzuwehren. Sein Blick war verschwommen. Blutig verschmiert. Er sah die Bewegungen seines Gegners, Farben, den Lichtschein aus Claras Zimmer, die Dunkelheit der Ecke und des unten liegenden Wohnzimmers. Als hätte Gerhard Richter den Angriff gemalt, dachte er, als ihn der nächste Schlag auf den Hinterkopf traf. Nun sank er auf die Knie, ein leichtes Opfer, der vierte und fünfte Schlag seines Gegners schmerzten fast nicht mehr. Der Detektiv merkte nicht, wie er zusammensackte, den Halt verlor und die Treppe hinunterstürzte, an deren Ende er halb auf der vorletzten Stufe hängend liegen blieb, die Beine über dem Abgrund taumelnd, der sich unter ihm in den Keller auftat. Auch den Tritt, mit dem ihn der andere in den Keller hinabstieß, spürte er nicht mehr.

TEIL III
OFF TO NEVERNEVERLAND

1

Rechtsmediziner Volker Brandt hielt die Patrone mit einer Pinzette ins Licht seiner Schreibtischlampe und betrachtete sie lange durch das Metallgestell seiner neuen Pilotenbrille. Er sah aus, als wollte er allein durch hartnäckiges Anstarren die Waffe erkennen, aus der diese Kugel abgefeuert worden war. Seine Körperhaltung blieb unverändert, leicht nach vorne gebeugt, den Ellbogen auf dem Tisch, die Hand mit Pinzette und Kugel vor sich, als er den Blick hob und auf Paula richtete. Die Hauptkommissarin saß ihm gegenüber auf dem Besucherstuhl ihres früheren Liebhabers.

»Du willst mir also nicht sagen, woher du diese Kugel hast?«

»Vorerst nicht, nein.«

»Ist das eine offizielle Polizeiermittlung?«

»Nicht direkt.« Sie hätte Brandts Blick in diesem Moment gerne standgehalten.

»So, so.«

»Es geht um eine Sache, an der ich dran bin.« Sie spielte nervös mit den Fingern am Kragen ihrer Lederjacke. »Ich habe leider noch nicht genug Material, um offiziell eine Ermittlung einleiten zu können. Ein heikler Fall.«

»Du leitest die Abteilung für ungeklärte Fälle, den Friedhof, wie sie das bei euch nennen.«

Sie lächelte gequält. »Danke, dass du mich daran erinnerst. Mir war ganz entfallen, welche Aufgabe ich bei der Polizei habe.«

Brandt ließ sich durch Paulas Ablenkungsmanöver nicht aus dem Konzept bringen. Er verharrte, den Blick stur auf die Hauptkommissarin gerichtet, seine Gedanken einer gnadenlosen Argumentationskette folgend.

»Du eröffnest keine Ermittlungen. Du nimmst dir eine alte Akte, schaust nach, was du hast, und schnüffelst ein bisschen herum.«

»Genau das tue ich ja. Aber du weißt, wie das ist! Die Chefs wollen Resultate sehen. Bevor ich also mein ganzes Team losschicke, um in einem neuen Fall zu ermitteln, prüfe ich lieber, ob die bisherigen Hinweise einen solchen Aufwand lohnen.«

»Und meinen Aufwand kannst du nach Belieben anfordern?«

»Dein Aufwand lohnt sich immer.«

Brandt ließ die Pinzette langsam sinken und die Patrone in eine kleine Schale fallen. Das Metall klirrte, als es auf das Glas traf. Die Patrone rollte eine Weile im Kreis, ehe sie zu liegen kam. Zweimal tippte der Rechtsmediziner mit der Pinzette auf seinen Schreibtisch und dachte nach.

»Es soll keinen offiziellen Bericht geben und keine Abrechnung?«

»Erst einmal nicht, nein.«

Sie schwiegen.

»Du weißt, dass du als Polizistin über jeden deiner Schritte Rechenschaft ablegen musst? Gerade wenn es um Schusswaffengebrauch geht!«

»Das muss nicht deine Sorge sein. Gib die Kugel einfach einem Techniker in die Hand, versucht etwas über die Waffe herauszufinden, aus der sie stammt, und gib mir Bescheid, wenn ihr etwas habt. Dann sehen wir weiter.«

»Ist das eine Polizeikugel?«

»Wie kommst du darauf?«

»Weil du meistens, wenn du dir Ärger einhandeln willst, gegen einen Kollegen ermittelst.«

Paula dachte kurz, dass ihr diese Ermittlung möglicherweise noch mehr Ärger einbringen würde als alles, was sie bisher gegen eigene Kollegen vorgebracht hatte, und was sie auf den Abschiebeposten der Friedhofsleitung gebracht hatte. Auf einer persönlichen Ebene war ihr der verschlossene Detektiv näher als die meisten Kollegen. Brandt redete weiter. »Mich wundert sowieso, dass das Kommissariat für Beamtendelikte dich noch nicht abgeworben hat.«

»Glaubst du wirklich, die wollen jemanden haben, der ernsthaft ermittelt?« Einige kurze Sekunden schaute Brandt sie noch an, dann packte er die Patrone in ein kleines Plastiktütchen, schrieb mit einem roten Filzschreiber etwas auf den Aufkleber auf der einen Seite des Tütchens und legte es dann in ein Ablagefach.

»Es kann ein paar Tage dauern.«

»Es eilt nicht«, erwiderte Paula nicht aufrichtig. Am liebsten wäre sie gleich mit dem Ergebnis der Untersuchung aus dem Institut am Melatengürtel herausspaziert.

»Wirst du auf deine alten Tage etwa geduldig?«, antwortete Brandt, ohne auch nur einen Gesichtsmuskel zu verziehen.

*

Wärme.

Angenehme, wohlige Wärme.

Es knisterte leise.

Um ihn herum schien alles friedlich, schön und warm zu sein, während in ihm der Schmerz tobte. Er versuchte, die

Augen aufzuschlagen, es gelang ihm nicht. Warum auch? Er konnte einfach hier liegen bleiben und warten, bis der Schmerz nachließ. Sein Kopf dröhnte, Stirn und Hinterkopf, sein ganzer Körper schmerzten. Blut pochte in seinem Schädel. Er versuchte, sich zu erinnern, er wusste nicht einmal, wo er war.

Die Augen öffnen.

Schauen.

Sich orientieren.

Später.

Es knisterte weiter. Holz knackte. Die Wärme breitete sich aus. Wäre sein Schädel nicht gewesen, hätte er beinah sagen können, dass er sich gut fühlte.

Schließlich führte er seine rechte Hand langsam zum Kopf, tastete nach den Beulen und Wunden.

Ja. Er war angegriffen worden. In Jakobs Haus.

Das Knistern wurde lauter. Es roch. Irgendwo brannte es. Holz fiel krachend neben ihm auf den Boden. Erschrocken schlug er die Augen auf. Es war dunkel. Von oben flackerte Licht herab. Unmittelbar vor ihm lag ein Stück Holz. Er brauchte einen Moment, um darin eine Treppenstufe zu erkennen. Das helle, lackierte Holz wies einige schwarze Ränder auf, am hinteren Rand züngelten fünf kleine Flämmchen in einem fröhlichen Tanz auf und ab, fraßen sich die Kante entlang. Das Holz um sie herum verfärbte sich langsam und ging von einem dunklen Braunton in tiefes Kohlschwarz über. Darunter verschwanden grinsend Jakobs Dämonen. In den Brandgeruch mischte sich der unangenehme Gestank verbrannter Lacke.

Krachend brach eine weitere Treppenstufe aus ihrer losen Verankerung und landete auf Marius' linker Schulter. Flammen schlugen um das Holz herum, versengten Ohr und Haar.

Feuer!

Marius warf sich herum und schleuderte die brennende Stufe von sich. Sie polterte gegen die Wand, deren Weiß bereits zahlreiche Rußflecken aufwies. Mit ein paar Schlägen gelang es ihm, die kleinen Flammen auf seinem Körper zu ersticken. Dann setzte er sich auf. Ihm wurde schwindlig und er musste sich an die gegenüberliegende Wand lehnen.

Langsam kehrte er ins Hier und Jetzt zurück. Der Detektiv blickte nach oben und versuchte augenblicklich, auf die Beine zu kommen, stolperte, rutschte zurück und stemmte sich mit den Armen an der Wand ein zweites Mal hoch.

Über ihm fraßen sich die Flammen bereits durch das ganze Haus. Die Treppenstufen hoben sich fast schwarz von dem gelb-orange-farbenen Flammenmeer über und neben ihnen ab. Das Knistern und Knacken, das Marius so sanft geweckt hatte, lärmte nun, die Hitze war unerträglich. Durch die Stufen konnte Marius einen Blick auf das obere Stockwerk werfen. Er sah nur einen kleinen Ausschnitt der Wand, Flammen, und die völlig verbrannte Tür zu Claras Zimmer, die halb offen stand und die Flammen in ihr Zimmer einließ.

Eine weitere Stufe krachte herunter. Marius sprang zur Seite. Er wandte sich zu der Metalltür, die in die Kellerräume führte. Sie war verschlossen. Er rüttelte am Türgriff.

Nichts.

Natürlich nichts.

Er schaute wieder hoch. Gab es irgendeinen Weg, durch die Flammen ins Freie zu gelangen? Brannte es im Wohnzimmer vielleicht weniger, sodass er sich in den Garten retten konnte?

Er rannte drei Stufen hoch und hatte fast den Eindruck, als würde sich eine der Flammen, die sich der Tür zum Flur und der Kommode daneben bemächtigt hatten, auf ihn stürzen. Rasch wich er zwei Stufen zurück.

Wieder wandte sich Marius der Metalltür zu, die in die Kellerräume führte. Er rüttelte am Türgriff, nichts. Er warf sich dagegen, die Tür zeigte nicht einmal eine Delle.

Irgendwie musste er die Tür aufbrechen! Über ihm löste sich eine weitere Stufe der Treppe in den ersten Stock und stürzte in die Tiefe. Er presste sich nah an die Wand, damit ihn das brennende Holz nicht traf. Inzwischen war über die Hälfte der Stufen in den Keller gestürzt. Ihre Metallhalterungen lagen frei. Wenn es ihm gelang, eine davon zu lösen, könnte er damit vielleicht die Tür aufstemmen.

Er ging drei Stufen hoch. Mittlerweile musste er sich den Pulli vors Gesicht halten, um nicht zu viel von dem Rauch einzuatmen. Seine Augen vermochte er nicht richtig zu schützen. Sie brannten. Sie tränten.

Er griff nach einer der Halterungen, die er nur noch verschwommen sah, und zog die Hand schreiend zurück. Das Metall kochte förmlich.

Er wickelte sich den Ärmel des Pullovers um die Finger. Das dämpfte zwar die Hitze, behinderte ihn aber bei der Arbeit. Erst als er sich mit seinem ganzen Körpergewicht an eine Strebe hing, brach sie aus dem Verputz heraus. Im Fallen suchte er Halt, wäre fast in dem Haufen mit brennenden Stufen gelandet und krachte mit der Schulter gegen die Tür in den Keller. Auch deren Metall erhitzte sich zusehends. Er hustete. Zum Glück besaß die Tür ein altmodisches, großes Schlüsselloch. Daran konnte er seinen Mund ansetzen und einige Atemzüge Frischluft nehmen.

Das könnte ihm das Überleben sichern.

Für ein paar Minuten.

Er setzte den Metallstift an, hebelte, die Tür gab ein Stück nach. Nicht genug, um sie aufzubrechen oder wenigstens einen Spalt zu schaffen, der groß genug war, um den Detektiv in die Freiheit zu entlassen. Wütend schleuderte er das Stück Eisen in die Flammen. Sein Weg konnte nur durch das Wohnzimmer nach draußen führen. Durch das Feuer.

Er lauschte. Das Knacken und Knistern war mittlerweile ohrenbetäubend. Dennoch meinte er, Sirenen hören zu können. Hoffentlich die ersten Feuerwehrfahrzeuge! Würde er hier lang genug ausharren und überleben? Er bezweifelte es. Selbst wenn er sich der Flammen erwehren könnte, der Rauch würde ihn in ein paar Minuten erstickt haben. Marius musste durch das brennende Wohnzimmer bis zur Gartentür.

*

»Warum sollte ich ausgerechnet *Ihnen* helfen?«

Der alte Mann stand in der Tür seiner Rodenkirchener Villa und blickte Paula Wagner hasserfüllt aus schielenden Augen an. »Ihretwegen habe ich ein Gerichtsverfahren am Hals!« Paula sah an ihrer Lederjacke hinunter auf die kleinen Tropfen Spucke, die der Redefluss des Alten aus ihm herausgeschleudert hatte. »Ich bin 78!«, schob der frühere Kunsthändler Justus de Berg hinterher, als wäre das ein Grund, ihn nicht mit einem Strafverfahren wegen Hehlerei zu behelligen.

»Sie haben in mindestens einem Fall gestohlene Ware weiterverkauft und es steht der Verdacht der gewerbsmäßigen Hehlerei gegen Sie im Raum. Ihr Verfahren haben Sie sich selber zuzuschreiben.«

»Dann gehen Sie zum Teufel!«, brüllte de Berg und versuchte, die Tür zuzuknallen. Doch Paula hatte damit gerechnet und den Fuß dazwischen geschoben.

»Es könnte sich günstig für Sie auswirken, wenn Sie mit mir reden«, sagte sie. Das entsprach zwar nicht der Wahrheit, allerdings war es ihr ziemlich egal, wie sie einen Mann wie Justus de Berg zum Reden brachte. Sie hatte nicht die geringsten Skrupel, ihn anzulügen. Dass es keinen offiziellen Bericht zu diesem Gespräch geben würde, der als Basis irgendeiner Vergünstigung, irgendeines Deals dienen konnte, musste er nicht wissen. Im Zweifel würde sie das Gespräch leugnen. Seine Augen verrieten ihr, dass er angebissen hatte.

Er öffnete die Tür einen Spalt weiter. Paula konnte in den Flur der alten Villa hineinsehen, an dessen Wänden Gemälde in mehreren Reihen übereinander hingen. Einige Lücken konnte sie ebenfalls erkennen, helle Flecken auf der Tapete, wo früher einmal Bilder gehangen hatten. Bevor die Staatsanwaltschaft Köln aufgrund Paulas Ermittlungen das Verfahren gegen de Berg eingeleitet hatte und bei einer Hausdurchsuchung 13 Bilder beschlagnahmt hatte, deren Herkunft der Kunsthändler nicht einwandfrei darlegen konnte.

»Was können Sie mir anbieten?«

»Das hängt davon ab, wie Ihre Antworten ausfallen.« Sie sah, dass er zögerte, sie hereinzulassen. »Sie haben sich bisher keine Freunde bei der Staatsanwaltschaft gemacht.« Das hatte de Berg in der Tat nicht. Paula hatte die Verhörprotokolle gelesen. Der alte Mann redete zwar viel, schwankte allerdings in seinen Aussagen allerdings zwischen weinerlichem Selbstmitleid und wüsten Beschimpfungen der ihn vernehmenden Beamten. Außerdem log er wie gedruckt. Sie hatte beim Lesen ein paar Mal laut aufgelacht. Der Staatsanwalt allerdings nicht. »Machen Sie es nicht noch schlimmer!«

De Berg öffnete die Tür, drehte sich wortlos um. Er trug einen abgewetzten Kimono mit einem schwarz-bordeauxroten Muster, ausgelatschte Hausschuhe, unter dem Kimono eine silbrig glänzende Anzugshose und – wie sie zu ihrer Beruhigung feststellte – auch ein weißes Hemd unter dem Mantel. Schlurfend ging er vor ihr den düsteren Flur hinunter und verschwand links durch eine halb offene Flügeltür in eine Art Salon oder Bibliothek. Die holzverkleideten Wände bestanden aus altmodischen Bücherschränken mit Glastüren, ein erloschener Kamin unterbrach die Regale, rechts und links davon führten zwei geschlossene Türen in weitere Zimmer. Durch ein einzelnes, hohes Fenster fiel Licht in den Raum. Der Blick nach draußen war durch einen alten Baum verstellt, dessen kahle Äste fast bis an das Glas reichten. Sie kratzten darüber, wenn der Wind sie gegen das Fenster wehte. De Berg stand am Kamin und starrte in das schwarze Loch. Paula blieb bei einem Sessel stehen, etwa zwei Meter von ihrem Gesprächspartner entfernt, die linke Hand auf die Lehne gelegt.

»Also«, krächzte er.

Sie zog das Foto von Bruno Weiß aus der Tasche, das ihr Galjenko gegeben hatte, und reichte es ihm. Die Überprüfung von Weiß hatte keinerlei Anhaltspunkte geliefert, dass er jemals in irgendwelche Verbrechen verwickelt gewesen war. Zumindest in Deutschland waren weder Vorstrafen noch Ermittlungen aktenkundig. Weiß war sauber. Sonst hätte ihn Galjenko kaum eingestellt. Deshalb war sie auf de Berg gekommen, ihre einzige Kontaktperson in das Milieu der Kunstdiebe und -hehler.

Der Alte blickte das Bild kurz an. »Kenn' ich nicht«, bellte er und hustete. Das erinnerte ihn wohl daran, dass er lange nicht mehr geraucht hatte. Er griff nach einer Packung Zigarillos auf der Ablage über dem Kamin und zündete sich eines an. Paula bot er keine an.

»Bruno Weiß«, erklärte die Hauptkommissarin, »er steht im Verdacht, in mindestens einen spektakulären Kunstraub verwickelt zu sein.«

Wütend wandte de Berg sich um, Asche fiel auf einen Teppich, er beachtete es gar nicht. Paula sah, dass es nicht das erste Mal geschehen war. An einigen Stellen wies der sicher kostbare Teppich Brandlöcher auf. »Jetzt wollen Sie, dass ich Ihnen gegenüber zugebe, einen Kunstdieb zu kennen, und mich damit noch viel mehr in Schwierigkeiten bringen?« Er deutete mit der Kippe zur Tür. »Verlassen Sie sofort mein Haus, Sie hinterfotziges Miststück!«

»Sie wissen, dass Sie gerade eine Polizistin im Dienst beleidigt haben?« Paula bewegte sich keinen Millimeter, schon gar nicht zur Tür. De Bergs vor Wut grotesk verzerrtes Gesicht rötete sich bedenklich. »Glauben Sie, das macht mir noch was aus, Sie Stück Dreck?«

»Hören Sie, ich will Sie in nichts hineinreiten. Ich brauche einfach nur Informationen über diesen Mann und wenn Sie ihn nicht kennen, dann kennen Sie vielleicht jemanden, der mir etwas über ihn erzählen kann. Er hat bei einer Sicherheitsfirma gearbeitet, die unter anderem einige Kölner Galerien bewacht: Schütz Security.«

»Kenn ich nicht«, bellte de Berg erneut. »Wenn Sie etwas über Kunstdiebstahl erfahren wollen, sollten Sie es mal bei den Knackis probieren. Da sitzen bestimmt zwei oder drei ein, wenn ich mich nicht irre.«

»Haben Sie vielleicht auch Namen? Bei über 1.000 Gefangenen allein in Ossendorf dürfte es sonst schwer werden, jemanden zu finden, der vom Fach ist und Bruno Weiß kennen kann.«

»Für die Szene hier im Rheinland würde ich mich an Jackie halten.«

»Jackie wer?«

»Jackie Eßbauer. Sitzt, hoffe ich, immer noch in Ossendorf.«

»Sie kennen ihn?«

»Wir haben uns einmal gegenüber gestanden, ja.«

»Ein Kunsträuber?«

»So etwas in der Art.«

*

Paula Wagner brauchte eine Weile, ehe sie Jackie Eßbauer in der JVA Ossendorf ausfindig gemacht hatte. Jetzt saß sie dem vermeintlichen Kunstdieb gegenüber, einer Frau Mitte 50, die sie amüsiert betrachtete und ihre blauschwarz gefärbten Locken beim Lachen schüttelte.

»Sie wirken überrascht, Frau … Wie war noch mal der Name?«

»Wagner, Paula Wagner, Kriminalhauptkommissarin.«

»Aha!« Eßbauer musterte Paula immer noch belustigt, ihre Augen blitzten. »Und was kann ich für Sie tun, Frau Hauptkommissarin?«

Paula schob das Foto von Weiß über den Tisch. Die

Gefangene nahm es. Paula betrachtete die schlanken Hände mit den ersten Altersfalten und akkurat rot lackierten Fingernägeln. Während Eßbauer das Foto ansah, musterte Paula sie eingehender. Sie war perfekt frisiert und geschminkt, statt der eigentlich vorgeschriebenen Gefängniskleidung trug sie zur Jeans ein bedrucktes T-Shirt und darüber eine graue, dicke Herrenstrickjacke, die ihr ausnehmend gut stand. Es schien der früheren Kunsthehlerin in Ossendorf blendend zu gehen.

»Ja, mir geht's prima hier. Ich weiß gar nicht, ob ich noch mal raus will. In vier Monaten habe ich Haftprüfungstermin.« Sie grinste. »Ein paar Tage habe ich also noch Zeit zu überlegen, welche Wärterin ich absteche, um drin zu bleiben.« Sie grinste. Sehr zufrieden und selbstsicher.

»Ich vermute, das dürfte Sie dann ein paar Ihrer Privilegien kosten.«

»Da haben Sie wohl recht.« Mit dem Zeigefinger kratzte sie sich an der Augenbraue. »Na ja, mal schauen. Was wollen Sie über Bruno wissen?«

»Sie kennen ihn?«

»Flüchtig.« Wieder dieses amüsierte Grinsen. Warum hatte Paula diesen guten Draht zu Gefängnisinsassen, während sie mit ihren Kollegen auf Kriegsfuß stand?

»Wie flüchtig?«

»Ich weiß, dass es ihn gibt und dass er ein möglicher Ansprechpartner wäre, sollte ich Interesse an bestimmten Bildern haben.«

»Sie antworten sehr offen.«

»Ich habe nichts zu verbergen.« Sie lachte und schüttelte ihre Locken dabei. »Ihre Kollegen haben damals ganze Arbeit geleistet. Sie haben tatsächlich alles rausgefunden, was man mir anhängen konnte. Jetzt kann ich reden, wie mir der Schnabel gewachsen ist.«

Es war das erste Mal in ihrem Gespräch, dass es an Paula war zu grinsen. »Ich bin mir ziemlich sicher, dass *ich* noch etwas finden würde.«

Ein kurzes Flackern in den Augen der anderen zeigte ihr, dass ihre kleine Machtdemonstration verstanden worden war. Und dass es sich lohnen könnte, Jackie Eßbauer genauer unter die Lupe zu nehmen, falls es nötig sein würde. »Also ist Weiß als Kunsträuber bekannt?«

»In den richtigen Kreisen auf jeden Fall. Im Telefonbuch finden Sie das natürlich nicht. Wir sind eine diskrete Branche.«

Als Paula das Gefängnis verließ und an der Ampel zum Militärring wartete, gab sie sich einen Ruck und wählte Frankas Nummer. Sie hätte den Abend lieber allein mit ihren Ermittlungen verbracht. Doch sie wollte ein Zeichen guten Willens setzen.

Franka ging nach dem ersten Klingeln ans Telefon. Paula war sich nicht sicher, ob sie das gut fand oder nicht.

»Hast du Lust, heute Abend zum Essen vorbei zu kommen?«, fragte sie. Franka sagte zu. Das war alles.

War doch gar nicht so schwer.

*

Die Sirenen klangen nun lauter, gleichbleibend lauter. Offenbar hielten die Feuerwehrwagen direkt vor dem Haus.

Marius sah, wie die Flammen immer höher schlugen, das Obergeschoss konnte er schon nicht mehr erkennen in diesem orangegelben Orkan über ihm. Die Hitze war jetzt unerträglich. Das Atmen war eine Qual. Immer wieder drehte er sich zu der Kellertür um und sog die reine Luft dahinter gierig in sich auf. Mittlerweile musste er seinen Ärmel gegen die Tür halten, weil das Metall zu heiß geworden war.

Wie schnell wäre jemand im Haus, um ihn zu retten? Konnte er es sich leisten zu warten? Der Rauch war in den letzten Minuten immer dichter, immer beißender geworden. Er musste raus, es wenigstens versuchen! Wenn nicht durch den Keller, dann durch die Gartentür im Wohnzimmer.

Ein weiterer Feuerwehrwagen hielt mit heulenden Sirenen vor der Tür. Das Feuer knisterte, das Holz knackte. Marius meinte, die Steine in den Mauern platzen zu hören. Und er glaubte, ein weiteres Geräusch hören zu können. Schritte! Waren die ersten Feuerwehrleute bereits im Haus? Hätte er dann nicht hören müssen, wie die Tür aufgebrochen wurde? Jemand lief durch das Wohnzimmer, ein paar Schritte nur, dann hörte er, wie die Tür in den Garten zufiel.

Da oben hatte jemand ausgeharrt! Die ganze Zeit! Er musste gewusst haben, dass Marius unten um sein Leben kämpfte. Der Detektiv zog sich die Jacke tief über den Kopf, den Pullover fester vor das Gesicht, hielt die Arme vor den Kopf, ignorierte die brennenden Holzstufen auf der Kellertreppe und rannte los. Es würden nur wenige Meter sein, bis er die Gartentür erreicht hatte – und wenn sein Angreifer dort oben noch gestanden hatte, dann hatte sich das Feuer noch nicht im ganzen Wohnzimmer ausgebreitet. Er sprang über Flammen hinweg, fast blind, weil er das Gesicht gegen Feuer und Rauch zu schützen versuchte, stolperte über eine Bodenwelle, die die Hitze in den Teppichboden geformt hatte, und fiel der Länge nach hin. Mit dem Kopf schlug er auf dem Boden auf, blieb benommen liegen.

Bevor die Flammen von ihm Besitz ergreifen konnten, rollte er sich über den Boden und sprang wieder auf. In der Bewegung rutschte ihm der Kragen seines Pullovers vom Gesicht, beißender Rauch stieg ihm in Nase und Kehle. Er hustete, das Atmen war unmöglich geworden. Wo früher einmal das Sofa gestanden hatte, erhob sich jetzt eine Flammenwand, trennte ihn von der rettenden Tür ins Freie. Dahinter, draußen im Garten, direkt hinter der Tür, meinte er, eine Gestalt erkennen zu können, die ihn beobachtete. Als sie sah, dass er in ihre Richtung blickte, verschwand sie. Marius zog sich Pullover und Jacke über den Kopf, hielt die Arme wieder schützend vors Gesicht und rannte los, torkelnd, atemlos. Er griff nach dem Türgriff, schrie auf, als er sich an dem kochend heißen Metall die Hand verbrannte, riss die Tür trotz der Schmerzen auf und stürzte hinaus ins Freie, in den kühlenden, heilenden Regen, in dem er hustend zusammenbrach.

2

Für einige Minuten lag er still auf dem Bauch, ließ den Regen seine Kleidung durchnässen, genoss die kühlende Feuchtigkeit. Eine Hand griff seine Schulter und schüttelte ihn. Er drehte sich um und blickte in das Gesicht des Detektivs Jonas Waal.

»Sie?«, stammelte Marius nur.

»Sind Sie okay?«, fragte der alte Detektiv zurück.

Marius nickte. »Geht schon!«

Er setzte sich auf, Waals Hand immer noch auf seiner Schulter. Zwei Feuerwehrleute liefen in den Garten, blickten überrascht auf die beiden Männer, einer von ihnen drehte sich um und rief nach einem Rettungssanitäter. Sein Kollege lief zu Marius hinüber, begutachtete ihn kurz und wiederholte Waals Frage. Marius wollte aufstehen. Der Feuerwehrmann hielt ihn zurück.

»Bleiben Sie sitzen, Sani kommt.«

Hinter dem Mann sah Marius zwei Kanonaden Löschwasser, die durch das zerborstene Dach des Hauses in die alten Zimmer der Familie Maternus hineinschossen und die Flammen langsam erstickten. In einem Reflex tastete Marius nach seinem Handy. Es war verschwunden und mit ihm die einzigen Zeugnisse der Bilder, die Jakob im Haus hinterlassen hatte. Zumindest der Bilder, in denen er die Lösung für das Geheimnis um seinen Tod zu finden geglaubt hatte. Er schaute hoch zu Waal, der seinem Blick wortlos standhielt.

Der Rettungssanitäter bestand auf einem Transport ins Krankenhaus. »Nur zur Sicherheit«, erklärte er. Waal war irgendwann verschwunden, nachdem Sanitäter und weitere Feuerwehrleute in den Garten gestürmt waren und die Situation unübersichtlich geworden war. Marius hatte ihn am Gartentor gesehen, wollte ihm nach, doch der Sanitäter hielt seinen Arm fest. »Sie müssen hier bleiben.«

Später setzte sich ein Polizist in Zivil neben ihn in den Rettungswagen. Marius hätte gerne mehr Zeit gehabt, um sich eine Geschichte zurechtzulegen, die erklärte, warum er im Haus gewesen war. Der Polizist, der sich Marius als Kommissar Brenner vorstellte, schien genau das vermeiden zu wollen. Er verstand sich offenbar auf seinen Job.

»Sie waren in dem Haus gewesen, als das Feuer ausbrach?«

»Ja.«

»Warum? Was haben Sie da gemacht?«

»Ich habe ein Auge auf das Haus geworfen. Vor einiger Zeit war ich einmal hier gewesen und hatte gesehen, dass es leer steht. Ich suche etwas Größeres, ein bisschen außerhalb der Stadt, verstehen Sie? Jetzt war ich noch einmal da, weil ich dachte, dass ich vielleicht herausfinden könnte, ob das Haus zum Verkauf steht.«

»Und dann sind Sie einfach mal reingegangen und haben sich umgeschaut, ob der Verkäufer vielleicht drinnen auf Sie wartet?«

»Nein, die Haustür stand offen. Da dachte ich mir, toll, super Zufall, da frag ich doch mal nach. Also habe ich geklingelt und als niemand geantwortet hat, bin ich rein.«

»Und dann?«

»Dann bekam ich einen Schlag auf den Schädel und bin in den Flammen wieder aufgewacht.«

Brenner schaute Marius lange an. »Interessante Geschichte«, sagte er schließlich. Marius zuckte mit den Achseln. Er spürte, wie sich der Schmerz allmählich wieder in seinem Körper meldete, jetzt wo der erste Schock überwunden war. Die Hitze des Feuers schien immer noch in ihm zu toben. Seine rechte Hand war bandagiert, es juckte unangenehm unter dem Verband. Sein Kopf dröhnte von den Schlägen des Angreifers. Waals Schläge? Brenner holte ihn aus seinen Gedanken zurück. »Wissen Sie, was noch interessanter ist, Herr Sandmann?«

Der Detektiv schüttelte den Kopf, wusste, dass jetzt etwas kam, was ihm nicht gefallen würde. Noch weniger als das verbrannte Haus und seine vernichteten Beweisbilder.

»Just in diesem Haus wohnte bis vor einigen Jahren eine gewisse Familie Maternus. Sagt Ihnen der Name etwas?«

»Irgendwo klingelt da was bei mir. Aber ich hatte einen anstrengenden Tag und bin gerade nicht so ganz auf dem Damm.« Er lächelte den Polizisten gespielt verlegen an.

»Der Sohn dieser Familie, mittlerweile in seinen 20ern, ist vor Kurzem bei einem Feuer ums Leben gekommen. Bei Ihnen im Haus. Wir haben ihn vor ein paar Tagen identifiziert.«

In der Notaufnahme des Krankenhauses in Köln-Kalk wartete Marius Sandmann schon seit ein paar Stunden auf das Okay der Ärzte, es verlassen zu dürfen. Am liebsten wäre er einfach aufgestanden und gegangen, doch sein Gegenüber hielt ihn davon ab.

Kommissar Boehnisch hatte auf einem Plastikstuhl auf der anderen Seite des Wartebereichs Platz genommen. Ein

Beamter stand vor der kleinen Kabine, die übrigen Wartenden standen auf dem Gang und blickten wenig freundlich hinein.

Der junge Kommissar schien besonders multitaskingfähig zu sein. Zumindest schaffte er es gleichzeitig, den Privatdetektiv zu vernehmen und auf seinem Handy etwas nachzulesen. Vielleicht interessierte er sich trotz des neuerlichen Brandanschlags immer noch nicht besonders für den Fall Jakob Maternus.

»Wollen Sie mir die gleiche Geschichte erzählen, die Sie meinem Kollegen aufgetischt haben? Dass Sie zufällig das Haus kaufen wollten, in dem dieser Obdachlose aufgewachsen ist, der ebenso zufällig in Ihrem Keller verbrannt ist?«

»Erinnern Sie sich, dass ich Sie angerufen habe?«

»Ich habe einen Aktenvermerk darüber angelegt.«

»Weiter haben Sie nichts unternommen?«

»Es gab keine Anhaltspunkte, irgendetwas zu unternehmen.«

»Und wie sehen Sie das jetzt?«

»Jetzt haben wir Sie. Außerdem zwei Brände, bei denen Sie vor Ort waren. Bei einem davon kam ein Mann ums Leben.«

»Bei dem anderen bin *ich* fast ums Leben gekommen!«

»Sie wären nicht der Erste, der sich aus Versehen selber abfackelt«, erwiderte Boehnisch und tippte auf seinem Handy herum.

»Merken Sie was?«

Kurz hielt Boehnisch mit Tippen inne, schaute Marius fragend an. Tippte weiter. »Was sollte ich merken?«

»Sie erklären sich den Brand heute genauso wie den in unserem Keller auf der Vogelsanger Straße.«

Boehnisch blickte Marius kalt an. »Nicht mehr. Wir gehen aktuell davon aus, dass Sie Jakob Maternus umgebracht haben, ins Haus der Familie eingebrochen sind, um Spuren zu verwischen oder etwas in der Art. Und dabei ist das Feuer außer Kontrolle geraten.«

»Wie erklären Sie sich dann, dass ich in dem Haus überfallen und niedergeschlagen wurde?«

»Sie könnten gestürzt sein.«

»Das ist er. Aber nicht nur«, mischte sich eine Stimme in das Gespräch ein. Die beiden blickten hoch. Ein Arzt in einem weißen Kittel, mit einem blassblauen Shirt darunter, stand vor ihnen, ein Klemmbrett in der linken Hand. Monströse Augenringe beherrschten sein Gesicht und ließen ihn aussehen wie einen Pandabären.

»Sie haben neben einigen glücklicherweise harmlosen Verbrennungen mehrere Prellungen und eine angeknackste Rippe, außerdem einige Abschürfungen. Wunden, die von einem Sturz herrühren.«

»Ich bin, wie ich der Polizei schon erklärt habe, die Treppe heruntergestoßen worden und gefallen.«

Der Arzt nickte. »Vorher waren Sie in einen Kampf verwickelt, in mehrere, um genau zu sein. Frische Hämatome am Hinterkopf, an der Schläfe – unschwer zu übersehen –«, er schaute Boehnisch aus seinen Pandaaugen an, »und am Kiefer.«

Boehnisch hatte aufgehört, in sein Handy zu tippen. Stattdessen blickte er den Arzt an. Marius erinnerte er an einen kleinen Jungen, dem sein großer Bruder das Lieblingsspielzeug weggenommen hatte.

»Es war also wirklich noch jemand im Haus?«

»Vielleicht hat auch jemand den Herrn Sandmann auf der Straße zusammengeschlagen, ins Obergeschoss des

Hauses geschleppt und von da aus in den Keller heruntergeworfen.« Mit der Hand rieb er sich kurz über die Augenringe. »Ist aber unwahrscheinlich.«

Hilflos sah Boehnisch von dem Panda-Arzt zu dem Detektiv. »Und jetzt?«

»Jetzt gehe ich nach Hause«, sagte Marius und stand auf. Boehnisch hielt ihn nicht zurück. Es wunderte ihn nicht, dass der junge Polizist ihn nicht noch einmal fragte, was er in Jakobs Elternhaus gesucht hatte. Für den Privatdetektiv stand fest: Jemand hatte ihn dort beseitigen wollen. Ihn und die Bilder. Jetzt war er überzeugt, dass die Bilder die Wahrheit erzählten. Nur wusste er immer noch nicht, welche das war. Kommissar Boehnisch wirkte nicht glücklich, als Marius und er die Krankenstation verließen. Nicht einmal sein Handy konnte seine Laune bessern. Missmutig schaute er auf den kleinen Bildschirm, tippte wütend darauf herum.

Marius entdeckte im Foyer des Krankenhauses ein Münztelefon. Er warf ein paar Cent ein und hörte seine Mailbox ab. Zumindest schien derjenige, der sein Handy jetzt bei sich trug, seine Zugangscodes nicht geknackt zu haben. Die monotone Computerstimme teilte ihm mit, dass er zwei neue Nachrichten erhalten hatte. Eine von Paula Wagner, die dringend um Rückruf bat. Er löschte sie. Ein weiterer Anruf von Werstenkiel, den der Detektiv beantwortete.

»Was werden Sie jetzt tun?«, fragte Boehnisch und wirkte sehr hilflos dabei. Das Handy hielt er in der Hand, die an einem schlaffen Arm neben seinem Körper hing.

»Schlafen«, antwortete der Detektiv nur und ließ den Polizeibeamten stehen.

*

Ihr Handy klingelte. »I Shot The Sheriff«. Schuldbewusst, sowohl wegen des Klingeltons als auch wegen der Störung, blickte Paula Franka an, die ihr gegenübersaß und deren schmales Gesicht von den zwei Kerzen auf dem Tisch eingerahmt wurde.

Als Paula sah, wer sie anrief, ließ sie Franka sitzen, und ging trotz der Kälte zum Telefonieren hinaus auf den Balkon. Durch die Tür sah sie die fragenden Blicke ihrer Freundin. Sie lächelte ein ›Alles in Ordnung‹-Lächeln in ihre Richtung. Dabei fand sie, dass gerade gar nichts in Ordnung war. Franka machte den Eindruck, als sähe sie das ähnlich.

»Volker hier, Doktor Brandt. Wir haben einen Treffer gelandet.«

»Ihr konntet den Patronen eine Waffe zuordnen?«

»Allerdings!«

»Und?«

»Es handelt sich um eine Glock …«, setzte Brandt an. Eine böse Vorahnung beschlich Paula. Im Wohnzimmer stand ihre Freundin auf und begann lautstark, den Tisch abzuräumen. Mit dem Geschirr verschwand sie in der Küche. Paula öffnete die Balkontür einen Spalt und hörte Franka in der Küche Geschirr wegräumen. Das tat sie nur, wenn sie sich ablenken musste. Oder wenn sie sauer war. Paula hatte das nie verstanden, aber so war sie.

»Eine Glock?«, fragte sie. Überflüssigerweise.

»Eine Glock, die du kennst. Mit der vor 30 Jahren der Belgier Jean van Krijk erschossen wurde. Du hast den Fall vor einem Jahr aufgeklärt. Ungefähr gleichzeitig zu diesen Ermittlungen tauchte die Glock wieder auf, als sie bei einem Überfall auf eine Spielhalle abgefeuert wurde. Durch einen ehemaligen Fußballer: Rui Barque.«

»Ich erinnere mich.« Die Hauptkommissarin klammerte sich am Geländer fest. Die Glock war damals verschwunden geblieben. Rui hatte behauptet, er hätte sie nach dem Überfall irgendwo in den Rhein geworfen. Taucher hatten nach ihr gesucht, sie aber nicht gefunden. Da er geständig war, wie das zur Tatzeit halbwüchsige Paar, das van Krijk erschossen hatte, war die Suche schließlich eingestellt worden. Offensichtlich hatte Rui gelogen. Unwahrscheinlich, dass jemand die Waffe aus dem Rhein gefischt hatte, um anschließend Bruno Weiß damit zu erschießen. Rui hatte die Waffe jemandem gegeben: Marius Sandmann.

Paula wusste, dass der Fußballer Marius beauftragt hatte, nach seiner entführten Freundin zu suchen. Der Detektiv war die Verbindung zwischen Rui, der Bildübergabe und der Glock, mit der Weiß erschossen worden war. Sie schaute aus dem 7. Stock hinunter auf die Straße, die sich leicht drehte, richtete dann ihren Blick fest auf eine vertrocknete und erfrorene Hängepflanze an der Wand. Das Essen rumorte in ihren Eingeweiden.

»Alles in Ordnung, Paula?«, fragten Brandt und Franka, die plötzlich in der Balkontür stand, gleichzeitig.

»Ja, ja«, antwortete Paula.

»Was wirst du jetzt tun?«, fragte der Rechtsmediziner.

Paula winkte Franka mit einem Wedeln der Hand weg vom Balkon. Die schaute sie jetzt eindeutig zornig an und knallte die Tür hinter sich zu. Die Scheibe wackelte einen Moment. Paula sah, wie sie drinnen ihre Jacke nahm und die nächste Tür krachend hinter ihrer Geliebten zufiel. Dann war sie allein.

»Ich weiß es noch nicht«, antwortete sie Brandt.

Der schwieg. Das tat er selten.

»Du musst etwas unternehmen«, sagte er schließlich. »Wir haben die Kugel etwas eingehender untersucht und Spuren von Blut und Knochen an ihrer Außenseite gefunden. Diese Kugel steckte in einem menschlichen Körper. Einem toten menschlichen Körper, würde ich sagen. Du ermittelst in einem Mord. Komplett auf eigene Faust. Das ist Wahnsinn, Paula!«

»Gib mir etwas Zeit. Lass mich noch ein paar Sachen klären«, erwiderte sie matt.

»Ich muss das melden. Ich könnte meine gesamte Reputation verlieren, meinen Job!«

»Ein paar Tage nur, Volker, bitte!«

Wieder Schweigen.

»Zwei! Zwei Tage. Wenn du dich mir bis dahin nicht erklärst, gebe ich die Untersuchungsergebnisse ans KK.« Mit diesen Worten beendete Brandt das Gespräch.

Verdammt, dachte die Hauptkommissarin, ging in die Küche, wo ihre fast vollen Weingläser noch standen, und kippte beide Gläser in sich hinein.

*

Obwohl es noch früh am Nachmittag war, brannte an der Sportanlage in Hürth bereits das Flutlicht. Ein Schwarm Kinder jagte in fröhlichem Chaos einem Ball auf der feuchten Asche eines Fußballplatzes hinterher. Der alles durchnässende Nieselregen machte ihnen nicht das Geringste aus. Paula betrachtete die Kinder kurz. Dann sah sie sich den Mann an, der am Rand des Platzes stand, die Arme verschränkt vor dem Körper, eine Kapuze über dem Kopf, und die Kinder mit gelegentlichen Zwischenrufen delegierte. Die Hauptkommissarin konnte nicht erkennen, ob sich seine Zwischenrufe in irgendeiner Weise auf das Chaos auf dem Feld auswirkten. Den Mann schien das nicht zu stören. Gelegentlich huschte sogar ein Lächeln über sein Gesicht, das ansonsten von einer tiefsitzenden, unheilbaren Traurigkeit beherrscht wurde.

Paula kletterte die Stufen der kleinen Tribüne hinunter und stellte sich neben ihn. Er sah sie kurz überrascht an, nickte freundlich und brüllte etwas auf den Platz hinaus.

»Rui Barque?«

Er nickte, den Blick auf die spielenden Kinder gerichtet.

»Die Glock ist wieder aufgetaucht.«

Es sah aus, als sänke der große, schlanke ehemalige Fußballprofi ein Stück weit in sich zusammen. Resigniert. Vielleicht verzweifelt.

»Sie haben sie nicht in den Rhein geworfen, nicht wahr?«

»Sind Sie von der Polizei?«, fragte er zurück.

»Paula Wagner, Hauptkommissarin.«

Er nickte. »Sie haben Torbens Onkel verhaftet, oder?«

»Ja, aber er ist glimpflich davongekommen. Wie Sie. Ein Jahr für schweren Raub und Körperverletzung ist fast nichts.«

»Ich werde das mein Leben lang mit mir herumtragen, Frau Hauptkommissarin. Riela fehlt mir heute noch so wie damals und ich werde niemals wieder jemanden finden wie sie. Sie war die eine Hälfte meines Lebens. Die andere war der Fußball. Beides hat man mir genommen. Stattdessen muss ich mit der Schuld leben, einen alten Mann niedergeschossen zu haben. Ich glaube nicht, dass das ›fast nichts‹ ist.«

Nach diesem Redeschwall schwieg Rui. Die Kinder hatten aufgehört zu spielen und schauten ratlos zu ihnen herüber.

»Weitermachen«, brüllte er. Seine Augen glänzten feucht.

Als wäre nie etwas gewesen, jagten die Kinder weiter dem Ball hinterher.

»Es tut mir leid. Ich wollte Sie nicht verletzen.«

»Ich arbeite an mir, verstehen Sie? Ich gehe zu einer Psychologin, um mit dieser ganzen Geschichte zurechtzukommen. Und«, er deutete auf die Kinder, »ich habe das da. Das ist alles. Alles, was ich habe.«

»Ich werde Ihnen das nicht kaputtmachen. Sie müssen mir nur eine Frage beantworten.«

Rui schaute sie abwartend an.

»Wem haben Sie die Waffe gegeben?«

Er zögerte mit der Antwort, rief stattdessen ein paar dirigierende Sätze auf das Spielfeld.

»Es war Marius Sandmann, nicht wahr?«

Ein kurzes, fast nicht zu erkennendes Nicken. Es reichte ihr. Paula überließ Rui wieder seinem Schmerz und der Hoffnung, in den Kindern auf dem Ascheplatz eine Zukunft zu finden.

*

Es kam Paula vor, als wäre sie wochenlang nicht mehr im Büro gewesen. Der mit drei Schreibtischen und einer kleinen Sitzecke hinter der Tür beengte Raum hatte bei ihr in den letzten Wochen für Beklemmungen gesorgt.

Der alte Scharenberg, im Präsidium als Soziopath eingeschätzt, schien das zu spüren und verkrümelte sich hinter seinem Bildschirm, sodass Paula ihn kaum wahrnahm, sah man von seinem leichten Duft nach Duschgel ab. Scharenberg machte nie viele Worte. Er handelte. Deswegen musste sie bei ihm ebenfalls nicht viele Worte machen. Ein wenig Respekt und Scharenberg dankte es. Könnte sie mit ihm über die Sache mit Marius Sandmann reden? Sie hatte keine Idee, wie sie sich dem Privatdetektiv gegenüber verhalten sollte.

Auf dem Flur erklang Gelächter. Hoffentlich nicht Franka! Ihre Freundin wollte sie nach gestern Abend lieber erst einmal nicht sehen. Zum Glück klang das Lachen ab und die Tür blieb zu. Paula stülpte sich Kopfhörer über die Ohren. Franka und Wolfgang glaubten immer, dass sie in solchen Momenten Musik hörte. Aber die Hauptkommissarin hatte vor einigen Monaten auf YouTube Videos entdeckt, die nichts anderes spielten als Waldgeräusche, das Rauschen der Blätter im Wind, Vogelgezwitscher, gelegentlich das Knacken eines Astes. Geräusche, die sie an ihre Kindheit erinnerten, an die langen, einsamen Wanderungen durch die Wälder, die Stunden, die sie damit verbracht hatte, Blüten zu beobachten, sich im Betrachten der rauschenden Baumkronen über ihr zu verlieren, auf Tiere zu lauern. Leidenschaften, mit denen ihre Schulkameraden nichts anfangen konnten, die sie verspottet hatten, was Paula mit wütenden Angriffen beantwortet hatte. Ungerechtigkeit, Gruppenzwang machten sie rasend. Bis heute. Der Klang des Waldes beruhigte sie. Auch wenn sie sich dabei eingestehen musste, dass sie die Kämpfe und Leidenschaften ihrer Kindheit nicht in den fränkischen Wäldern zurückgelassen hatte. So wie Marius Sandmann Bruno Weiß im Wald zurückgelassen hatte. Die Indizienkette würde ausreichen, einen Haftbefehl zu erwirken.

Als Polizistin hätte sie ein Ermittlungsverfahren beantragen müssen. Wollte sie das? Wollte sie Marius Sandmann den Kollegen ausliefern?

Konnte sie stattdessen die ganze Sache auf sich beruhen lassen? Vergessen, dass im Stadtwald eine Leiche lag, eine Leiche mit sieben Einschusslöchern? Das ging nicht. Sie konnte dieses Verbrechen nicht einfach beiseite schieben und so tun, als wäre nichts gewesen. Und wie sollte sie Brandt davon abhalten, die Patrone zu melden?

Sie setzte die Kopfhörer ab, verließ wortlos das Büro und ging hinaus auf den Platz vor der Sülzer Polizeiwache, in die man den ›Friedhof‹ abgeschoben hatte. Eine einzelne traurige Amsel trotzte dem Nieselregen, der Kälte, den Straßengeräuschen und dem Poltern der vorbeifahrenden Züge. Sie wählte Marius' Nummer. Er sollte die Chance bekommen, sich zu äußern. Die Mailbox sprang an. Sie hinterließ eine Nachricht und bat mit belegter Stimme dringend um Rückruf. Als sie den Anruf beendete, hustete sie.

Ein paar Minuten wartete sie im Nieselregen, der Detektiv rief nicht zurück. Sie blickte die Fassade der Wache hoch, oben im vierten Stock saß Scharenberg vermutlich immer noch hinter seinem Bildschirm. Sollte sie mit ihm reden? Oder mit Brandt? Konnte sie den beiden Männern vertrauen? In jedem Fall musste sie mit jemandem reden. Diese Entscheidung fiel ihr zu schwer, um sie allein zu fällen.

3

Als Marius wieder aufwachte, schreckte er hoch. Er hatte sich nur für ein paar Augenblicke hinlegen wollen, als er aus dem Krankenhaus nach Hause gekommen war. Doch er musste fast 16 Stunden geschlafen haben. Das Feuer hatte ihm mehr zugesetzt, als er wahrhaben wollte. Er sprang aus dem Bett und zog sich eilig an.

Kurze Zeit später stieg er vor der PR-Agentur Werstenkiel aus einem Taxi. Die Frau an der Tür blickte Marius entsetzt an, als sie ihn hereinließ. Er wusste, dass er schrecklich aussah. Der Turban aus Verbandsmull war inzwischen fast schon eine Art Markenzeichen geworden, dachte er. Außerdem humpelte er wieder, die Stürze im Haus hatten ihre Spuren hinterlassen. Kurz überlegte er, ob er der Frau seine versengten Unterarme und die Verbrennungen an den Händen zeigen sollte, verzichtete aber darauf. Er musste sie nicht unnötig erschrecken.

»Werstenkiel erwartet mich«, sagte er stattdessen, als wäre alles in bester Ordnung.

Die Frau nickte. »Folgen Sie mir, Herr Sandmann!« Aus den Büros hörte er das Klappern von Tastaturen, leise Telefongespräche. Darunter meinte er, immer noch das Knistern des Feuers hören zu können. Das Geräusch begleitete ihn schon seit Stunden. Er folgte dem auf- und abwippenden Pferdeschwanz seiner Führerin, die an der Tür zum Besprechungsraum der Agentur stehen blieb, sich auf ihren Absätzen in einem eleganten Viertelkreis drehte und ihn mit einer Handbewegung und einem perfekt nichtssagenden Lächeln hineinbat.

»Schließen Sie die Tür bitte, Hanna!«, rief Werstenkiel, nachdem Marius den Raum betreten hatte. Am gegenüberliegenden Ende des Tisches saßen Sonja und Bobby. Sie steif aufgerichtet wie eine Statue, das Haar offen und heute in Locken um ihr schmales Gesicht fallend, etwas zu stark geschminkt, Bluse statt T-Shirt, ein Knopf zu viel geöffnet.

Er in Baseballjacke und eine Truckerkappe tief ins Gesicht gezogen, sodass außer Bart und Brille kaum etwas zu erkennen war, nach vorn gebeugt, zusammengesunken, die Hände spielten mit einem Schlüsselbund. Marius musste an ein Kaninchen denken.

Werstenkiel stand am Kopfende des Tisches, die Hände auf der Stuhllehne, im obligatorischen schwarzen Anzug, darunter ein dunkelgraues Hemd. Er bot Marius einen Platz an. Der Detektiv hätte lieber mit dem Rücken zum Fenster gesessen, aber dann hätte er zwischen Bobby und Sonja Platz nehmen müssen. Also blieb er auf der Flurseite des Tisches, die Tür im Rücken, und setzte sich auf den mittleren Stuhl. Werstenkiel folgte seinem Beispiel und setzte sich ebenfalls.

»Sie sehen furchtbar aus«, sagte er zur Begrüßung. Ein kleines Lächeln huschte über Sonja Werstenkiels Gesicht. Bobby Schmitz' Mimik, sofern sie überhaupt zu erkennen war, blieb ausdruckslos.

»Es gab ein paar Probleme«, antwortete Marius. »Nichts Ernstes.« Er schaute zu Sonja hinüber, die seinem Blick trotzig standhielt. Dann nahm er sich ein Wasser und schenkte sich ein. Seit dem Feuer hatte er permanent Durst.

»Vielen Dank für Ihre Arbeit und Ihre Hilfe, Herr Sandmann«. Mit dem Zeigefinger klopfte Werstenkiel auf eine Mappe, die neben ihm auf dem Konferenztisch lag. Offenbar hatte er sämtliche Ergebnisse und E-Mail-Anhänge des Detektivs ausgedruckt. Hinter dem PR-Agenten standen einige Bilder an die Wand gelehnt. Zumindest die Beute des letzten Raubzuges seiner Nichte hatte er also zurückbekommen.

»Ich habe ein langes Gespräch mit meiner Nichte geführt, das mir einiges klargemacht hat.« Er schaute kurz zu Sonja hinüber, die hielt den Blick gesenkt, ganz das Bild der anständigen jungen Dame, die sie nicht war. »Es ist ganz offensichtlich, dass auch meine Nichte Opfer war.« Mit der linken Hand schlug Werstenkiel die Mappe auf, allerdings ohne wirklich hineinzuschauen. »Denn es hat sich herausgestellt, dass Sonja unter Druck gesetzt wurde. Dass man sie gezwungen hat, bei diesen Diebstählen, die Sie für mich aufgeklärt haben, mitzumachen.«

Bobby Schmitz schien noch etwas mehr in sich zusammenzusinken. Marius ahnte, worauf das Gespräch hinauslaufen würde.

»Dieser Mann dort …« Werstenkiel deutete mit dem Finger auf Schmitz. Statt ihn anzuschauen, blickte er jedoch dem Detektiv in die Augen. »Dieser Mann hat meine Nichte genötigt, meine Bilder zu stehlen. Sonja ist ein junges Mädchen«, er legte seine Hand wirklich auf ihre. Sie griff danach, Werstenkiel drückte sie fest. Marius glaubte sogar, eine falsche Träne in den Augen des Mädchens erkennen zu können. Er trank eine großen Schluck und schwieg weiter. »Sicher ist sie nicht ohne Fehler.« Der Onkel tätschelte Sonjas Hand. »Aber sie hat eine Zukunft vor sich, wenn Sie verstehen, was ich meine?«

Marius verstand nur zu gut, was Werstenkiel meinte, fragte sich gleichzeitig, was mit Bobby Schmitz' Zukunft wäre.

»Ihr Bericht nun legt den Verdacht nahe, dass meine Nichte die eigentliche Drahtzieherin dieser kriminellen Machenschaften gewesen ist und wie ich Ihnen gerade erläutert habe, ist dies so nicht richtig.«

Sonja wich Marius' Blick aus.

»Es wäre also gut, wenn Sie das korrigieren könnten, bevor wir die ganze Angelegenheit der Polizei übergeben. Sonja wird Ihre Ergebnisse natürlich bestätigen. Sie ist viel mehr Opfer, als Ihre Ermittlungen das erscheinen lassen. Ich denke, es ist in unser aller Interesse, wenn das auch wirklich klar wird.«

Das erste Mal schaute Sonja Werstenkiel Marius direkt an. Es lag ein gewisser Triumph in diesem Blick. Der Detektiv fragte sich, ob sie Werstenkiel eingewickelt hatte oder ob dem PR-Mann seine Nichte schlicht näher war als Schmitz und er im Zweifel einen Familienskandal vermeiden wollte. Im Endeffekt spielte seine Motivation allerdings keine Rolle. Die beiden wollten Schmitz in die Pfanne hauen. Der saß immer noch am Ende des Tisches, den Kopf gesenkt, die Hände inzwischen verkrampft um den Schlüsselbund gepresst.

»Es ist Ihre Entscheidung«, sagte der Detektiv schließlich. »Meine Arbeit ist getan. Der Fall ist geklärt und mein Bericht liegt Ihnen vor. Es besteht kein Zweifel, dass Ihre Nichte die treibende Kraft bei diesen Raubzügen war. Was Sie mit dieser Information anfangen, überlasse ich Ihnen.«

»Wie meinen Sie das?« Werstenkiel schaute überrascht. Sonja sah aus, als wollte sie Marius erwürgen. Vor ein paar

Tagen hätte sie vermutlich Schmitz damit beauftragt, der das erste Mal den Kopf hob. Sah er einen Hoffnungsschimmer?

»Meiner Meinung nach haben Sie zwei Möglichkeiten: Sie können zur Polizei gehen und meinen Bericht übergeben. Ich werde in dem Fall gerne alles bestätigen, was ich Ihnen geschrieben habe.«

»Und die zweite Möglichkeit?« Unwillkürlich zückte Werstenkiel sein Portemonnaie.

»Die zweite Möglichkeit: Sie lassen alles auf sich beruhen und Ihre Nichte bleibt straffrei.«

»Aber er dann auch!« Es war das erste Mal, dass Sonja etwas sagte. Sie zeigte mit dem Finger auf Bobby, als würde sie auf eine tote Ratte deuten. Der Detektiv zuckte nur mit den Achseln.

»Wer ersetzt mir dann meinen Schaden?«, fragte Werstenkiel.

»Vermutlich niemand. Es sei denn, Sie einigen sich mit Ihrer Nichte oder deren Eltern.«

Sonja schnaubte.

Werstenkiel deutete mit einem Füllfederhalter auf Schmitz. Es sah aus, als wollte er ihn damit aufspießen. »Was ist mit ihm? Er geht dann straffrei aus, oder was?«

»Er hat Sie zusammengeschlagen!«, rief Sonja empört.

»In deinem Auftrag!«, antwortete Marius.

»Können wir vielleicht einen Moment unter vier Augen reden?«, fragte Werstenkiel. Bobby erhob sich, Sonja folgte seinem Beispiel. Die beiden gingen in Richtung Flur.

»Nein, nicht da entlang!« Werstenkiel deutete auf eine Tür hinter ihm. »Wartet da drinnen!«

Sonja drehte sich um. Marius spürte, wie sie in seinem Rücken an ihm vorbeiging, ein etwas zu kräftiger Hauch von Parfüm streifte seine Nase. Für ihn roch auch das verbrannt. Er musste sich konzentrieren, um sich nicht umzudrehen. Hätte Sonja gekonnt, hätte sie ihm vermutlich ein Messer in den Rücken gerammt. Schmitz trottete hinter ihr her. Marius konnte seinen Schweiß riechen, die Angst.

Erst als sich die Tür hinter den beiden schloss, redete Werstenkiel weiter. Nur zwei Worte. »Wie viel?«

»Sie können mich nicht kaufen, Werstenkiel.«

»Ich kann jeden kaufen.« Der Detektiv schüttelte den Kopf. »Sehen Sie denn nicht, was Sie dem Mädchen antun? Aus der kann was werden.«

»Aus Bobby Schmitz auch.«

Werstenkiel machte eine abwertende Handbewegung. »Ach! Noch einmal: wie viel?« Wieder schüttelte der Detektiv den Kopf. »Ich kann auch anders, Sandmann. Glauben Sie mir: Sie möchten mich nicht zum Feind haben! Ich mache Sie fertig!«

Marius dachte an die Schläge auf dem Dach des Parkhauses, an den Molotow-Cocktail, an Tessa, an das Feuer, in dem er fast ums Leben gekommen war. Vor allem dachte er an Bruno Weiß. »Sie können mir gar nichts, Werstenkiel.«

»Na, dann möchten Sie wohl auf Ihren Kosten sitzen bleiben.« Es war der letzte jämmerliche Versuch eines Mannes, der schon verloren hatte.

»Wenn Sie meine Rechnung nicht bezahlen, geht mein Bericht direkt an die Staatsanwaltschaft.«

Werstenkiel klappte das Portemonnaie zu und erhob sich. »Sie sind ein Idiot, Sandmann!« Er ging zur Tür und öffnete sie. Sonja und Bobby schlichen herein. Das Mädchen blickte unsicher von einem zum anderen.

Der Detektiv erhob sich. »Ich glaube, wir sind hier fertig.«

»Was ist jetzt?«, fragte Sonja ihren Onkel. Der schwieg, die Lippen zusammengepresst, die Hände in den Hosentaschen vergraben.

»Nichts«, zischte er schließlich.

»Gehen wir«, sagte Marius zu Schmitz. Eigentlich hätte er wütend auf ihn sein müssen. Wegen der Schläge auf dem Parkdeck. Aber der Junge tat ihm einfach nur leid.

Linkisch hob der die Hand zu einer Art Abschiedsgruß und schaute Sonja Werstenkiel traurig an. »Vielleicht sieht man sich ja mal wieder«, stammelte er. Jetzt hätte ihm Marius gerne eine reingehauen.

Hanna begleitete sie nicht nach draußen. Marius und Bobby standen einen Moment vor der Agentur, der Junge wirkte unschlüssig, hilflos, und vergrub die Hände in den Taschen. Die Schultern sanken immer noch nach vorn, als wollte sich Schmitz kleinmachen und verstecken.

»Danke!«, sagte er schließlich und streckte Marius eine Hand entgegen. Der Detektiv ging nicht darauf ein. »Und tut mir leid wegen der Schläge. Ich war dagegen, müssen Sie wissen. Es war Sonja …«

»Halt die Klappe!«

Bobby schwieg augenblicklich. Marius musterte ihn. Schmitz würde sich eine andere Sonja suchen, die er anhimmeln konnte, und die entschied, was er tat und was nicht, wen er ausraubte, wen er zusammenschlug, was auch immer. Er überlegte kurz, ob er Bobby etwas sagen wollte, ließ es dann bleiben. Nichts würde daran etwas ändern.

»Steht dein Wagen hier irgendwo?«, fragte der Detektiv stattdessen.

Bobby deutete die Straße hinunter. »In einer Seitenstraße, ja. Soll ich Sie irgendwohin bringen?«

»Gehen wir erst mal.« Zu Beginn humpelte Marius noch. Nach einigen Schritten ließ es nach. Bobby ging neben ihm her und beobachtete ihn.

»Warum haben Sie das gemacht?«

»Was?«

»Das eben, mit Sonja und Werstenkiel. Sie hätten ihm den Bericht doch schreiben können, wie er wollte. Immerhin bezahlt er sie.«

Marius schwieg. Bobby Schmitz machte nicht den Eindruck, als würde er mit Begriffen wie Ungerechtigkeit allzu viel anfangen können. Nicht einmal, wenn er selbst das Opfer war.

Eine Weile gingen sie schweigend nebeneinanderher. Zur Abwechslung regnete es einmal nicht. Stattdessen wehte ein kalter Wind. Eine blasse Wintersonne schien vom Himmel. »Du solltest dir das mit dem Pokern abgewöhnen», sagte Marius, als sie den Wagen erreicht haben.

»Woher …? Was meinen …?«

Doch der Detektiv bückte sich bereits neben dem Wagen, griff unter den Unterboden und stand mit dem Peilsender in der Hand wieder auf. Schmitz schaute die kleine, schwarze Kiste entgeistert an. »Das gehört mir. Ich nehme es wieder mit«, sagte Marius, steckte den Sender in die Tasche und ging.

*

Auf der Bonner Straße stieg der Detektiv in ein Taxi und ließ sich zum Haus der Familie Maternus fahren. In einer Parallelstraße ließ er das Taxi halten und stieg aus. Die letzten Meter ging er zu Fuß. Die Feuerwehrwagen waren verschwunden, das Haus selbst eine Ruine. Ruß schwärzte die roten Klinker unter dem weggerissenen Dach und rund um die Fenster. Ebenso schwarz waren die wenigen noch erhaltenen Balken des Dachstuhls. Der immer so gepflegt wirkende Rasen vor dem Haus war plattgetreten. Pfützen von Löschwasser standen in der aufgewühlten Erde.

Durch ein zerborstenes Fenster blickte Marius in das Innere des Hauses. Von den Bildern war auf den rußgeschwärzten Wänden nichts mehr zu sehen. Gegenüber parkte sein Vito. Er überquerte die Straße, eine Frau mit einem Kinderwagen stand dort und gaffte zum Haus hinüber. In dem kleinen Fenster neben ihrer Tür konnte Marius die alte Nachbarin erkennen, die er ausgefragt hatte. Er winkte ihr zu. Sie zog rasch den Kopf zurück.

Nachdem er in den Wagen geklettert war, nahm er ein Handy aus dem Handschuhfach. Es war das, das er normalerweise bei sich trug, wenn er als Uwe Koog unterwegs war. In seiner Wohnung lagen noch zwei weitere Smartphones mit Prepaid-Guthaben für die verschiedenen Rufnummern seiner unterschiedlichen Identitäten. Eine Vorsichtsmaßnahme, falls es doch einmal jemandem gelingen würde, seine Nummern zurückzuverfolgen. Technisch hielt er seine Handys alle auf dem gleichen Stand, sodass er mit diesem genauso gut arbeiten konnte wie mit jedem der anderen. Lediglich die Fotos von Jakobs Bildern befanden sich nicht auf diesem Telefon, dachte er bitter. Er schaltete es ein, entsperrte den Bildschirm und rief die App auf, mit der er seine Kameras kontrollieren konnte.

Als Erstes checkte er die Kameras in der Wohnung. Erstaunlich unbeteiligt beobachtete er über den kleinen Bildschirm den Mann, der im Büro seine Schubladen durchsuchte, eine Baseballkappe tief ins Gesicht gezogen. Er bewegte sich sicher und geschmeidig. Wer war er? Es war nicht Jonas Waal, wie der Detektiv erwartet hätte. Seine Bewegungen waren zu leichtfüßig für den alten Detektiv. Marius schätzte den Mann auf Anfang, vielleicht Mitte 30. Konnte er ihn über eine der anderen Kameras besser erkennen? Plötzlich hielt der Einbrecher inne, lauschte, schlich zu einer Ecke neben dem Fenster, sodass er für jemanden, der vom Hof in die Wohnung schaute, nicht zu sehen war.

Sandmann wechselte auf die Kamera am Hauseingang. Von schräg oben sah er auf den charakteristischen Pagenkopf Paula Wagners und hatte den Eindruck, dass sie so mit ihren breiten Schultern viel massiger wirkte, als wenn man ihr gegenüberstand. Er erinnerte sich an die Nachricht auf seiner Mailbox. Es schien ihr wichtig zu sein, ihn zu sprechen. Wusste sie etwas über Bruno Weiß? Wenn ja: was? Und wie sollte er damit umgehen? Würde er Paula Wagner töten können, um unentdeckt zu bleiben? Würde ihn das retten? Oder würde es ihn endgültig kaputtmachen?

Zurück auf die Kamera im Büro: Der Einbrecher war verschwunden. Hektisch durchsuchte Marius die Bilder der anderen Überwachungskameras und fand ihn schließlich im Bad, direkt neben dem Flur. Er hielt eine von Marius' Hantelstangen in der rechten, behandschuhten Hand. Auch hier verdeckte die Kappe seine Gesichtszüge. Am liebsten hätte der Detektiv den Einbrecher auf die Kameras aufmerksam gemacht, damit er sie sich ansah und sich so zu erkennen gab.

Bildwechsel. Am Hauseingang sah der Detektiv, wie der Nachbar aus dem zweiten Stock sich an Paula vorbeidrängte. Die Hauptkommissarin nutzte die Gelegenheit, um in den Flur zu schlüpfen. Über die Kamera, die er in seinem Briefkasten versteckt hatte, sah er, wie sie zu seiner Wohnungstür ging, auch da schellte.

Der Einbrecher reagierte nicht. Er harrte aus, völlig ruhig jetzt. Marius studierte die Körperhaltung, die Silhouette. Wo, außer in dem niedergebrannten Haus, hatte Marius ihn schon gesehen? Er kannte ihn, dessen war er sich sicher.

Auf der anderen Kamera sah er, wie Paula mehrmals gegen die Tür schlug. Sie hielt ihr Ohr daran und lauschte hinein. Es sah aus, als spürte sie die Anwesenheit eines Menschen in der Wohnung. Der Mann im Badezimmer verharrte regungslos, die Stange jetzt fest im Griff beider Hände.

Paula verschwand auf den Hof, verdunkelte kurz die Tür und das ganze Bild. Danach wirkte es greller als zuvor. Marius tippte auf sein Handy, beobachtete das Geschehen seltsam teilnahmslos.

Im Hinterhof sah er Paula am Bürofenster stehen und hineinschauen, die Hände über die Augen gelegt. Dasselbe wiederholte sie am Fenster zum Trainingsraum, klopfte dort und verließ den Hof.

Erneut schellte sie. Der Einbrecher stand nun direkt hinter der Wohnungstür. Kaum mehr als ein schwarzer Schatten in der Ecke des Bildes, die Hantel lag schlagbereit. Paula klopfte feste gegen die Tür, den Kopf leicht seitlich geneigt, um auf Geräusche von innen zu lauschen. Der Schatten legte die Hand auf die Türklinke, zögerte.

Schließlich wandte sich Paula um und ging. Marius sah, dass der Einbrecher hörte, wie die Haustür ins Schloss fiel. Er nahm die Hand von der Klinke, ließ die Hantelstange sinken und lehnte sich an die Tür, hob den Kopf. Erleichtert, beruhigt. Für einen kurzen Moment sah Marius das

Gesicht unter der Kappe. Er beobachtete, wie der Mann in das Büro zurückging. Dann kappte er die Verbindung zu seinen Kameras. Er hatte den Einbrecher erkannt. Es kostete ihn einen kurzen Anruf, um Bestätigung zu bekommen. Es hätte ihn auch nur einen kurzen Anruf gekostet, um Paula Wagner vor dem Mann zu warnen. Er war nicht einmal auf die Idee gekommen.

*

Der Einbrecher hatte sich nicht getraut, durch den Spion zu blicken, aus Angst, dass derjenige, der vor der Tür stand, die Bewegung sehen könnte. Zwischenzeitlich hatte er sogar geglaubt, dass ihn sein Herzschlag verraten würde, so laut schien es in ihm zu schlagen.

Schließlich hatte er Schritte und die zufallende Haustür gehört. Einige Minuten hatte er weiter hinter der Tür ausgeharrt, bis er sicher war, dass wirklich niemand mehr draußen wartete.

Dann hatte er seinen Rundgang durch die Maisonettewohnung fortgesetzt. Er hatte sich gefragt, wie jemand so leben konnte. Das Büro quasi in der Küche, das Wohnzimmer ungemütlich und mit Sportgeräten vollgestellt. Der Laptop war mit einem Passwort gesichert. Er hatte versucht, es zu knacken, es war ihm nicht gelungen. Anschließend hatte er wieder seinen Platz hinter der Tür eingenommen.

Hier stand er nun seit über einer Stunde und wartete. So allmählich wurde seine Zeit knapp. Er kramte das Handy aus der Hosentasche. Drei Nachrichten, die letzte schon ein wenig ungeduldig. ›Dauert das noch lange? Kinder sind im Bett. Ich auch gleich.‹

Er konnte nicht ewig warten. In den letzten Wochen hatte er zu oft Ausreden finden müssen, um sein Fernbleiben zu rechtfertigen. »Weißt du eigentlich noch, dass du eine Familie hast?«, hatte ihn seine Frau schließlich wütend gefragt. »Natürlich weiß ich das«, hatte er geantwortet. Dass er genau deswegen jetzt hier stand und bereit war, diesen Privatdetektiv zu töten, hatte er nicht gesagt.

Die zufallende Haustür riss ihn aus seinen Gedanken. Er hörte Schritte im Flur, ging ein Stück zurück, damit Marius Sandmann die Tür öffnen könnte. Die Schritte verstummten. Der Briefkasten klapperte. Erneut Schritte. Dann hörte er das knarzende Holz der Treppe. Oben im Haus wurde eine Wohnungstür aufgeschlossen und fiel wenige Augenblicke später wieder zu. Ein Kind schrie irgendwo. Es war mittlerweile halb zehn. Wo zum Teufel steckte der Privatdetektiv?

Sein Handy vibrierte. Er hatte einmal ausgetestet, ob das leise Geräusch, das es dabei machte, wirklich nicht zu hören war. Es war besser, den Alarm für Notfälle eingestellt zu haben. Er lauschte nach draußen in den Hausflur. Stille. Zeit genug, um die nächste SMS seiner Frau zu lesen und eine beruhigende Antwort zu tippen.

Als er die Nachricht las, zitterten seine Hände jedoch zu stark, um irgendetwas antworten zu können.

›Hier war gerade ein Privatdetektiv und hat sich nach dir erkundigt???‹, schrieb sie.

4

Seit 20 Minuten saß Paula Wagner in ihrem Honda Civic vor Frankas Wohnung, sah das Licht hinter dem Wohnzimmerfenster und konnte sich nicht entschließen auszusteigen. Das Schicksal Marius Sandmanns hing an dem Gespräch, das sie nun führen wollte, und sie wusste auch nach drei Jahren noch nicht, ob sie Franka Schilling vertraute. Andererseits: Sie vertraute niemandem. Deswegen hatte sie sich dagegen entschieden, mit Brandt oder Scharenberg zu reden. Und dann blieb nur Franka übrig.

Irgendwann muss man mit Vertrauen anfangen, dachte sie und stieg aus. Sie schellte, nach wenigen Augenblicken hörte sie Frankas Stimme in der Gegensprechanlage. »Ich bin's«, sagte sie nur. Einige Sekunden, Paula fürchtete, Franka würde sie nicht hereinlassen, dann hörte sie den Türsummer und ging hinein. Im dritten Stock erwartete sie ihre Freundin in der Tür. Sie trug Jeans, ein violettes T-Shirt und Socken. Entspannter Abend allein zu Haus, dachte Paula. Und: gut. Zeit zu reden. Dann hörte sie das Gelächter aus dem Wohnzimmer.

»Du hast Besuch?«

»Jan und Martin sind da«, antwortete Franka und öffnete die Tür, um Paula hereinzulassen. Die zögerte. Sie kannte die beiden flüchtig. Zwei Kollegen aus dem KK 14, Raubdelikte. Sie mochte sie nicht.

»Vielleicht komme ich besser später wieder«, entgegnete Paula.

»Jetzt komm schon rein. Die beiden beißen nicht.«

Aber ich sie vielleicht, dachte Paula, übertrat die Schwelle zur Wohnung, die Franka aus irgendwelchen Gründen lila angemalt hatte. Sie folgte ihrer Freundin ins Wohnzimmer, wo die beiden Kollegen auf dem Sofa saßen, Bierflaschen und offene Chipstüten vor sich, die Controller einer Playstation in den Händen. Jan, der Jüngere der beiden, die Haare streng nach hinten gegelt, im Muscle-Shirt, das eine Tätowierung auf dem Oberarm zeigte, einen Kampfhund, der sich in dem Bein eines Panzerknackers verbiss. Paula schaute auf den Oberarm seines Kumpels, konnte unter Martins dickem Pullover nicht erkennen, ob der das gleiche Tattoo trug. Sie konnte es sich gut vorstellen. Bullenhumor. Abteilung Raubdelikte.

Die beiden sahen kurz zu ihr hoch. Martin hob lässig die Hand mit dem Controller, Jan nutzte die Gelegenheit und ballerte auf eine Figur, die offensichtlich Martin darstellen sollte.

»Haste dich von der Hauptkommissarin linken lassen, Blödmann«, kommentierte er seinen Treffer. Martin fluchte.

»Ich wollte eigentlich mit dir reden«, sagte sie und ärgerte sich, weil ihre Stimme dabei so heiser klang.

»Grad ist schlecht, siehst du ja.«

»Es ist wichtig.«

»Job?«

»Job«, log Paula. Die beiden Polizisten erhoben sich fast augenblicklich. Zu Paulas Verwunderung brachte Jan die Bierflaschen und Chipstüten in die Küche. Er kannte sich gut hier aus. Martin montierte die Playstation ab. »Nächstes Mal mache ich euch beide fertig«, sagte er, »und nicht nur dich!«, fügte er grinsend hinzu, als er an Franka vorbeiging. Jan kehrte zurück, eine Lederjacke mit Fellkragen über dem Shirt. Er küsste Franka zum Abschied auf beide Wangen, dann folgte er seinem Kollegen und Freund nach draußen. Paula nickte er nur kurz zu.

Die beiden Frauen setzten sich auf das Sofa. Franka zog die Füße unter die Knie, die Hand ruhte auf der Lehne. Ihre grünen Augen blickten Paula an. Paula saß ganz am Rand, bereit aufzuspringen, falls sie es sich anders überlegte.

»Worum geht's?«

Einmal noch tief Luft holen.

»Ich habe da etwas rausgefunden«, begann sie und erzählte Franka von ihrer Begegnung mit Marius Sandmann, ihrem Verdacht, ihren Ermittlungen, von der Leiche im Wald und den sieben Kugeln, die in ihr steckten. Und davon, aus welcher Waffe die Kugeln stammten und wer sie mutmaßlich abgefeuert hatte.

»Hast du mit ihm gesprochen?«

»Nein, er geht weder ans Telefon, noch macht er die Tür auf.«

»Ist er abgehauen?« Daran hatte Paula noch gar nicht gedacht. Sie konnte sich nicht vorstellen, dass Marius das Land verließ.

»Das glaube ich nicht.«

Franka schaute kurz auf das Muster der marmorierten Tischplatte vor ihr. »Du solltest mit deinem Material zum Staatsanwalt gehen«, sagte sie dann entschieden.

»Das würde auf einen Haftbefehl hinauslaufen.«

Franka explodierte förmlich. »Wenn er Polizist wäre, einer von uns, würdest du keine Sekunde zögern!«

»Das wäre etwas anderes«, erwiderte Paula.

»Wäre es nicht! Mord bleibt Mord!« Frankas Augen glänzten. Tränen der Wut. »Egal, wer ihn begangen hat. Du machst dir um diesen Privatdetektiv mehr Gedanken als über die Menschen, mit denen du Tag für Tag zusammen bist. Geh zum Staatsanwalt! Wenn Sandmann unschuldig ist, wird er das beweisen können. Wenn nicht, gehört er in den Knast.« Sie sprang auf. »Wären es Jan oder Martin gewesen, hättest du sie persönlich zum Haftrichter gezerrt! Du misst mit zweierlei Maß, Paula!« Ihre Wangen waren jetzt feucht. Sie zog Rotz hoch wie ein kleines Mädchen. Ein zorniges Mädchen.

»Es täte mir leid für ihn«, sagte Paula.

»Für Maassen tat es dir nicht leid!«

»Maassen hätte mich kaltblütig erschossen!« Jetzt explodierte Paula. Sie erinnerte sich nur ungern an diesen winterlichen Nachmittag im November vor vier Jahren, als ein Polizist, dem sie einen Mord nachgewiesen hatte, damit drohte, sie zu erschießen. Sie fühlte jetzt noch das kalte Metall der Waffe an ihrer Schläfe, die Todesangst. Sie meinte, die Krähen in den Bäumen zu hören, die Maassen zugesehen hatten, als er sie töten wollte.

»Dann geh doch zu Sandmann und schau, was der mit dir macht«, brüllte Franka.

»Maassen war ein Arschloch!« Paula war jetzt wütend. Vermutlich weil sie wusste, dass Franka recht hatte. Sie maß mit zweierlei Maß.

»Er hat jedenfalls keine sieben Kugeln in einen wehrlosen Mann gejagt«, antwortete Franka. »Wirklich, Paula, dass du da noch überlegst! Glaubst du, du wirst glücklich mit diesem Wissen, wenn du Sandmann davonkommen lässt?« Die Jüngere schüttelte den Kopf. »Das wirst du nicht. Oder zumindest hoffe ich das.«

*

Als Jan Vogt seinen schwarzen BMW in die Auffahrt vor der Garage lenkte, sah er den weißen Transporter etwa 30 Meter die Straße abwärts am Straßenrand geparkt. Er stieg aus. Hinter dem Küchenfenster konnte er seine Frau erkennen. Er winkte ihr kurz und ging dann auf den Transporter zu. Nichts regte sich. Als er näher kam, sah er Marius Sandmann hinter dem Steuer sitzen. Der Privatdetektiv beobachtete ihn, beide Hände auf dem Lenkrad. Vogt stellte sich schräg vor den Wagen hin, mit genug Distanz, damit Sandmann ihm nicht die Wagentür gegen den Kopf donnern konnte. Er hatte noch keine Idee, wie er den Detektiv hier überwältigen wollte. Ihm würde schon etwas einfallen. Ihm fiel immer etwas ein. Hinter sich hörte er eine Stimme. Irritiert drehte er sich um.

»Jan?«, rief seine Frau. Es lag ein leichtes Zittern in ihrer Stimme. Das erste Mal, seitdem dieser ganze Albtraum mit dem Auftauchen von Jakob Maternus begonnen hatte, fragte er sich, ob sie Bescheid wusste. Oder zumindest etwas ahnte.

»Ich komme gleich!«, rief er. »Geh ruhig rein!«

Er sah, dass sie zögerte, einen vorsichtigen Schritt in seine Richtung ging. »Geh rein!« Seine Stimme klang barsch. Sie gehorchte, ließ die Tür angelehnt.

Als sich der junge Arzt wieder umdrehte, stand Sandmann fast direkt vor ihm. Der Detektiv war völlig geräuschlos aus dem Auto gestiegen. »Erzählen Sie, Doktor Vogt«, sagte er nur.

»Sie wissen doch schon alles«, erwiderte der Arzt.

»Sie haben Jakob Maternus umgebracht und mich in seinem Elternhaus niedergeschlagen. Vermutlich sind Sie auch für das Verschwinden seiner Schwester Clara verantwortlich.«

»Was davon können Sie beweisen?«

»Ich? Gar nichts«, antwortete der Detektiv ehrlich. Vogt schöpfte Hoffnung. »Aber wenn ich die Polizei darauf ansetze, werden sie mit Sicherheit genug finden, um Sie für den Mord an Jakob und den Anschlag auf mich hinter Gitter zu bringen.«

»Vielleicht verstehen Sie mich, Sandmann. Sie laufen nachmittags nichtsahnend durch die Kölner Innenstadt und auf einmal schreit sie von der Seite ein Penner an und nennt Sie ›Mörder! Mörder!‹ Was sollte ich machen? Ich habe eine Familie, Kinder, die mich brauchen. Hätte ich die im Stich lassen sollen? Für einen Penner und seine kruden Anschuldigungen?«

»Es geht darum, dass Sie vor 20 Jahren ein Mädchen getötet haben!«

Vogt zuckte bei der Erwähnung des Mädchens kurz zusammen. »Ich habe den Penner zunächst gar nicht erkannt. Erst als ich gesehen habe, wie er einmal aus dem Haus der Maternus geschlichen ist, habe ich begriffen, mit wem ich es zu tun habe.«

»Dann sind Sie ihm nachgefahren?«

Vogt nickte. Er lauerte auf eine Möglichkeit, Sandmann unschädlich zu machen. Die Tür des Transporters stand offen. Es war dunkel, die meisten Nachbarn schliefen bereits. Es müsste möglich sein, ihn zumindest so weit zu überwältigen, dass er mit ihm irgendwohin fahren konnte. Auf das Gelände vielleicht? Er hätte fast gelacht bei dem Gedanken. Was für ein Ende für Marius Sandmann! Erst einmal musste er ihn im Gespräch halten. Wenn der Detektiv wegfuhr, war er verloren. »Ja, ich bin ihm gefolgt. Ich wollte wissen, wo er sich herumtreibt, herausfinden, ob er mit irgendjemandem gesprochen hat.«

»Dann haben Sie sein Lager in unserem Hof entdeckt und die Bilder.«

»Und die Bilder, ja. Es war der absolute Horror.«

»Was haben Sie mit den Bildern gemacht?«

»Verbrannt natürlich!« Vogt blickte ihn an, als wäre das das Natürlichste der Welt. »Andernfalls hätte ich genauso gut ein Geständnis schreiben können.«

»Warum? Selbst ich, der Sie kennt, bin nicht auf Sie gekommen.« Vogt krempelte den Pullover und die Jacke hoch. Marius sah das Feuermal, das sich wie eine Eidechse um seinen Bauchnabel schlängelte. Oder wie die Echsen, die unter seinem Fenster versuchten zu fliehen. »Die Eidechse also. Glauben Sie wirklich, jemand hätte das herausgefunden?«

»Sie haben das Rätsel auch gelöst. Und Jakob Maternus hat mich sogar auf der Straße erkannt. Ich musste auf Nummer sicher gehen.«

»Es waren nicht die Bilder, auf denen ich Sie erkannt habe.«

»Wenn die Bilder mich nicht verraten haben, wie sind Sie dann auf mich gekommen?«

»Überwachungskameras«, sagte der Detektiv und kramte sein Handy hervor. Er zeigte Vogt die Aufnahmen aus der Wohnung. Der Arzt beugte sich vor, um sie zu betrachten. Er überlegte, ob das die Gelegenheit wäre. Ein Kopfstoß gegen das Kinn könnte den Detektiv zumindest so weit verwirren und ablenken, dass er ihn niederschlagen könnte. Aber Marius hatte seinen Arm, mit dem er das Handy hielt, vor die Brust geschoben. Er würde Vogt wegdrücken, bevor sein Kopf auch nur einen Zentimeter zu weit nach oben geschossen war.

»Sie überwachen Ihre eigene Wohnung?«

»Ich kriege öfters unerwünschten Besuch. Erzählen Sie mir, was mit Clara war?«

»Mit Clara hatte ich nichts zu tun.«

»Haben Sie nicht eben …?« Für einen Moment wirkte der Detektiv überrascht. Jan Vogt nutzte seine Chance. Schon als sie gemeinsam auf das Handy geblickt hatten, hatte er die Hand um den Schlüsselbund in seiner Jeanstasche gelegt, sodass die Spitzen der Schlüssel zwischen seinen Fingern hervorlugten. Jetzt zog er ihn raus und donnerte ihn Marius in das rechte Auge. Er traf nicht richtig. Egal.

Der Detektiv zuckte zurück, hielt sich die eine Hand vor das Auge. Vogts Faust donnerte gegen die Schläfe des Detektivs. Genau dorthin, wo er auch beim ersten Mal schon hingeschlagen hatte. Marius taumelte, griff sich an den Turban, der verrutschte und sich blutig rot verfärbte. Vogt hatte gut getroffen. Er griff Marius am Oberarm, zerrte ihn in den Wagen. Als er ihn auf den Beifahrersitz bugsiert hatte, schlug er drei weitere Male auf die Schläfe, bis Marius bewusstlos nach vorne sank. Der Arzt startete den Wagen und fuhr los. Aus dem Augenwinkel sah er seine Frau immer noch am Küchenfenster stehen. Er beachtete sie nicht weiter.

*

Nachdem Paula gegangen war, saß Franka allein auf ihrem Sofa und starrte aus dem Fenster hinaus in die Dunkelheit. Irgendwann stand sie auf und löschte das Licht. Die Dinge um sie herum, ihre Möbel, ihre Blumen auf dem Couchtisch, ihre Bücher in den Regalen wirkten grau. Die Straßenlaterne warf ein mattgelbes Licht an die Decke, ein kleines goldenes Rechteck.

Draußen konnte sie Licht in der Wohnung gegenüber erkennen. Manchmal sah sie den Mann, der dort wohnte, in der Küche hantieren. Sie fragte sich, ob er schon einmal jemanden verraten hatte?

Im Grunde wusste sie, was sie zu tun hatte: Sie würde ihre Freundin verraten müssen und die würde ihr das nie verzeihen. Es würde das Ende bedeuten.

Aber würde sie, Franka, sich verzeihen können, einen Mörder zu decken? Würde Paula das können? Sie beantwortete beide Fragen mit ›Nein‹, konnte sich jedoch nicht aufraffen, der Antwort Taten folgen zu lassen. Zu schwer wog die Last der Entscheidung.

Vielleicht sollte sie bis morgen früh warten. Noch einmal alles überschlafen. Am Tag waren ihre Gedanken klarer. Es würde das Beste sein.

Sie ging ins Bett, kroch unter die Decke, zog das zweite Kopfkissen herüber, das Paula benutzte, wenn sie bei ihr übernachtete.

Schlaf fand sie keinen. Dafür weinte sie zu sehr.

*

Marius Sandmann erwachte.

Er stöhnte leise auf, öffnete die Augen und sah nur schwarz. Es brauchte einen Moment, ehe er den Fußraum seines Transporters erkannte. Er versuchte, sich aufzurichten, da bemerkte er, dass seine Hände ans Lenkrad gefesselt waren. Er riss an den Plastikhandschellen. Vergeblich.

Hinten am Wagen hörte er Geräusche. Er beugte sich vor, um in den Außenspiegel zu schauen und sah die schwarze Gestalt Jan Vogts. Er schob einen Schlauch in den Tank des Wagens, neben ihm stand Marius' Ersatzkanister. Es war unschwer zu erkennen, was Vogt vorhatte. Marius sah sich um. In der Dunkelheit konnte er nur ein paar Laternen in der Ferne ausmachen. Unmittelbar vor sich sah er die Umrisse von ein paar Büschen. Im Außenspiegel sah er, wie Vogt den Schlauch ansaugte und dann in den Kanister hielt. Er hörte das gurgelnde Geräusch, mit dem das Benzin hineinlief. Wieder zerrte er an den Fesseln. Vergeblich.

»Glauben Sie, dass Sie damit durchkommen?«, rief er dem Arzt zu, in der Hoffnung, dass der ihn hören konnte. Doch statt einer Antwort begann der eine Melodie zu pfeifen. Der Detektiv brauchte einige Sekunden, bis er sie erkannte. Metallica. *Enter Sandman*. Kranker Humor.

Erneutes Zerren an den Fesseln, die tief ins Fleisch schnitten. Ansonsten blieben sie, wie sie waren.

»Sie sind erledigt, Vogt«, brüllte er. »Damit kommen Sie nicht durch!«

Er sah, wie der Arzt den Schlauch aus dem Kanister zog und beiseite legte. Dann kam er mit dem Kanister nach vorne und öffnete die Beifahrertür. Er lächelte. Immerhin pfiff er nicht mehr. »Lassen Sie das mal meine Sorge sein, Sandmann. Ich komme seit 20 Jahren damit durch.«

»Also haben Sie Clara umgebracht.« Reden, dachte der Detektiv, Zeit gewinnen.

Vogt richtete sich tatsächlich kurz auf. »Macht Sie das glücklich, wenn Sie das wissen, bevor Sie sterben?«

»Macht Sie das glücklich, Menschen sterben zu sehen?«

»Ja«, antwortete der Arzt und schüttete mehr Benzin auf den Wagen.

»Sagen Sie mir wenigstens, warum Sie Clara umgebracht haben?« Weiterreden, immer weiterreden! »Sie war das einzige Mädchen, das Sie getötet haben, oder? Es gab keine anderen vergleichbaren Fälle in Köln.«

Vogt kam zu ihm und übergoss ihn mit Benzin, als er antwortete. »Es war mehr ein Versehen. Eigentlich wollte ich nur ein bisschen zündeln … Es ist interessant zu sehen. Ich hatte vorher schon ein paar hübsche Feuer gemacht. Aber zu schauen, was eine Katze macht, wenn sie brennt, das ist noch mal was anderes.«

»Sie hat Sie erwischt?«

Vogt nickte. »Stand auf einmal vor mir und brüllte mich an. Ich hab mich vielleicht erschrocken!«

»Und da haben Sie sie getötet?«

Der Arzt schüttete ein paar letzte Tropfen Benzin in den Fußraum. »Das wird nicht reichen«, kommentierte er, bevor er wieder nach hinten ging und die Prozedur mit dem Schlauch wiederholte. Marius versuchte verzweifelt, seine Hände irgendwie aus den Fesseln zu befreien. Schließlich stemmte er sich mit den Füßen gegen das Armaturenbrett und versuchte, das Lenkrad aus seiner Verankerung zu reißen. Keine Chance!

»Das kleine Biest hat nicht lockergelassen.« Vogt imitierte eine quäkende Kinderstimme, als er zurückkehrte. »Lass das! Lass das! Mach das nicht! Lass die Katze los! Mäh! Mäh! Mäh!«

»Und dann?«

»Dann hatte ich plötzlich einen Stein in der Hand.« Er schwieg einen Moment, schüttete Benzin in den Fußraum und über das Armaturenbrett. »Kurz darauf war Ruhe und sie lag blutverschmiert vor mir.«

»Wie haben Sie sie verschwinden lassen?«

»Mein Vater war immer der Ansicht, dass es mir guttäte, neben der Schule zu arbeiten. Ich sollte wohl das kennenlernen, was er ›das richtige Leben‹ nannte. Also habe ich mit 15 angefangen, im Supermarkt um die Ecke zu jobben. Ich war für den Müll zuständig. Drecksarbeit. Aber mein Vater war stolz auf mich.« Vogt grinste.

»Sie haben die Leiche im Müll verschwinden lassen?«

»Das war die beste Lösung. Am nächsten Tag war sie weg. Sie können sich gar nicht vorstellen, wie viel Ärger ich mit dem Biest noch hatte. Das musste ja alles erst mal da hin, rein in die großen Container, eine Scheißarbeit war das …«

»Jan? Was machst du da?« Eine Stimme unterbrach den Mörder. Marius versuchte, den Oberkörper zu drehen, um zu erkennen, wer sprach. Die Fesseln verdrehten sich und schnitten tief in die Handgelenke. Auch Vogt drehte sich um und sah hinüber zu der Frau, die etwa drei Meter entfernt im Dunkeln stand und sie mit einer Taschenlampe anleuchtete. In der anderen Hand sah Marius ein Küchenmesser.

»Pamela«, antwortete der Arzt nur, der Kanister hing lose an seiner Seite.

»Ich bin euch nachgefahren. Erklär mir bitte, was hier los ist!« Sie machte zwei Schritte auf ihren Mann zu. Der entfernte sich von dem Wagen. Der Detektiv lag im Fußraum und beobachtete das Geschehen.

»Gib mir das Messer«, sagte Vogt. »Du brauchst das nicht. Dazu besteht kein Grund.«

Sie richtete das Messer auf ihren Mann. »Komm mir nicht näher!«

»Aber Schatz!« Er trat hervor, versuchte nach dem Messer zu greifen. Sie stach, vielleicht mehr in einem Reflex, nach seinem Arm. Er schrie auf, zog den Arm zurück und hielt sich die blutende Wunde.

»Verdammt, Pamela, was machst du?«

»Das ist der Privatdetektiv, der eben bei uns war. Was machst du mit ihm? Was soll das alles?«

Der Arzt schwieg.

»Ihr Mann hat zwei Menschen auf dem Gewissen, Frau Vogt. Clara Maternus und ihren Bruder Jakob. Sie kennen die Namen vielleicht.«

»Halten Sie die Klappe, Sandmann«, fuhr Vogt ihn an und wandte sich an seine Frau. »Glaub ihm kein Wort! Er lügt. Er hat sie getötet und will mir das jetzt anhängen. Ich mein', ich war erst 15, als die kleine Maternus starb.«

Die Frau sah ihren Mann an, dann den Detektiv. »Er wahrscheinlich auch«, sagte sie nur.

Sie ging langsam zum Transporter herüber, das Gesicht und das Messer ihrem Mann zugewandt. Neben der offenen Tür blieb sie stehen. »Können Sie das beweisen?«

»Wenn Sie mich los schneiden, kann ich Ihnen alles zeigen.«

Er blickte der Frau in die Augen, versuchte darin zu lesen. Ihm war nicht klar, auf wessen Seite sie stand. Das Messer war auf ihn gerichtet. Sie musterte ihn jetzt prüfend, als versuchte sie ebenfalls, zu einer Entscheidung zu gelangen, ob sie ihm vertrauen könnte.

»Glaub ihm nicht! Das ist eine Falle!«, rief Vogt. Einen Augenblick später durchschnitt Pamela Marius' Fesseln. Der Detektiv rieb sich die schmerzenden Handgelenke und stieg rasch aus dem Wagen.

In der Dunkelheit flackerte ein Licht auf. Jan Vogt hielt ein Feuerzeug hoch. Marius sah, dass Vogt den Daumen nicht auf dem Anzünder hielt. Die Flamme würde halten und sie würde auch einen Wurf über drei Meter überleben. »Eine falsche Bewegung, Sandmann, und Sie brennen schöner als eine Katze das jemals könnte.«

»Gehen Sie!«, kommandierte Pamela Vogt. »Wenn er das Feuerzeug wirft, stech' ich ihn ab.«

Vogt sah sie überrascht an. »Ich bin dein Mann!?«

»Bist du das?«

Marius zögerte. Sie richtete das Messer auf ihn. »Lassen Sie uns allein!« Langsam ging er in die Richtung, aus der Pamela Vogt aufgetaucht war, schaute sich immer wieder um. Die beiden Eheleute standen einander gegenüber. Sie mit dem Messer, er mit dem brennenden Feuerzeug.

Dann verschluckte die Dunkelheit die beiden. Er tastete nach seinem Handy, um Hilfe zu rufen. Natürlich hatte Vogt das eingesteckt. Als er sich umdrehte, hörte er hinter sich einen dumpfen Knall, eine Hitzewelle fuhr über ihn hinweg. Feuer und Rauch loderten über den dunklen Büschen auf.

Er rannte zurück. Als er die kleine Lichtung erreichte, brannte sein Transporter lichterloh. Pamela Vogt schrie, Marius konnte kein Wort verstehen. In der Fahrerkabine sah er die Gestalt Jan Vogts, Flammen tanzten um ihn herum. Er zuckte, warf sich in spastisch anmutenden Bewegungen gegen die Tür, die ebenfalls brennende Rückenlehne und sackte schließlich in sich zusammen.

»Ich konnte ihn nicht aufhalten«, verstand er schließlich. Er sah die Frau an, in ihrer weißen Jeans, dem rosafarbenen Pullover und den grauen Wildlederstiefeletten. Sie gehörte hier nicht hin, dachte er. Aber das hatte auch einmal für Hanna Maternus gegolten. Eine Mutter, deren Leben zerstört worden war. Ein Sohn, dessen Persönlichkeit zerstört worden war. Sie alle gehörten nicht in eine Welt voller Gewalt. Er war der einzige, der hierhin gehörte.

5

Drei Lichter tanzten in der Dunkelheit, warfen hektische Schatten grotesk verzerrter Bäume auf den nassen Boden. Die drei Personen, die sich vom Parkplatz des Club Astorias der Stelle näherten, wo Bruno Weiß begraben lag, flüsterten leise miteinander.

Franka Schilling ging voran, sich auf dem unebenen, glitschigen Waldboden langsam vorwärts tastend, ihr Freund Jan folgte neben Hauptkommissar Hannes Bergkamp, an den Franka sich schließlich in den frühen Morgenstunden auf Jans Rat hin gewandt hatte. Bergkamp, frisch von seinem Krankenaufenthalt zurückgekehrt, hatte sich rasch bereit erklärt, mit Franka noch vor Sonnenaufgang die Stelle zu suchen, von der Paula ihr erzählt hatte. Sie musste nur den Namen Marius Sandmann erwähnen.

Immerhin, so hatte er erklärt, läge Fluchtgefahr vor, und es wäre nicht ratsam, zu warten, bis es hell wurde. Außerdem vertraute er der Geschichte nicht hundertprozentig und wollte nicht derjenige sein, der das große Besteck mit Spurensicherung und Ermittlungstechnik anforderte, wenn sich hier im Wald letztendlich nichts fand, weil Franka alles falsch verstanden hatte.

Die aber hatte sich die Stelle von Paula gut beschreiben lassen, gut genug jedenfalls, um sie zu finden. Das Ausheben der Leiche hatte wesentlich mehr Spuren hinterlassen als das Vergraben vor einem Jahr. Franka fand sie sofort, das Laub lag lockerer, frische Erdkrumen und -haufen stachen schwarz im Schein der Taschenlampe hervor.

Nach weniger als einer halben Stunde Graben legten sie die skelettierte Hand von Bruno Weiß frei. Ab jetzt würde alles seinen offiziellen Gang gehen. Bergkamp alarmierte die Spurensicherung, Jan und Franka sicherten die Fundstelle.

Gegen acht Uhr klingelte Frankas Handy. Paula. Sie ging nicht dran.

Zur gleichen Zeit telefonierte Bergkamp bereits mit dem Haftrichter. Wenige Minuten später fuhr der Hauptkommissar davon und auf direktem Wege ins Gerichtsgebäude am Reichensberger Platz, um den Haftbefehl persönlich abzuholen.

*

Das schrille Geräusch der Klingel riss Marius Sandmann aus dem Schlaf. Bis in die frühen Morgenstunden hatte er mit Pamela Vogt auf einer Bank an einem Wanderweg gesessen, den Lichtschein des brennenden Autos hinter sich. Es hatte ihn gewundert, dass niemand die Feuerwehr gerufen hatte. Offenbar waren sie weiter von bewohnten Häusern entfernt gewesen, als er gedacht hatte.

Die Frau wirkte gefasst. Vermutlich eine Konsequenz des Schocks. Er hatte ihr erklärt, was seine Ermittlungen ergeben hatten und was Vogt ihm gestanden hatte.

»Dass irgendetwas nicht mit ihm stimmte, war mir schon früh klar. Eine Zeit lang habe ich in der Praxis mitgearbeitet und manchmal habe ich gedacht, dass Jan Spaß daran hat, wenn seine Patienten Schmerzen haben. Mehr noch, wenn er sie vergrößern konnte. Das ist doch nicht normal für einen Arzt, oder?«

Sie hatte nach seiner Hand gegriffen, als wäre er nun ihr Vertrauter.

»Aber dass er ein Mörder ist? Jetzt scheint mir das alles klar zu sein und etwas in mir hat das wohl auch schon immer gewusst.« Sie drehte sich auf der Bank um und starrte hinüber zu dem orange flackernden Lichtschein, der durch die kahlen Äste schimmerte. Ihr Gesicht wirkte älter jetzt. Er legte ihr die freie Hand auf die Schulter. »Wir sollten jetzt gehen«, sagte sie.

Dann verließ sie den Ort, an dem ihr Mann sich umgebracht hatte, und lief mit festen Schritten den Weg aus dem Brachland hinaus. Marius folgte ihr. Irgendwann bei Tageslicht würde jemand den ausgebrannten Wagen und die Leiche darin finden. Es würde ein Leichtes für die Polizei sein, herauszufinden, dass der Wagen ihm gehörte. Er würde erklären müssen, warum Jan Vogt darin verbrannt war. Marius fürchtete sich vor den Gesprächen mit der Polizei. Nicht wegen Vogt. Trotzdem war er nach Hause gefahren. Wo hätte er sonst hingehen sollen?

Es schellte erneut. Schrill. Drängend.

Er schaute auf das Display seines Laptops. Die Kamera der Wohnungstür zeigte die hagere Gestalt Hannes Bergkamps. Er sah Schatten neben dem Hauptkommissar, wechselte die Kamera und sah die schwarz vermummten Männer des Sondereinsatzkommandos. Einer von ihnen winkte, drei Männer liefen in geduckter Haltung hinaus in den Hof. Nach wenigen Augenblicken kam einer von ihnen zurück, schüttelte den Kopf und flüsterte dem Einsatzleiter an Bergkamps Seite etwas ins Ohr. Der sprach leise mit dem Hauptkommissar, zeigte auf die drei Schlösser an der Tür. Bergkamp gestikulierte. Er wirkte aufgebracht. Zwei weitere Schatten lösten sich von der Wand, liefen den Hausflur hinunter ins Freie. Wenige Augenblicke später kamen sie mit einer kleinen Ramme zurück.

Zu viel Aufwand für eine Leiche in einem verbrannten Transporter. Er beobachtete die Vorbereitungen der Männer, um die Tür aufzubrechen. Es war also so weit. Sie hatten Bruno Weiß gefunden.

Erstaunlicherweise fühlte er nichts. Keine Angst. Keine Verzweiflung. Seine Knie fühlten sich taub an, als er aus dem Bett aufstand, Jeans und Pullover überstreifte. Es donnerte, als die Ramme das erste Mal gegen die Tür schlug. Der Detektiv wusste, dass der Riegel dahinter einige Stöße aushalten würde. Er ging die Holzstufen hinunter in den Trainingsraum, ließ den Blick einmal schweifen, durchquerte das Büro und blieb an dessen Ende stehen.

Er drückte den Knopf der Gegensprechanlage, die hier angebracht war. »Hauptkommissar Bergkamp?«, sagte er, »ich mache jetzt die Tür auf.«

Eine Antwort des Hauptkommissars wartete er nicht ab, ging auf Socken durch den Flur, zog ein paar Schuhe an, nahm seine Jacke vom Haken. Das Donnern hatte aufgehört. Jetzt konnte er Bergkamps Stimme hinter der Tür hören.

»Machen Sie sie langsam auf, Sandmann, und dann treten Sie zurück.«

Er schloss die drei Schlösser auf, öffnete die Tür und trat zurück. Schwarze Schatten stürmten herein, der erste presste ihn mit vollem Körpereinsatz gegen die Wand, drehte ihm beide Arme auf den Rücken, legte ihm Plastikhandschellen an. Dann trat er ihm das Bein weg. Marius krachte auf den Boden. Der Schatten setzte sich auf ihn, knallte seinen Kopf auf den Holzboden, ein zweiter Mann setzte sich auf seine Oberschenkel, fesselte ihm die Füße.

Marius legte den Kopf schräg, die Wange auf den Boden. So konnte er die schwarzen Schatten sehen, die in einer scheinbar nie endenden Schlange in seine Wohnung stürmten, über ihn hinweg sprangen, in die hinteren Räume rannten, brüllten.

Bergkamp stand an die Wand gepresst neben der Tür, ließ die Schatten passieren und schaute hinunter zu Marius. Sein Blick war ausdruckslos. Der Detektiv hob leicht den Kopf, um besser sprechen zu können.

»Sie können sich die Show sparen«, sagte er, »ich bin allein.«

»Schnauze!«, brüllte der Mann, der auf ihm saß und donnerte Marius' Kopf auf den Boden zurück.

Bergkamp grinste.

*

Paula Wagner riss die Tür auf. Erschrocken blickten Scharenberg und Franka auf. Sie achtete nicht darauf. Sie sah, dass Franka aufstand, einen halben Schritt neben ihren Schreibtisch trat. Paula blieb vor ihr stehen. Sie sah die grünen Katzenaugen, das blonde, immer verwuschelte Haar, das pinke T-Shirt unter der Jeansjacke, die silberne Kette, die sie ihr in ihrem einzigen gemeinsamen Urlaub auf Korfu gekauft hatte.

Sie sah die letzten drei Jahre ihres Lebens vor sich. Sie sah die Lüge darin.

Sie schlug nur einmal zu. Mit der flachen, rechten Hand. Ihre Handfläche brannte danach. Frankas Wange verfärbte sich glühend rot, ihr Kopf flog ein Stück zur Seite, in einem Reflex griff sie nach der Wange und hielt sie.

Paula konnte ihren Anblick nicht mehr ertragen. Sie drehte sich um und rannte zurück zur Tür. »Pack deine Sachen!«, kommandierte sie, bevor sie die Tür hinter sich zuschlug.

Die Wange schmerzte. Wie in Trance öffnete Franka ihre Schubladen und nahm ihre persönlichen Sachen heraus. Sie konnte kaum etwas davon erkennen. Tränen verschleierten alles. Wahllos stopfte sie die Sachen, die sie fand, in ihren Rucksack. Mit der Hand fegte sie einmal über die Schreibtischplatte. Stifte, Papiere, ihr Brieföffner, die Stoffratte, die ihr Glücksbringer gewesen war, landeten ebenfalls im Rucksack.

Verschwommen sah sie Scharenberg hinter seinem Computer.

Sie sah, dass er sie anschaute.

»Das wird wieder«, sagte er leise.

Sie erwiderte nichts. Sie wusste, dass es nicht stimmte.

*

Marius Sandmann sah durch das vergitterte Fenster des Wagens zu, wie sich das schwere Eisentor hinter ihnen schloss. Neben ihm saßen zwei andere Männer zwischen den Polizisten, die unbeteiligt ins Nichts starrten. Der eine der beiden Männer hatte den Kopf gesenkt, Speichel tropfte langsam auf seine speckige Jeans, sein Atem rasselte unangenehm. Der andere Mann, kahl geschoren wie Marius, mit dem Tattoo eines Drachen, das sich über den Rand des eng sitzenden T-Shirts den Hals hochwand, sah den Privatdetektiv unverwandt aus schmalen grauen Augen an. Marius hatte den Blick kurz erwidert, dann ignoriert.

Der Wagen hielt und wurde geöffnet. Sie stiegen aus, gingen durch eine weitere Tür in einen Vorraum. Marius legte Schlüssel und Portemonnaie in eine kleine Plastikwanne. Durch die Scheiben konnte er den grauen Winterhimmel sehen. Zu seiner Überraschung durfte er seine Kleidung behalten, auch das Geld erhielt er zurück.

Ein Wärter, der ihn im ersten Moment an seinen tätowierten Mitfahrer erinnerte, führte den Detektiv zu seiner Zelle, ohne ihn eines Blickes zu würdigen. Die Wände waren in hellem Gelb getüncht, die Türen in einem satten Orange. Der Gang war bis auf sie beide völlig leer. Für seinen Begleiter war dies ein Routinegang, für Marius nicht.

Es war, als ginge er unter einer Glocke aus Glas, die alles, was ihn hier umgab, fernhielt. Der Wärter schloss eine Zelle auf, öffnete die Tür. Marius blickte in den kleinen, vielleicht 8 Quadratmeter großen Raum hinein. Die Wände waren weiß, der Linoleumboden undefinierbar grüngelb. Am Ende des Raums ein Fenster mit einem braunen Holzrahmen, das normal gewirkt hätte, wären die weißen Gitter dahinter nicht gewesen. Der Blick führte hinaus in den Hof der JVA in Ossendorf, andere Häuser mit anderen Zellen um ihn herum. Zwischen den Häusern war die Betonmauer zu sehen, die das Gelände umschloss. Er sah einen der markanten vielkantigen Wachtürme. Der Hof selbst war bis auf eine Art Fußballfeld betoniert wie die Mauer. Marius schaute in den Himmel. Ebenfalls betongrau, dachte er zynisch.

Das Bett war an die Wand geschraubt und mit einer blauen Decke zugedeckt. Zwischen Bett und Fenster ein kleiner Schrank aus einfachem Furnierholz, ihm gegenüber ein Tisch mit einer weißen Resopalplatte, ebenfalls an die Wand geschraubt. Immerhin ließ sich der Stuhl bewegen. Als der Wärter hinter ihm abgeschlossen hatte, inspizierte der Detektiv die Nasszelle, die ihrem Namen alle Ehre machte. Kurz legte er sich auf das Bett, fand keinen Schlaf. Wie auch?

Also zog er sich T-Shirt und Jeans aus, legte sich bäuchlings auf den Boden und begann mit einer Übungsrunde Liegestütze. Danach lief er eine Stunde auf der Stelle, bevor er sich kurz abduschte und ein zweites Mal auf das Bett legte, die Tür im Blick.

Hier würde er die nächsten Wochen, vielleicht Monate, vielleicht Jahre verbringen. Er musste an das Bild denken, das Jakob Maternus von ihm gemalt hatte, den Detektiv hinter Gittern.

Draußen im Gang hörte er leise Stimmen. Jemand ging vorbei. Er lauschte ihnen, verstand nicht, was sie sagten. Es war auch nicht wichtig. Nichts war mehr wichtig. Nur dass er Bruno Weiß erschossen hatte, spielte noch eine Rolle. War das in den letzten Monaten jemals anders gewesen? Es hatte so kommen müssen. Das hatte er immer gewusst und immer verdrängt, wie Pamela Vogt den Sadismus ihres Mannes verdrängt hatte. Vogt hatte immer weiter getötet, um nicht dort zu landen, wo Marius nun war, bis er sich selbst töten musste, weil er keinen anderen Ausweg mehr sah.

Für ihn jedoch gab es einen Ausweg, dachte der Detektiv. Er konnte seine Strafe annehmen und hoffen, die Angst, die Schuld, das Erschrecken vor sich selbst eines Tages hinter sich zu lassen.

EPILOG

»Komm!«, sagte der Junge und hielt den Zaun ein Stück hoch, damit sie leichter drunter durchkriechen konnte. So war das Loch fast groß genug, dass sie sich nicht einmal richtig bücken musste.

Seine Schwester blieb stehen, die Hände vor der Brust verschränkt.

»Wir dürfen da nicht rein, Jakob«, antwortete sie.

»Natürlich dürfen wir das!«

Clara fing schon wieder an, ihm auf den Keks zu gehen. Er hätte sie zu Hause lassen sollen, aber seine Mutter hatte ihm noch hinterhergerufen. »Nimm deine Schwester mit!« Und ehe er es sich versah, hatte er die Kleine schon an der Backe.

»Dürfen wir nicht!« Sie schüttelte den Kopf. Ihre blonden Haare flogen um ihn herum. »Die Mama hat das verboten!«

»Ach, komm schon! Sie merkt nichts.«

»Es ist gefährlich dadrin.«

»Ach was!« Er schlüpfte unter dem Zaun durch. Auf der anderen Seite umklammerte er den Draht, rüttelte am Zaun, der wackelte und klang wie ein Glockenspiel. Von der Musik angelockt, kam sie vorsichtig zwei Schritte näher.

»Siehst du! Total harmlos!«

»Ich geh da nicht rein.«

Sie nervte wirklich. Er schaute sie wütend an. Ihre Augen glitzerten leicht.

»Dann bleib halt hier!«

Er drehte sich um und rannte weg, durch ein paar Büsche auf eine Wiese, deren Gras so hoch wuchs, dass es ihn fast völlig verschluckte.

»Jakob! Lass mich nicht allein!«, hörte er seine Schwester hinter dem Zaun rufen. Wütend schlug er mit einem Ast die Grashalme. ›Blöde Ziege‹, dachte er. Das Gras rauschte und wenn er den Ast schnell genug um den eigenen Körper drehte, gab er ein surrendes Geräusch von sich, das das Rufen seiner Schwester fast gänzlich übertönte.

Clara stand verlassen vor dem Zaun. Sie hatte Angst hineinzugehen und ihrem Bruder zu folgen. Noch mehr Angst hatte sie jedoch davor, allein hier zurückzubleiben. Ohne Jakob würde sie nicht nach Hause finden. »Jakob, warte auf mich!«, rief sie und kroch unter dem Zaun hindurch auf das verwilderte Gelände.

Sie rief, ihr Bruder antwortete nicht. Ängstlich lief sie einen Trampelpfad zwischen dichten, dornigen Büschen entlang. Schon bald wusste sie nicht mehr, wo sie war. Der Pfad wurde schmaler. Die Zweige stachen ihr in die Arme, sie versuchte, sie mit der Hand beiseite zu schieben. Schließlich gab es gar keinen Pfad mehr. Sie wollte umdrehen, doch in die andere Richtung teilte sich der Weg und sie wusste nicht mehr, aus welcher Richtung sie gekommen war. Um sie herum nur grünes, dorniges Gestrüpp. Es raschelte darin. Sie fürchtete sich. Da hörte sie noch ein anderes Geräusch. Ein Kätzchen!

Sie vergaß die Dornen. »Miez, miez, miez!«, rief sie und rannte in die Büsche, streifte die Äste, die ihr ins Gesicht glitten, mit den Händen weg. Das Kätzchen rief immer noch. Es kam ihr vor, als klänge es immer kläglicher und verzweifelter. Vielleicht brauchte es Hilfe?

Sie sah nun das freie Gelände hinter den Büschen, eine alte, halb verfallene Hütte im gleißenden Sonnenlicht. Dann streifte sie die letzten Äste beiseite und trat hinaus ins Freie.

Sie verstand nichts von dem, was sie da sah. Aber sie sah, dass das Kätzchen litt. Und sie sah den Jungen, der dafür verantwortlich war.

Jakob streifte planlos durch das Gelände. Über ihm schwebte ein Raubvogel. Er beobachtete seinen kreisenden Flug, musste sich die Hand vor die Augen halten, weil die Sonne ihn blendete. Er drehte sich um sich selbst, um dem Vogel besser folgen zu können. Plötzlich stieß er herab. Jakob sah, wie er hinter einem Wäldchen verschwand. Dann hörte er den Schrei seiner Schwester.

»Lass das sein!«, rief sie. »Nein!« Als Nächstes hörte er ein Poltern und rannte los. In die Richtung, aus der er Clara gehört hatte. Das Gebüsch raschelte, als er sich hindurchschlug. Eine Katze schrie wild. Etwas knisterte. Durch die Äste sah er Flammen. Eine alte Hütte, eine Art Schuppen, halb verfallen, brannte. Vor der Hütte, angebunden an einen Pfahl, rannte eine Katze schreiend im Kreis, wälzte sich verzweifelt auf dem Boden. Sie brannte. Und sie schrie.

Auf dem Boden vor der Katze lag noch etwas. Es sah aus, wie Claras Hose und ihr T-Shirt. Es waren auch Claras Schuhe an den Beinen. Aber der Kopf, das war nicht mehr Clara. Es war nur mehr ein roter Ball.

Über ihr stand gebückt ein Junge, den er nicht kannte. Sein Oberkörper war nackt. Vermutlich hatte er sich wegen der Hitze des Feuers das T-Shirt ausgezogen, das über einem Ast hing. Er hielt einen Stein in der Hand und schlug auf den Kopf, der nicht mehr Clara war, ein. Immer und immer wieder.

Jakob starrte ihn an. Er wollte wegrennen, konnte sich von dem Anblick nicht losreißen, die infernalisch schreiende Katze, die schwarz verbrannt zuckte, die brennende Hütte im Hintergrund, der Junge mit den blutverschmierten Händen und dem rot glänzenden Stein, Clara ohne Gesicht, leblos. Der Ball, auf den der Junge einschlug. Wie von Sinnen.

Dann richtete er sich auf. Jakob sah die Eidechse, die um seinen Bauchnabel im Feuerschein tanzte.

Der Junge zog Clara nun an einem Fuß zu der Hütte und warf sie hinein, wartete bis auch sie Feuer fing. Jakob sah ihm immer noch zu. Er wollte schreien. Er brachte keinen Laut hervor.

Zwei Stunden dauerte es, bis die Baracke niedergebrannt war. Niemand war hier draußen auf das Feuer aufmerksam geworden. Das Kätzchen war nur noch ein verkohlter Haufen, der bestialisch stank. Das Etwas, das einmal seine Schwester gewesen sein musste, lag leblos unter verkohltem, schwarzem Holz. Ihre Füße mit den bunten Schuhen und den aufgedruckten Clownfischen lugten unter dem Stapel hervor. Nahezu unversehrt.

Der Junge musste vor einer Stunde schon gegangen sein. Es hatte zu regnen begonnen. Nun hörte Jakob, wie er wieder zurückkehrte. Er hatte eine Axt bei sich und einen schwarzen Plastiksack. An den Schuhen zog er den toten Körper unter dem Holz hervor, zerhackte ihn mit der mitgebrachten Axt und stopfte die einzelnen Teile in den Müllsack. Dann band er ihn zu. Jakob würgte.

Er sah, wie der Junge innehielt und in das Gebüsch starrte. Es kam ihm vor, als blickte er ihm direkt in die

Augen. Der Junge musste die Hand vor die Augen halten, um gegen die Sonne sehen zu können. Mit vorsichtigen Schritten ging er auf das Gebüsch zu, nahm im Vorbeigehen den Stein wieder in die Hand.

Jakob glaubte, nicht loslaufen zu können. Glaubte, mit den Füßen am Boden festgewachsen zu sein wie ein Baum. Dann rannte er doch. Er flog förmlich durch das Gebüsch, neben ihm sprang ein Wildschwein hoch und rannte panisch quiekend aus dem Gehölz raus. Er hörte den Jungen fluchen. Aber er hörte nicht mehr, dass er ihm folgte. Mit einem Mal goss es wie aus Kübeln. Trotzdem rannte Jakob Maternus weiter, stieß tonlose Schreie aus, würgte, rannte, stolperte, die Stimme seiner Schwester in den Ohren.

»Wir dürfen da nicht rein, Jakob!«

ENDE

Weitere Krimis finden Sie auf den folgenden Seiten und im Internet:

WWW.GMEINER-SPANNUNG.DE

STEFAN KELLER
Kölner Grätsche

978-3-8392-1526-5 (Paperback)
978-3-8392-4347-3 (pdf)
978-3-8392-4346-6 (epub)

»Ein Krimi zur Fußball-WM in Brasilien. Nicht nur – aber auch!«

Rui Barque war aufstrebender Profi beim 1. FC Köln, ehe ein brutales Foul seiner Karriere ein jähes Ende setzte. Als seine Freundin entführt wird, wendet er sich an Marius Sandmann.

Widerwillig nimmt der Detektiv den Fall an. Denn eigentlich ist eine Entführung eine Nummer zu groß für ihn.

Er gerät in einen Sumpf aus Wettmafia, Drogenhandel und Kunstraub, von dem Marius glaubt, ihn nur in Rio de Janeiro trockenlegen zu können. Dort muss er erkennen, dass dieser Fall und die Metropole am Zuckerhut tatsächlich eine Nummer zu groß für ihn sind …

STEFAN KELLER
Kölner Luden

978-3-8392-1378-0 (Paperback)
978-3-8392-4079-3 (pdf)
978-3-8392-4078-6 (epub)

»Marius Sandmann ermittelt im ›Miljö‹«

Waisenkind Vinzent Dietrich setzt seine ganze Hoffnung in Marius Sandmann: Der Privatdetektiv soll seinen Vater finden. Einziger Anhaltspunkt ist ein Foto des Kölner Fotografen Chargesheimer aus den Nachkriegsjahren.

Die Spur führt Sandmann in die wilden 60er-Jahre. Damals galt Köln als deutsche Hauptstadt des Verbrechens. Als Marius' einziger Zeuge stirbt, vormals Kiezgröße aus dem »Miljö«, machen sich seine ehemaligen Kumpane auf Mörderjagd. Ihr Hauptverdächtiger: Marius Sandmann.

Das Neueste aus der Gmeiner-Bibliothek

Unsere Lesermagazine

Bestellen Sie das kostenlose KrimiJournal in Ihrer Buchhandlung oder unter www.gmeiner-verlag.de

Informieren Sie sich ...

www ... auf unserer Homepage:
www.gmeiner-verlag.de

@ ... über unseren Newsletter:
Melden Sie sich für unseren Newsletter an unter www.gmeiner-verlag.de/newsletter

f ... werden Sie Fan auf Facebook:
www.facebook.com/gmeiner.verlag

Mitmachen und gewinnen!

Schicken Sie uns Ihre Meinung zu unseren Büchern per Mail an gewinnspiel@gmeiner-verlag.de und nehmen Sie automatisch an unserem Jahresgewinnspiel mit »mörderisch guten« Preisen teil!